夫人萬富莫敵

下

文創風 922

顧匆匆 著

目錄

第二十一章

「殺千刀的啊！好端端的人就是吃了他們家的藥才沒了，可憐我家男人，昨兒個夜裡還能說笑，今早就斷了氣。」

婦人聲音洪亮，扠腰立在門邊吵嚷，腳邊還擺著一具屍體，白布覆面，只露出一雙腳。沈箬行至門邊，街坊成群湊在一旁，對著門裡的人指指點點，似是認定了他們的藥材有問題。至於太守府的人，不過裝個樣子，站在原地看著鬧劇發生。

「若是我家的藥吃死人，妳倒是拿出證據來，帶個死人過來算怎麼回事？」玉筆人雖小，可嘴巴倒是厲害，守在門邊硬是不讓人前進半步。「無憑無據，小心我們告妳誹謗，拖去宮府打板子。」

婦人撒潑慣了，哪裡能被個小子鎮住，不依不饒道：「黃口小子，我不同你說，去把你們當家的找來，自然有人做主！」

玉筆還要再說，沈箬幾步上前，拍拍他的肩膀。

先不論這事究竟是什麼情況，眼下這麼多人圍著，只怕會耽誤之後開礦之事。

「夫人，家中的藥材都是有大夫看過的，溫家先祖以仁義立身，這種草菅人命的事，溫家自然做不出來。」

婦人聞言，自當她在推脫，一屁股坐到地上，伏在屍體上，哭得肝腸寸斷。「吃死人的藥，一句仁義就想把我們打發了，真是欺負我們窮苦人家，連苦都沒地方說去。你個死人，怎麼就這麼去了，看著我被人欺負。」

沈箬冷眼旁觀，不怪她冷血無情，這婦人哭得傷心斷腸，分明一滴淚都未曾有，單是打雷不下雨，一看便是來鬧事的。只是不知為何，太守府的人竟然半點反應也無。

「夫人這可說錯了，青天白日，若真有苦處，何不去太守府一一言明？」她掃過太守府的兵衛，任憑此事發酵，若非穿著制式統一的服裝，只怕也要把他們當作圍觀人群。

「仵作手起刀落，不出一刻鐘，如何死的、何時死的，皆有定數，誰也抵賴不得不是？」

藥材裡有沒有混入烏頭草，她最清楚。交接時都有明細登記在冊，也有兩方人各自驗過，錢貨兩訖。如今即便真是藥材吃死了人，那也該去找抓藥的鋪子，而非找到這裡來。

沈箬料定她是來鬧事，氣定神閒地指點她去太守府告狀。

誰知那婦人猛地起身，帶得白布掀起一角，露出屍體慘白的臉來，兩頰凹陷，確實是吃了烏頭草的樣子。

「哪裡來的小妮子，人都死了，還要他挨上一刀，把腸子剖出來看！」

不肯去官府，那更是有蹊蹺。沈箬提裙跨出門檻，指著那些兵衛道：「三歲小兒都知，有冤自當去府衙，夫人莫非不認得太守府在何處？今日趕巧，這幾位大哥看著像是太守府的人，正好帶著夫人一同前往。」

婦人氣急，一時語塞。面前的姑娘句句緊逼，似乎是看破什麼，心下不覺有些退縮。

她本是城東一戶潑皮，和這男人無媒姘居，整日遊手好閒。昨日三更天，有人深夜造訪，遞給她一袋黃金和一張田契，足夠日後花銷；作為交換，須得毒死男人，賴到溫家頭上。

夫妻之恩，抵不過貧賤之苦。她思及男人酒後時常拳腳相向，一橫心把烏頭草放進水壺裡，人就這麼涼了。

商戶間搶生意是常事，那人的穿著像個生意人，故而婦人為著一袋金，大清早鬧上了門。原本見著一個小姑娘出來，她還心中一喜，丫頭片子臉皮薄，定然能再訛上一筆，誰知卻遇上個難纏的。

沈箬見她不回答，又道：「夫人若不願意去太守府，那我去喊冤便是。」說著便要往外走。

婦人驚覺，太守府自然去不得！那人說了，太守那裡自會有人打點，只須她纏住溫家人，讓他們不得出府即可。

她心中一橫，面前的姑娘身形瘦弱，自然比不得她，何況身後還有太守府的人，足夠幫她攔著那些下人。

「你們不把我們當人看，就別怪我們不客氣！」

她手中不知何時握了一塊尖石，猛地撲向沈箬，死死扼住了她，拿尖石抵在沈箬頸間，獰笑著道：「小丫頭的脖子可是細得很啊！」

只是思遠善使暗器，看著變故發生，立時從袖中掏出一枚飛刀，直奔婦人肩胛而去。

只聽一聲慘叫，沈箬脖頸間有血絲滲出，被思遠一把拉回身後。

「大膽！竟敢傷人，給我捉了！」思遠怒道。

不作為的兵衛此時方如夢初醒，看著地上疼得打滾的婦人，拔刀要拿下沈箬他們，一時間便廝打在一處。

沈箬被思遠護著退後，心中卻越發不安。這婦人也好，兵衛也罷，像是串通一氣而來，沒罪也要按個罪名拿下他們。

可身分是假的，初來也不曾得罪人，是誰會花這麼大的力氣來對付他們？何況眼下宋衡遲遲不歸，不曉得是不是遭了什麼黑手？

「思遠，公子還沒消息？」

思遠護著她，連連搖頭。

直至他們退至門內，那些兵衛不敢硬闖拿人，只是守在門口，似乎只是限制他們出府。婦人依舊在門前叫嚷，此時更是多加了一條大庭廣眾之下殺人的罪名。

此番來的人甚多，團團圍住整個宅院，沈箬一時成了甕中之鱉。她把披風攏了攏，這下同宋衡斷了聯絡，並非好事。

「玉箏，想法子出去找公子，把事告訴他，讓他不必急著回來。」他們不敢進來，自然是有所忌憚，與其把宋衡一起攪進來，倒不如留個人在外頭想辦法。

玉箏的功夫甚好，趁著不注意闖出去應當不是難事。沈箬上前一步，正要同那婦人說話來轉移注意力，只聽得宋衡的聲音傳來——

「誰敢拿本侯的人？」

話音未落，他還冷哼了一聲，又是先前那個不近人情的臨江侯。沈箬恍惚，這幾日和氣的溫長風果然是錯覺。

那些兵衛見有人來，橫刀去攔。「官家辦案，閒人退散。」

宋衡冷笑一聲，劈手奪了他的刀，在空中一轉，正落在兵衛肩上。「如此辦案，當真可笑。」

那兵衛見他如此，正要開口訓斥，身後的玉劍上前一步，手中握著玄鐵所製的令牌，上書「臨江侯」三字。

「臨江侯在此，爾等安敢放肆！」

玄鐵令牌只此一塊，天下還沒有誰有這個膽子敢去冒充臨江侯。想透這一層，眾人雙股戰戰跪倒在地，生怕跪得慢了，這位主子一時不高興摘了他們的人頭。

只是跪是跪了，卻想不通他何時來了廬州，竟半點風聲不露。

宋衡丟了刀，負手朝屍體走近兩步，無甚感情道：「廬州太守既不會斷案，那便歇著吧。玉劍，你去太守府盯著仵作。」他頓了頓，一字一句道：「定要查明死因，別誣衊了好人。」

玉劍領命，帶著幾個機靈的人去抬屍體，順帶要把癱倒在地的婦人一併帶走。

此處正收拾著，卻見沈箬從裡頭跑了出來，裙襬漾成一朵花。宋衡原本怕她嚇著，此時見她神色還算如常，依舊笑意盈盈。

宋衡鬆了口氣，湊近卻瞥到她頸上有傷，皺著眉頭問道：「怎麼傷的？」

還未等人回話，地上的婦人越發怕了。給她金子的人不曾說過會招來臨江侯，此時看著就是要替沈箬出氣，一時間竟失了禁，惹得周圍人捂著鼻子散開。

「玉劍，先賞她一頓板子。」

周圍人抽氣，頭卻埋得越發低了，免得殃及池魚。

沈箬看著，輕嘆一聲，本想著安安穩穩辦事，越不惹眼越好，誰知竟如此高調。宋衡說出臨江侯的身分便罷了，還雷厲風行處置了這些事，落在別人眼裡，只怕又是仗勢欺人，目無法紀了。

她皺皺鼻子，外頭氣味混雜，難聞得很。

「進去說吧。」

宋衡點點頭，與她並肩入內，並不側目去看其他人，只是吩咐玉筆去請大夫。

沈箬擺手，這點傷不必勞動大夫，哪裡就這樣矜貴了？

「不用，我沒事，你不必如此緊張。」

緊張嗎？

宋衡摸摸鼻子，方才聽到玉扇來報，怕她嚇著，特意拋下事情趕回來，卻不想她泰然自若，半點都不怕；之後又見傷口，倒是有一瞬怕她哭出來。

尋常小姑娘，不是被蚊蟲叮咬都會紅了眼圈？怎麼到她這裡，就像是掉了個個兒，似乎不是傷在自己身上一般。

「侯爺？」沈箬喊道。這人怎麼回事，不就是不讓他請大夫，怎麼還不理人了？

宋衡輕咳一聲。「何事？」

「我是想問，侯爺這樣貿貿然便把身分公諸於眾，還如此處罰他人，會不會有些不妥？」沈箬小心謹慎地補充道：「譬如未盡之事？」

先前隱匿身分而來，花了大心思布局，眼下一朝盡毀，不知會不會誤了大事？

「無妨，此舉最為簡單，免於糾纏。」

反正如今礦場位置已然選定，大大方方把身分擺出來，也讓那些人有所忌憚。

宋衡沒有多解釋什麼，只是側目問沈箬。「用過早膳了？」

那婦人來得突然，誰還顧得上吃飯。沈箬搖搖頭，眼下都已巳時過半，這時候用早膳，只怕不大合飲食規矩。

宋衡銜著思遠擺手，要她去廚房取些吃食來。時近正午，吃得多了，只怕影響午膳，到時候亂了脾胃反倒不好。

不過片刻，思遠擎著托盤而來，上頭擺著兩碗薄粥和幾碟小菜，拿來墊一墊胃正好。宋衡起身坐到桌前，一如往日般進食，半點不覺得有異。

往日兩人是兄妹，一起吃飯正常，幾日下來，沈箬也習慣了。

她跟著在對面坐下，握著湯匙喝粥，偶爾還抬眸看看宋衡，一舉一動盡是優雅，當真是秀色可餐。

看得久了，一時忘記往嘴裡餵粥，直到宋衡的碗見了底，屈指在她面前的桌上輕叩。

「再不喝就涼了。」

沈箬猛地回神，怎麼就像那些登徒子一般見色起意呢？她埋頭喝了兩口粥，又聽宋衡說話。

「日後再有急事，三餐也該是頭等重要的事。」

這是在說她忘了時候？

一碗粥下肚，有了些飽足感。沈箬挾了一小筷醋溜蘿蔔絲，細細嚼了嚥下，這才放下筷子同他說話。「今日事出突然，只好先辦事，畢竟人命關天。」

「民以食為天，吃飯也是關天的事。」

宋衡雙目灼灼，說的話也很認真，並非玩笑。沈箬盯著看了兩眼，到底還是敗下陣來，把臉移開去看堂中牌匾。

也是，何必與他爭這些，反正話不錯，吃飯也是大事。

沈箬托著下巴靜思，新的礦場已經找到，晨起雖被耽誤了些工夫，可看宋衡的意思，怕是不會留她在廬州，說不準很快就要把她送回揚州了。

果不其然，宋衡道：「今日起行，恐要行夜路。明日一早，我讓玉劍送妳回揚州。」

好在還多留了她一日。

沈箬點點頭，正準備回去收拾行囊，外頭有人來報，說是陳擎之家眷綁了人前來，有要事面見臨江侯。

「請人進來。」

來者不知是何人，來得倒是快，消息放出去不過一個時辰，這便上門了？

沈箬甚是好奇，想著看一眼再走，腳下步子慢了，騰挪了半刻，連門邊都不曾挨到。

「妳若是想看，就大方坐著。」

宋衡發話，她求之不得，旋身回到廳中，在他下首坐好，端著茶盞只做看戲的模樣。

宋衡覷了她一眼，甚是無奈地搖頭，怕不是把他這裡當戲臺子了？他故意問她。「可要給妳取碟瓜子過來？」

玩笑話說了一半，出去請人的小廝已然回來，把人請到堂下，便行禮退下。

「賤妾陳玥拜見臨江侯。」

來的竟是陳擎之那位愛妾，此刻面色慘白，跪在地上喘著粗氣，一手捂在腰間，似乎疼痛難忍。

她身後還跪著一名與她年紀相仿的男子，眉眼間與陳擎之有五分像，被人拿麻繩五花大綁，嘴裡還塞著一團白布，不讓他說話。

他們來得奇怪，看架勢像是負荊請罪，若說是為先前屢次將他們拒之門外而來，卻也不像。

陳玥勉力支撐，額角有汗珠滴落，嘴裡卻還是說著話。「賤妾此番前來，是向臨江侯請罪。」

不知為何，即便是真要請罪，也該由陳擎之前來，今日卻獨獨把女人推了出來。宋衡不屑這種無能之舉，口氣不善。「此話何從說起？」

陳玥抬頭，朝沈箬的方向看去。這姑娘她見過，前幾日遊湖時，自稱彈奏一曲鳳求凰，她卻不信，擅琴者常修指甲，免得指甲過長而影響琴技，可這姑娘指甲修長，並不是什麼擅琴之人。

既然無誠心，那她自然沒什麼好臉色。今日之事關係到陳家日後富貴安穩，除了宋衡，她並不想讓多餘的人知道。

廳中靜下，落針可聞。宋衡見她兩人目光交接，如何不知陳玥意圖屏退眾人，只是先前答應了沈箬，不好反悔。

正當沈箬知情知趣，想著退下去的時候，宋衡開口了。「她並非外人。」說著還朝自己身邊的位置揚了揚下巴，要沈箬坐過來。

溫姓富商的身分是假，兄妹自然也是假，陳玥出身風塵，哪裡看不出他們的關係，如此包庇關照，到底難過美人關。

她自嘲地輕笑一聲，盈盈一拜，從頭說來。「陳家重罪，卻是受了賊人蠱惑，望臨江侯念在陳家懸崖勒馬，從輕發落。

「我家老爺與青州商戶徐昳交好，日前徐昳親往，以鹽引換廬州餘糧。」

宋衡不語，單單如此，還不值當她走這一遭。

陳玥說完這些話，已有些精疲力盡，跪坐在原地大口喘氣。微微順過氣，她復又接著道：「昨夜有人闖入，衣袍被樹梢勾下一片布條，上頭是金絲繡線，應當是臨江侯的衣物。」

她把那一角布條從懷中取出，正是宋衡丟了的那件外衣一角。難怪有賊造訪，不取財物反而拿外衣。

「我家老爺為徐昳蒙蔽，倉皇應了此事，將城中萬石餘糧連夜運往城外。」陳玥說到最後，幾乎沒了聲音。「賤妾偶然聽聞，徐昳親口所說，風雲翻覆，蛟龍相爭，擇木而棲，可保一生順遂。」

話到這裡，也算是明瞭了。徐昳拿著鹽引想換米糧，分明是受人指使而來，背後的人想攪亂這一池靜水，這樁樁件件也都解釋得通了。

宋衡皺眉，這話可信，卻也不可信。

沈箬看他如此，自然明白，陳玥是陳家的人，富貴安穩全賴陳擎之所有，今日將一切和盤托出，安知其間又有什麼別的花招。

「那日我見陳老爺待玥夫人極好，今日一見，果然事事皆與夫人交心。」

陳玥聞言，臉上浮起些柔色，雖知沈箬在拿話套她，可每每思至陳擎之，情意卻做不得假。「姑娘不必試探，賤妾雖出身風塵，可也知忠孝節義。」

沈箬笑道：「還請玥夫人指教。」

陳玥正色道：「為人臣民，忠於君國。徐昳這幾日住在府中，隨侍手持佩刀，不似尋常小廝，又時有信鴿往來，再加之其言，分明是要挑唆陳家叛國。我家老爺糊塗，為人牽著走，賤妾自然不能眼睜睜看著他行差踏錯。」

徐昳有不軌，宋衡是信的。玉劍在陳家門口盯梢，確實見過信鴿，其間也截下過一隻，可信件內容是些不成句的，拿著也看不懂。

只是陳玥的話能信多少，是否欲擒故縱引他入套，那便要好生思量了。

陳玥見他兩人並不說話，頗有些急躁，猛地咳嗽兩聲。「咳……侯爺不信賤妾所言也是自然，可那萬石糧已出城門，再晚就來不及了。」她指著身後的男子。「這是家中獨子，特意綁了交到侯爺手裡。侯爺大可派人前去一探，便知賤妾所言非虛。」

「玉筆，找人去看看。」

宋衡此時方開了口，吩咐玉筆去查探後，起身走到陳玥面前，居高臨下望著她，氣勢迫人。「在本侯這裡，可沒什麼懸崖勒馬之說。」

錯便是錯，哪有犯了錯求個情就能免罪的好事，若當真如此，天下規矩恍如虛設，又要朝廷何用？

陳玥原本憋著一口氣，此時卻散了，無力地斜坐著。「可……可皆因徐昳巧言……」

宋衡負手，道：「愚昧無知至如此境地，亦是罪。」

「可及時追回，並不曾造成任何損失，為何不可網開一面？」

道不同不相為謀，宋衡不欲再與她多做糾纏，只是吩咐人把人帶下去，關在客房裡好生看管起來，免得漏了風聲。只是想著陳玥還有傷，禍不及家人，吩咐人去請了大夫，免得傷口惡化。

堂中的人漸漸散去，只餘下宋衡與沈箬兩人，沈箬在後頭輕嘆了一聲，引得宋衡回眸問道：「如何？妳也覺得我不通人情？」

「人情之事，如何說得好呢？」沈箬起身走到他身邊，與他並肩而立，看著院中已有早來的燕，嘰喳築巢。世人都說，人情世故最緊要，可許多時候這人情世故也最害人，讓一些再簡單不過的事變得複雜。

倒不如這些燕子來得純粹，哪有那麼多不成文的規則要守。

她搖頭道：「我倒覺得你這樣甚好，法度所在，本就是為公平二字所生。凡事有律可查，自然不必多說。」

「若是無處可查呢？」

「無處可查……」這倒是讓她一時答不上來。「我想總有先人所歷，照著那些來自然就是了。反正若是一味按人情辦事，怕是要亂了套。正如生意場有生意場的規矩，明碼標價，那些使手段的，說到底都是竭澤而漁。」

想法純粹如稚子，卻是難得的通透。宋衡釋然，嘴角彎起一個笑。「嬌憨。」

風過無聲，誰也不急著離開，並肩立著。簷下燕子銜枝築巢，院外有三兩聲犬吠，甚是有些歲月靜好。

沈箬微微揚起臉，由著和煦的春風拂過，半晌才開口問道：「陳家這位玥夫人來得突然，按理說她依附陳家，不該做出今日的舉動。」

宋衡轉身看著她，緩緩道來。「這些事妳不必管，明日一早便回去。午後無事，讓思遠陪妳去看看桃花。」

話畢便大步離去，忙著處理未盡之事。

第二十二章

春意盎然，沈箬照著他的話去看了兩眼桃花，緋色漫天，落得滿肩都是。

晨起鬧的一齣戲早傳揚開來，太守府的人心有懼意，不敢去宋衡那裡討好，只好扒著她這個女眷，打著護衛的名義，撥了整整二十人過來，列隊跟著沈箬的馬車。

沈箬長至今日，頭一回被這麼多人跟著，甚是不自在。那幫護衛更是不惜春色，所經之處搖落滿地桃花，惹得她無甚心情再賞，只是折了兩枝，捧在懷裡帶了回去。

馬車停在院外，牽繩的也是太守府裡的人，許是得了吩咐，臨走纏著沈箬求情，要她在宋衡面前美言兩句。

她搖頭，宋衡想做什麼自然有他的決斷，她不想去干涉。

那人還想再說，卻被匆匆趕來的玉筆截斷話頭，請沈箬入內。

「姑娘，陳家的人吵著要見公子，連藥都灑了。」

「侯爺呢？」

玉筆撓撓頭。「方才得了消息，確實有一批米糧一早就出了城，公子去追了。公子走之前說了，要看好陳家的人，我怕出事，只好來找姑娘了。」

陳玥心急是正常事，以為大義滅親前來認罪，能替家裡人領個從輕發落，卻不想遇上宋衡不通情面，反倒害了家裡人，此時若是不哭不鬧，那才不正常。

沈箬抬腿往客房走去，裡頭血腥味混著湯藥味，充斥著鼻腔。她吩咐玉筆再去要碗藥來，自己則帶著思遠走了進去。

「玥夫人。」

為防人逃跑，門窗緊閉，更是壓抑。沈箬伸手推開窗，將外頭的春色展露在陳玥面前，這才坐到床邊的圓凳上。

陳玥面色蒼白，支起手斜倚在枕上，衣衫外凝著血漬，此時見到沈箬，大失所望，卻不得不放軟聲音。

「賤妾求見臨江侯，望姑娘通傳。」

沈箬淡然笑道：「侯爺事忙，一時半刻怕是見不著，夫人若是有什麼急事，與我說也是一樣的。」

「姑娘能做主放了我們？」陳玥嘴角略有些嘲諷之意，似是看不慣她如此託大。「既無法左右臨江侯之意，那便是不同的。」

「玥夫人不想說那便不說吧。」沈箬從思遠手裡取了一枝桃花，放到陳玥枕邊。「府中簡陋，添些春色，我同夫人說幾句吧。」

陳玥不欲理會她，慢悠悠躺了回去，背對著沈箬，只做不欲聽的樣子。

「我確實無法左右他的意思，可我也不想左右。」沈箬面容沈靜，娓娓道來。「玥夫人既然知曉忠孝，那就該知道陳擎之此舉已是勾結逆黨。若是有一日當真成事，對不起的是天下人，而非妳我。」

陳玥悶著聲音道：「故而賤妾綁了家中公子前來請罪，為的就是斷絕此事。」

沈箬笑道：「夫人和公子無錯，錯的是陳擎之。憑什麼他做錯了事，要你們來承擔？今日並非他自知有錯，而是旁人覺得他有錯，譬如強按牛頭飲水，是牛當真渴了，還是按頭的人覺得牠渴？」

這些道理淺顯，只是身在局中，故而看不清。沈箬等了片刻，陳玥並沒有回答，而玉筆的藥倒是端來了。

說得多了，倒不如她自己琢磨，沈箬起身，正要往外走時，陳玥突然叫住了她。

「姑娘是臨江侯的說客？」

「不。」沈箬搖頭。「我與他在此事上看法一致，說這些是想讓妳把藥喝了，沒必要和自己的身子過不去。」

照宋衡的說法，陳玥受了刀傷，拖著病體前來，此時若不喝藥，只怕把身體拖垮。這事不管結果如何，自然有律法審判，該照顧的還是要照顧一二。

聽她如此說，陳玥輕笑了一聲，卻再無嘲諷之意。

「我本是風塵女子，若非擎之，早就死在幾年前了，他若是不好，我的身子又有什麼關係。」

這話說得輕巧，卻滿是自輕自賤，雙目失神地望著沈箬。沈箬不理解，卻想著好人做到底，捧著藥碗回到床邊。

她吩咐思遠把人扶起來，舀起藥餵到陳玥嘴邊，忍不住多說幾句。「不論他好不好，妳也該關照自己的身子，隔壁還有陳家的公子，偌大家事還靠著妳支撐。」

陳玥喝了一口藥，便推託著說燙。「等等再喝吧。姑娘不是想知道我為何而來？若是有耐心便聽一聽。」陳玥還算是個聰明人，知道宋衡那裡大概是走不通了，倒不如在沈箬這裡試試。

「臨江侯手段通天，大概也查到我與擎之之間的淵源。」陳玥輕撫枕邊桃花枝，眸中柔情似水，口氣也漸漸軟了下來。「他行商途中赴宴，被我一曲琵琶動了心思，高價為我贖身脫了賤籍。此後待我也是極好，時常陪我遊湖，更欲將我扶為正室，可我怕他被人說道，就推辭了。風塵女子，做個妾也就罷了，斷斷是上不得檯面的。」

說了許多，一時有些乏力，她咳嗽兩聲，又接著說下去。「本來以為日子也就這麼過下去，可徐昳一來，便是要毀了這太平日子。我不曾說的，便是這腹間刀傷，傷在我身上，我自然最明白不過。昨夜大亂，闖入之人不過兩人，被府中下人圍困，我站在最外面，無論如何都傷不到我，可這把匕首，是從我右側刺來。」

彼時他們三人被人群攔在外頭，保護周全，宋衡分身乏術，哪裡有空去刺她？

沈箬聽著，眉間緊蹙。她自然知曉是有人陷害，故而問道：「妳可看清是何人傷妳？」

陳玥搖頭。「天色昏暗，且太過混雜，可我猜和徐昳脫不了關係，故而命人把匕首收了起來。也正是因為我傷了，加上徐昳巧言令色，才讓擎之信了他的話，與侯爺作對。我先前身在風月場，可常聽人來往說起，臨江侯若是有心，不會等到今日，反倒是徐昳，此前所為便多有不端。」

她越發情緒激昂，牢牢攥著沈箬的手腕。「我本求安穩度日，可他拿我們做筏，我怎能眼睜睜看著擎之誤入歧途，這是要遺臭萬年的啊！姑娘，我不求其他，只求留擎之一條命，陳家之財盡可散去。」

父母愛其子，則為之計遠，可這話如今放在他們兩人身上，倒是同樣適用。陳玥愛慕陳擎之，自然要為他考慮周全，保全身前事，思量身後名。

沈箬明白她所言，可也只得寬慰她。「夫人等等吧，侯爺已去追回米糧，且看結果如何。」

她正要抽手離去，陳玥忽然道：「臨江侯可是在尋找何物？我派人去看過，後院湖中有一把不知來處的鏟子，也有土堆被翻動過的跡象。」

追回徐昳與米糧事大，可礦場之事卻是關係到大昭命脈。如今開採之人還未到，他們手邊的人也不夠看住，萬一消息傳了出去，只怕要壞事。沈箬反手握住陳玥的手腕，一旁的思遠也從袖中取出飛刀，橫在她頸邊以做威脅。

「妳知道多少？」

陳玥面不改色，反倒低頭一笑。「我並非拿此來威脅你們，只是想著戴罪立功，替擎之積德修福。若我猜得不錯，府邸下頭是個礦場吧？」

沈箬不想傷她，可此人太過聰慧，宋衡又不在身邊，一時倒不好決斷。

飛刀在頸上劃出一道血痕來，陳玥卻似無感，正色道：「姑娘防著我，也是無用。今日早起，便有巡山的下人來報，山間似乎有人影閃動，還撿到了這個，我想總不會是侯爺的人吧？」

她把東西遞了過去，那是一截燒得焦黑的竹管，赫然是一枚燃過的煙花彈，在山中燃放，除了能做信號之用，沈箬想不到別的用處。

枉他們以為行跡隱藏得甚好，只怕一早便暴露了，跟了一路，只等他們選定礦址，便要動手。

沈箬攥緊竹管，廬州無人擅開採礦場，故而要從別的地方調來，最快也要明日才到。如今不知對方做何種打算來毀掉新的礦場，隱匿在暗處。她心中越發不安，果然事事並不如所想一般順遂。

「此事重大，我並未聲張，姑娘安心。」

沈箬如何能安心，若是這個礦場毀了，宋衡這些日子費的力氣不過是做無用功，她不想讓宋衡的高興落空。

手裡捏著竹管，也不知如何出了房門，她抬頭定神，才望向一旁的玉筆問道：「陳家礦場的事，有多少人知曉？」

「因著無人可採，故而只是傳書去了徐州，除了廬州太守，就沒人知道了。」

沈箬心中一鬆。還好知曉的人不多，或許還有法子周旋。

她想了許久，只勉強捏出個不算法子的法子來。

陳家依山勢建宅，算是把整片山脈劃入囊中，時有下人巡山驅人。此間獨有一處難點，便是山林廣闊，草木廣袤，反倒提供一處藏身之所。

如今偶然被陳家下人撞見，轉瞬又遁入山中不見蹤影，恍如針落大海，無跡可尋。此番來廬州，帶的人本就不多，又被宋衡帶走幾個，能由她支配的不過二十人，即便算上太守府那幫人，想在山中尋人也非易事。

好在雖無人手，卻帶足了錢財。

遣人同太守府打了招呼，便由玉箏在布告欄上張貼告示，借百姓之力，斷那幫人的後路。

告示上言簡意賅，只說山中有琪花瑤草，凡有能得瑰麗者，皆可來沈箬這裡領賞銀，賞銀多少則由花草樣式而定。此外更是格外標注一句，春日復甦，恐有蛇蟲，上山之人須結伴三人同行。

此令一出，倒是有些窮苦人家躍躍欲試，湊足了人就往山上走，不久捧著一株豔紅色的花卉下山，小巧別致，得了十兩銀子的賞。如此一來，先前嗤之以鼻的人坐不住了，紛紛結伴上山，一時間山中熱鬧異常，逼得那群人只得壓下動作。

思遠換了一盞油燈，好讓沈箬看帳本時不至於太累。

「侯爺還沒回來？」沈箬將今日花出去的錢財匯總核算，一抖算盤，朝著外頭看了眼。

思遠搖搖頭，替她收拾好帳本和算盤，答道：「應該就在這時候了。」說罷又覺得不妥。「姑娘，要不要把人召回來？府裡眼下除去奴婢與玉筆，只有另外三人。」

已過立春，可天色暗得依舊早，往外望去，除了兩盞燈籠在風中打轉，再無別的亮光。沈箬明白她的意思，夜色裡最容易隱藏那些牛鬼蛇神，只是若山上的人撤了，這白天花的力氣也就白費了。

無論如何，都要熬到宋衡回來。

「無事，去把院子裡的燈都點上，再讓玉筆過來，我們一起打葉子牌。」

沈箬這一整日都心神不寧，她設計讓那些人無法下手，卻不知他們是否備有後手？

生意人都是賭客，她這回是拿著廬州城百姓的性命去豪賭，若是那幫人窮凶惡極，索性放火燒山，那就是罪孽深重了。故而派出去的人不能撤，必須留在那裡，以防不備。

思遠出去點燈，院中一時間亮堂起來，恍如白晝，沈箬卻覺得越發不安。今日的事是她無能，只能想出這種不入流的法子來制衡。

她也想過，索性丟了礦場不要，可如此一來，便是方便外敵長驅直入，屆時便不只廬州百姓受苦。

兩相權衡，唯有如此。

「姑娘。」

思遠和玉筆捧著葉子牌過來，在堂中擺桌開局。沈箬強打起精神，手中握著葉子牌，心中難免想到山中情形。

好在有人隔半個時辰便來回報一次，支取現銀，每每帶來的消息總是風平浪靜，一切安好。

打過幾把葉子牌，還未聽聞宋衡有回轉的消息，沈箬卻坐不住了。

「我們去看看。」

思遠攔了兩回。「姑娘，天色已暗，怕是不安全。」

沈箬扶著門框，朝外頭張望。「只是去看看，我坐在馬車裡不出去。有妳和玉筆在，不會有事的。」

思遠聽到這裡，知道是攔不住了，只得陪著她出門上了馬車。

還未等人坐穩，便聽得有風聲響動，宅子西廂猛地火光沖天。思遠探出頭去望了一眼，只這一眼，神色便驟然冷峻起來。

她一把攥住沈箬小臂，袖中的飛刀隱隱有寒光閃動，這下怕是有一場惡戰。

「姑娘，別怕，坐穩。」

話音剛落，便聽得一聲長嘶，玉筆長鞭一揮，馬車不管不顧地衝撞出去，將道旁的一應堆積物掀倒在地。

馬車跑得並不平穩，顛得沈箬險些把晚膳吐了出來，只是形勢緊急，她只得強忍住心頭的不適。

外面是什麼樣子，不必看也知道，偶爾有風過帶起車簾，三兩枝羽箭便在此時落入沈箬眼中。

馬車繞過兩個彎，已到了西郊一處廢棄的破廟外，勒馬不及，車廂猛地撞在一旁的樹上，發出一聲巨響。沈箬斜斜撞向車壁，巨大的疼痛襲來，右肩瞬時沒了知覺。

羽箭還在接踵而來，穿透車壁，只差分毫便要傷到人。思遠帶著沈箬從車廂裡出來，馬車被團團圍住，外頭數十人身著黑衣，手持弓把，對著他們搭弓引箭。

跑不掉了。

這是沈箬腦中第一個念頭，思遠和玉筆即便再能打，赤手空拳也敵不過這麼多人，已是山窮水盡。

她偷偷捏了捏思遠的手，很是溫暖，不像自己這般冰冷。勉強定了定神，開口道：「這般苦苦相逼，所為何？」

即便知道他們是何人，眼下能拖一刻鐘便多一分生機。

「若為求財，放我們一條生路，必當雙手奉上。

「諸位身手了得，不思為國，怎麼還做打家劫舍的生計？」許是她話實在多，有一個人站出來，看著像是領頭的，勉強給了她一個答案。「妳阻攔了旁人的路，怪不到我們頭上。」

說罷手一揮，那群人換了弓把，從背上取下彎刀，直直朝這裡衝來。

兩方交手，又是以命相搏，兵刃交接，有溫熱的鮮血濺在沈箬臉上。腥臭味縈繞不散，沈箬顫著手去擦，反將鮮血糊了滿臉。

思遠奪過一柄彎刀，劈頭砍倒兩個人，對著沈箬耳語。「姑娘，等等若有機會，奴婢送妳出去。」

沈箬長在安樂鄉，哪裡見過這種廝殺場面，說話聲音都帶著顫抖。「我若是走了，你們怎麼辦？」

「姑娘走了，奴婢和玉箏才好放開手腳。」思遠把手裡的彎刀遞給沈箬防身，自己又奪了另一柄，帶著她往樹下走了兩步。「況且公子說過，要護著姑娘周全，讓姑娘受驚，已是奴婢失責。」

只有她不在，思遠和玉箏才不必顧著她。沈箬明白，與其死在一起，倒不如朝著這一線生機拚一把。

包圍圈越縮越小，玉箏與思遠圍著她，把人隔了出去，身上也難免帶了傷。

玉箏對著一處遞了個眼色，思遠轉瞬便明白，吐了口血沫，回身劈斷車轅，微微用力，把沈箬抱上馬。

「姑娘，抱緊了，別回頭。」

話畢，便用刀尖扎在馬尾的位置，馬匹吃痛，朝玉箏硬生生撕開的口子狂奔出去。沈箬拉不住轡繩，索性伏倒抱住馬脖子，一時間消失在夜色裡。

駿馬奔馳不肯停，順著一條荒無人煙的小道前行，馬蹄濺起沙石，從沈箬臉頰劃過。身後傳來追趕的聲音，幾個人擺脫思遠和玉箏的糾纏，不依不饒跟著。

一時間慌不擇路，駿馬馱著沈箬錯走了山道，一路朝著山中而去。

身上的衣裳已被樹枝劃破，風聲在耳邊呼嘯。沈箬不敢回頭，死死抱著馬脖子，手裡還攥著思遠給她的彎刀。

不知過了多久，人累了，馬也乏了，誤闖山中人布下的陷阱，馬蹄子被牢牢困在捕獸夾裡，噴著粗氣把沈箬甩下了馬。

沈箬滾了兩圈，趴到一邊拚命嘔著，直到腹中無物，只能吐出些黃水來。

身後沒了動靜，大概正漫山遍野尋她。沈箬微微抬頭，此時已是月上中天，星子明亮，山風吹過，帶著些春日的微涼。

她順著溪水走開兩步，屈膝坐在樹下，藉著陰影把自己籠罩起來。她抱著膝蓋，在心中把親近的人喊了個遍。

兄長、沈綽、元寶、銅錢……最後想到宋衡的時候，她微微低下頭。以前只覺得宋衡說他身邊危險是假的，今日親歷一次，才知其中凶險。

今日還算僥倖，保了一條命下來，可日後呢？若是真的成了婚，他們就是綁在一起的人了，大風大浪都是要一起過的。

那麼，她還要一頭熱地扎進去嗎？這門婚事，還有必要繼續嗎？

沈箬把臉埋在膝間，頭一次懷疑自己做的事是否正確。起初只是覺得宋衡長得好看，在她初來長安也算是體貼細心，之後幫她找回沈綽，替她平賭局，便覺得這人甚好，做夫婿也很是合宜。

誰不惜命，當真要把自己置於險境嗎？

她小聲抽泣兩聲。「哥哥，我想回家。」

其實若真想毀了這門婚約，宋衡自然不會攔她，甚至還會幫她擺平杭州太守。她自可安安穩穩找個相合的人家，舒心地過完這輩子。

只是想到這裡，沈箬又有些不甘心。好不容易把人捂熱了些，就要這麼放手嗎？何況只是想到日後嫁給別人，就和宋衡一點關係都沒有了，就覺得心頭酸脹。

沈箬埋頭想了許久，終於還是做了決定，似是安慰自己，自言自語道：「若是宋衡早點找到我，我就當這事沒發生過。」依舊歡歡喜喜對他好。

天將明的時候，沈箬半倚在樹上，迷迷糊糊作了場噩夢。

灰撲撲的世界裡，她站在不遠處，看著思遠和玉筆渾身浴血，直挺挺地朝後倒下。那幫人獰笑著朝她圍過來，伸手抓住沈箬手腕。

「放開我……」

臉上的汗與血跡混在一起，順著臉落下。沈箬尖聲叫著，從夢裡驚醒，卻意外引來一陣腳步聲。

踩過樹枝發出的窸窣聲似乎近在咫尺，許是被夢裡的景象嚇著，沈箬下意識抓緊了那柄用以防身的彎刀，瑟縮著身子躲在草裡。

高過小腿肚的雜草被人用手撥開，男人高大的身形漸漸近了，帶著濃重的血腥味，朝她這裡走來。沈箬做好了拚死一搏的打算，雙手緊握彎刀，只等人走近了，打他個措手不及。

人影靠過來，沈箬猛地舉刀劈下，卻被人攔在半空。力量懸殊，彎刀被震得作響，只聽有人喚了她一聲。

「沈箬？」

聲音再熟悉不過，夾著春風拂過，溫柔地攏著沈箬抬頭。

眼前的人慢慢蹲下來，小心地從她手裡拿過彎刀，隨手丟在一邊的草叢裡，望向她的臉。

「沈箬……」

只是話音未落，便被沈箬抱了個滿懷，終於還是忍不住嚎啕起來。「宋衡你怎麼才來嚇死我了……」

繃緊的神經在看到宋衡的一瞬間，霎時便鬆懈了下來，可正因為如此，才會卸下所有防備，不管不顧地向他求一個慰藉。

宋衡猝不及防被她一擁，屏氣穩住身體，肩頭承接著她的重量，僵著身體不敢動，心頭卻落下一塊大石。

他回轉之時，見到府中無人，循著痕跡前來，只看到思遠和玉筆力竭，躺在一群死屍中間，唯獨不見沈箬蹤影。平生二十餘載，這一刻卻慌了手腳，帶著人一路找來，終於在山間找到了人。

再多的話此刻也只在嘴邊打了個轉，化作一聲輕嘆消散。宋衡僵硬地抬手，撫上沈箬後背，試著替她順氣。

害怕隨著淚水蒸發，沈箬悠悠地打了個哭嗝，引得頭頂的人輕笑一聲，這才意識到自己哭了許久，甚是不好意思地離開那個懷抱。

看著宋衡右胸口濕了大片，她抽噎著開口。「對不起侯爺，我……我不是有意的。」

宋衡快速抽回了手，心中感慨失而復得的感覺如此奇妙，口氣也軟了許多。「先下山吧。」

沈箬點頭，掙扎著從地上起來，奈何腳踝處疼痛難忍，復又跌坐回地上。

「失禮。」宋衡解下披風罩住她，復又轉身蹲下。「馬中了獸夾，我揹妳下山。」

沈箬一時間愣了，遲遲不動。宋衡以為她顧及名聲，復又道：「只到山下，有人守著，不會有人看見。」

思慮再三，沈箬伸手圈住他的脖子，被人穩穩托起，一步一步朝山下走。

此刻沒了性命之虞，她的話漸漸多了起來，宋衡也甚是配合地同她一問一答。

「思遠和玉筆怎麼樣了，他們在城西破廟那裡。」

「皮肉傷，已經送去醫治了。」

「徐昳和陳擎之追回來了嗎？」

「徐昳跑了。」

沈箬「啊」了一聲，這著實可惜，陳擎之再如何不過是個從犯，丟了徐昳，再想找幕後黑手可就難了。

她還要再問，宋衡卻截斷了話頭。「妳只有這些要說嗎？若是如此，回去自會知曉，現下便不必贅言了。」

他原本想著，沈箬一個小姑娘受了這麼大劫，只哭了那半刻便好了，實在有些不大合理。許是怕自己嫌她煩，這才硬生生憋著不說，這於情於理都是不好的，故而才有如此一問。

只是這些年不習慣關心別人，對幼陵也做慣了嚴兄，話語出口才覺得有所不妥，復又補充了一句。「我的意思是，妳若是覺得委屈，不必藏著、掖著。」

身後的小姑娘許久未開口，正當宋衡以為自己的話戳著她的心，忙著開口道歉時，耳邊又有了溫熱的氣息。

沈箬極小聲地嘀咕了一句。「宋衡，我差一點就放棄你了。」說話的時候，宋衡正好踩過一根樹枝，蓋過了這句話。

「什麼？」

沈箬只當他沒聽見，搖了搖頭。

抬頭已能望見前路平坦，沈箬枕著他的肩膀，鋪天蓋地的睡意襲來，安安穩穩進入夢鄉。

宋衡沒得到回應，卻聽得耳畔有細微鼾聲響起，腳下不自覺避開樹枝，每一步都走得安穩踏實，好讓她睡得舒服。面上波瀾不驚，心中卻起了軒然大波。

其實那句話他聽得清清楚楚，一個字都沒有錯過。

第二十三章

沈箬醒來的時候，已過未時，身邊換了個新的小丫鬟來伺候。

渾身筋骨痠麻，似是被車轆過一般，傷口都被仔細處理過，上了藥用紗布包好。不過傷口多而細，近乎把她整個人裹了起來。

小丫鬟扶著她坐起來，餵了藥又要端飯過來，一口一口餵到嘴邊。

「姑娘右臂脫臼了，傷筋動骨一百天，須得好好養著。」

沈箬試著動了動右臂，撕裂感布滿全身，她嘶了一聲，疼得直掉金豆子。

小丫鬟連忙放下飯碗，從枕邊拿起荷包，神秘地掏出一顆糖來，塞到她的嘴裡。

「公子怕姑娘醒來受不住疼，特意準備了粽子糖，吃了甜食就不怕疼了。」

說著還朝身後指了指，滿桌都是拿油紙包好的零嘴，供她消遣。

嘴裡的糖化開，手臂上的疼依舊，哪來什麼歪理。不過想著宋衡一本正經地指揮著人滿街買零嘴，場面想來甚是有趣，倒讓她一時間忘了疼。

吃完了糖，她才開口問道：「侯爺呢？」

「午後去了太守府清點，現在差不多該回來了。」

小丫頭話音剛落，便聽到院裡有人喊了聲公子，隨即房門被人推開，宋衡從外頭進來。

跟著的人識趣地退了出去，守在院裡防著有人打擾。若說他們先前只是拿沈箬當侯府客人來看，今早看著自家公子揹著人下山，連披風都給了人，如今便是拿她當準夫人來看待了。公子要和準夫人說話，他們無事杵在那裡做什麼。

甚至連宋衡自己也不知道為何，回府的頭一件事就是來看她。直到小丫鬟把飯碗遞給了他，這才坐到床邊，很是自然地準備餵飯。

沈箬搖搖頭，之前吃得已經差不多，反倒想再吃一顆糖。她左手去取荷包，拈了顆糖進嘴裡，含糊地問道：「思遠和玉筆有沒有事？還有陳玥，我走的時候找人看著他們的。」

「皮肉傷，養幾天就沒事了。」宋衡放下飯碗，本以為兩人獨處會有些尷尬，此刻倒是不覺得了。「那幫人是衝著妳來的，並不曾顧及陳玥。妳可知妳此行有多冒險，萬一玉筆和思遠沒攔住，後果會是如何？」

「我也沒料到他們如此凶狠。」救她的人安好，沈箬也放了心，把昨日情形簡略道來。「我原以為他們會在礦場那邊動手腳，所以才把人都派了出去。對了，徐州的人到了嗎？」

「已派重兵把守，不日便能開採。」宋衡想了想，沈箬的膽子越發大了，須得培養她有所畏。「昨日之事，並非偶然，前有先例，後有來者，想要我命的人前仆後繼。之前跟妳說過，我身邊不安全，並非笑談，妳若是想得明白，自然知道該如何做。」

沈箬點點頭，昨日確實凶險，認真對宋衡保證。「日後再有這樣的局面，我一定帶夠五人。」

「妳……」

宋衡一時有些語塞，帶的人再多，總有可乘之機，最安全的法子，不該是離他越遠越好嗎？

沈箬見他表情不對，又試著開口。「我帶十個人？你手裡的人以一敵十，這定然夠了。」

宋衡語塞，隨手從荷包裡取出一顆粽子糖塞到嘴裡，思緒漸漸明朗。沈箬這個不撞南牆不回頭的性子越發變本加厲，如今是撞了南牆也不回頭，還一門心思拆了南牆。何況經此一遭，沈家和他臨江侯在外人眼裡，無論如何都已是擰成了一股繩，怕是想退也退不出去了。

「好。」

沈箬眼睜睜看著他吃了說是給自己的糖，隨即便爽快應了，左右看了看，糖是普通的糖，人也是從前那個人，當真是神奇。

不過不論如何，這事算是就此揭了過去。沈箬安安靜靜坐了片刻，追問起陳家來。「不知道侯爺要怎麼懲處陳擎之，我有些話想說。」

得了宋衡的首肯，她想著陳玥說的話，試著開口。「我知道陳擎之所為觸犯法度，可我昨日和那位玥夫人說過幾句話，她倒是看得通透，想得也深遠。陳擎之做錯了事不假，可他府中家眷就有些無辜了，凡事不知地被拖去定罪。何況若非陳玥前來，怕是這批米糧早就不見蹤影了。」

「妳是想讓我放了陳擎之家眷？」

沈箬一時間摸不清他的想法，猶豫著點點頭。

「畢竟，禍不及妻兒。」

這話不說還好，甫一出口，便見宋衡臉色沈了下來，別開了頭。

兩人原本和和氣氣說著話，此刻卻靜得嚇人。

問題便是出在了這句話上，「禍不及妻兒」這幾個字，許是犯了他的忌諱。沈箬咬唇想了想，宋衡雖說手段狠戾了些，可不是什麼容易遷怒旁人的主。這事揉碎了來講，陳玥還算有功一件，怎麼就至於讓他這麼快翻臉？

兩人懷揣著心思，也不說話，唬得來添茶的小丫鬟連門都不敢進。

沈箬想著，這樣僵著也不是辦法，伸手碰了碰宋衡的腰，道：「你不喜歡聽，那我就不說了，別讓人看笑話了。」

這話像極了閨中密語。

宋衡脊背挺得筆直，頭也不回，可還是開口道：「沒有，妳想說就說，不必顧及太多，我只是在想別的事。」

這話說真倒是不假，他還不至於為了一句話和她置氣，又怕沈箬不信他，解釋道：「我在想昨夜那群人的來歷。」

昨夜一場廝殺後，多數黑衣人被劓，剩下幾人也是死士，服毒自盡，如此一來便死無對證了。宋衡徹夜未眠，看著女大夫替她包紮完傷口，便就著燈火思慮半宿。

「看著不像是徐昳的人，他大概沒有本事招攬這些人替他賣命。」沈箬想起昨夜，後怕地打了個寒顫。那群人身手矯健，下手也不留餘地，不是徐昳一介富商能驅使的。

宋衡頷首。「事敗自盡，是花了心思培養的死士，甚至連徐昳都不過是一顆棋子。」

設計廬州米糧，覬覦礦場，如今又對他的人下手，怕是幕後之人按捺不住，想著天高皇帝遠，算計著他的一條命呢！

想他出仕多年，樹敵頗多，日日盼著他死的人多如牛毛，可真真敢動手的，不過那麼幾個。但也正是那幾個不怕死的，偏生有攪動國朝的能力，先前抓不住，如今倒是有了些眉目。

宋衡思及昨日繳獲的兵刃上，同樣刻有祥雲紋飾，與燈市大火後偷偷跟蹤他的人同屬一系。先前只是粗略瞥了一眼，今日仔細觀察，倒覺得有些眼熟。

「妳同我，這回當真是牽扯不清了。」他回頭望向沈箬，甚是無奈地同她說了這個事實。

誰知後者坐得久了，竟自顧自躺下，盯著他衣服上的金絲繡線發愣。此刻見他突然回頭，粲然一笑。「牽扯不清就牽扯不清吧，我往後的生意也好做許多。」

許是天性樂觀，總有與旁人截然不同的看法，正是深諳塞翁失馬的道理。宋衡倒是羨慕她這樣，杞人憂天地過日子，除了多長兩道皺紋，別無好處。

「隨妳吧。」宋衡看她似乎喜歡自己身上的繡樣，想著吩咐下人去繡個一樣的給她當帕子玩。

他不想說得太多，免得嚇著小姑娘，故而指指桌上的零嘴。「這些都是廬州城裡獨有的零嘴，還有些話本，妳無事可以翻一翻。等妳休養幾日，我們就該回去了。」

沈箬點點頭，按照原本的行程，礦場有人接手，他們便該起行回揚州。不過如今傷了幾個人，總得等他們休養幾日再走。

人看了，該交代的事也交代得清楚，宋衡沒別的理由繼續待下去，只說自己還有別的事要忙，左腳疊著右腳地走了。

沈箬躺著養了養神，頗有些無趣，便拿起宋衡臨走前放到床頭的一本話本。薄薄的一冊，裡頭文字與畫夾雜著，看著還算有趣。她翻了兩頁，正看得入神，卻有客來訪。

「姑娘。」

陳玥一夜間憔悴許多，舊時穿著的綾羅綢緞也換了粗布麻衣，坐到沈箬身邊。「我是來辭行的。」

沈箬見到她，又想起同宋衡求情面的時候，那人冷性冷情，顯見不願意網開一面。此刻陳玥頭上已無頭飾，臉上的妝也洗淨，一看便是被此事連累了。

「玥夫人，我……」

陳玥笑著擺擺手，眼中卻透著光。「姑娘叫我陳玥便好。明日我就要走了，聽聞姑娘吃了些苦頭，特意來看看。」

她從袖中取出一張方子，塞到沈箬手裡，話頭轉了開去。「這是我從前得的方子，姑娘家的，留疤總歸不是好事。」

沈箬推辭著不肯要。「方子珍貴，我照著配一帖就好了。」

「我如今用不到了，不如送給妳。」陳玥見她不解，輕輕撫了撫臉道：「女為悅己者容，可現下不必了。侯爺開了恩，只罰沒陳氏家業，擎之自知有罪，半句都不曾分辯。只是他同侯爺求了個恩典，抬我為正室。」

沈箬捏著方子發愣。宋衡這是重拿輕放了？

按照陳擎之犯的事，雖無明面上的實證將他定罪，可宋衡那樣的人，連大長公主都是說攆就攆的人，認定陳擎之有叛國的嫌疑，卻連個流放都不判，只是罰沒家業？

「我知道，是姑娘求的恩，故這方子給妳，不值一提。」

分明早就存了這樣的心思，偏偏在她面前裝得一本正經。沈箬低頭輕笑，宋衡這是逗她玩呢，不過他既然下了這樣的決定，必然是因此事還有回轉的餘地，不曾到不可收拾的局面。

她抬頭望向陳玥。這女子果斷，她有些喜歡，故而問道：「你們準備去何處？若是無處可去，我替你們置個鋪子。」

陳玥搖頭，眸中柔情似水。「不煩勞姑娘，侯爺留了一處田產，日後精打細算著些就是了。經此一事，我與他也算是得了善果，百年後也能與他同葬祖墳。」

大昭的規矩，唯有妻室可同葬。沈箬見她如此神情，竟是羨慕他們鶼鰈情深至斯。

陳玥看了看自己的手，十指纖纖，指腹上有彈琵琶留下的繭，輕聲嘆了口氣。

沈箬知道她在感嘆什麼，這雙彈琵琶的手，日後就要沾陽春水了，多少有些可惜。不過求仁得仁，世事皆無兩全。

「感懷姑娘昨日開解，忍不住多說了兩句。」陳玥面容沈靜，不同於前幾次相見時的拒人千里。「其實我本無姓，被人叫了十餘年的玥娘，被人逼著賣笑。我一心尋死時，臨江侯下令，教秦樓楚館改了規矩，我才得以藉撫琵琶為生。故而我信侯爺，做不得那些忤逆天道之事。」

這事沈箬有所耳聞，早幾年的時候被人傳得漫天。原本秦樓楚館不單單是個聽曲的地方，更做著皮肉生意，好好的姑娘進了那道門，便再無清白可言。若是兩廂情願也就罷了，偏生鴇母逼良為娼，打殺人命也是常事，不過勾結官府壓了下去。

後來不知為何，宋衡當朝請旨，由各州府衙清查秦樓楚館，將私人生意收歸朝廷所有，更是訂定條令，交由專司管理。此後風月場依舊，可再也不曾傳出人命官司。

沈箬輕笑一聲，沒想到宋衡種的善因，如今反而回報到了他的頭上。

陳玥又道：「姑娘與侯爺寬厚，更是讓我不後悔冒險行此舉。」她說完了想說的話，站起身，朝沈箬福了福。「山長水闊，日後與姑娘有緣再見，願姑娘萬事如意，與侯爺舉案齊眉。」

陳玥對著她粲然一笑，回身往外走，自去過她的如意生活。

沈箬卻暗自紅了臉。她隱藏得居然如此不好嗎？連陳玥都看出她的心思了。不過「舉案齊眉」四個字，倒是勝過千萬祝願。

三日轉瞬即過，礦場交由專人開採，宋衡發落太守，傳書去了長安。忙完這些，沈箬也能勉強下地，故而匆匆忙忙收整著往揚州走。

來時偷偷摸摸，去時卻是聲勢浩大，由官道一路往揚州走。

沈箬坐在車裡，思遠和玉筆一左一右坐著，陪她解悶。

她抬眸去看他們，臉上多少還留著傷痕。玉筆倒是還好，因著年紀小，被思遠護著，除了鼻子上還泛紅，其他倒是沒什麼傷了。

思遠則顯得有些狼狽了。兩邊臉頰各留了一道疤，下手的人保不齊有什麼毛病，對稱著下手。

「這是陳玥走的時候留下的，妳也抹一點。」沈箬照著方子配了藥，聞著有股青草味，此刻正伸手往思遠臉上抹。「她說得不錯，姑娘家的，別留疤了。」

玉筆盯著那藥膏看，頗有些心動。「姑娘，也給我一點吧。」

「你也是姑娘家？」

宋衡在外頭騎著馬，跟在馬車旁慢悠悠走著，裡頭說話聲聽得一清二楚。此刻聽到玉筆開口討藥，勾起嘴角開著玩笑。

玉筆癟了嘴，不敢回嘴自家公子，暗自卻想著，男人怎麼了，留個疤照樣不好看。

沈箬聽他們主僕逗趣，把藥罐子遞給玉筆。「都給你，別日後留疤娶不了媳婦，都賴到侯爺頭上。」

玉筆歡天喜地地接了過來，還特意掀開簾子，似是炫耀般在宋衡面前晃過。

宋衡面無表情地瞥了他一眼，暗自摸摸鼻子，怎麼就帶出這麼個沒出息的，留道疤怎麼就娶不上媳婦了？照這話說來，他身上還有不少舊傷呢。

許是無事煩心，車隊放慢了腳步，一路真如踏春般穿行花叢，直走到夜幕四合，連一半路程都沒走完。

好在沿途早有安排，壽縣驛館也早早收拾出來，備好酒菜等著貴人下榻。

沈箬腿腳還是有些不方便，也不知是不是犯了什麼忌諱，偏生他們姑姪輪流受傷。她正想著合該找個時候尋人化解，車簾便被玉筆掀了起來。

外頭的人得了吩咐，低頭不敢看沈箬，兀自低頭盯著腳前三寸土，故而雖然人多，卻格外安靜。

思遠半抱著她入內，選了靠南的房間，便有人端著吃食入內。菜色是最為簡單的農家小炒，不過選了時新果蔬，色彩誘人。

來送菜的丫頭似乎是驛丞的女兒，一樣一樣介紹。「這是最早的一波蘆筍，掐著最嫩的採摘，拌著辣椒炒，最是開胃。還有這些，都是阿爹自己種的。」

沈箬順著她的話，每道菜嚐了一口，又順口問她壽縣風情。幾句話下來，和小丫頭相熟了許多。

她放下碗筷，抬眼朝對門的房間望去，裡頭一片漆黑，顯見空無一人。

驛館簡陋，驛丞怕怠慢他們，把最好的兩間房留給了沈箬和宋衡，正巧是門對門，一眼就能望見對面的情形。此刻房裡無人，宋衡又去忙什麼了？

「思遠，侯爺出去了？」

思遠自始至終跟在她身邊，此刻也一無所知，還是驛丞的女兒恰好看見宋衡出門。

「侯爺往北面走了。」

沈箬點點頭，歇了攀談的心思，由著她們收拾，心裡倒沒多想。宋衡又不是大門不出、二門不邁的閨閣千金，四處走走也是常事，說不定是去拜會什麼舊交。

她屈手支著頭，無趣地盯著燭火跳動，只覺得房間裡有些悶，想去窗邊吹吹風。

思遠下了門，把人扶到窗邊，守著她發愣。

外頭天色昏暗，其實看不清什麼，只能大概聞到風裡帶來的油菜香，間或有兩聲犬吠。

沈箬靠在窗邊，微微閉目養神。

這段時日以來，她養了個不甚好的習慣，宋衡不歸，她就很難安睡。

膝蓋被人罩上了薄毯，沈箬抬了抬眼，風中不知何時亮起了兩盞燈，遠遠地往這裡來，人聲與犬吠混在一處，隱隱只能聽到「咬他」之類的話。

沈箬打起精神，趴到窗上，努力分辨。直到人走近了，藉著驛館燈火，她才看清宋衡自遠處而來，後頭還跟著一隻半人高的黑犬，朝著他狂吠不止。

不過黑犬沒有當真要撲上來撕咬，只是齜牙咧嘴地與玉劍對峙。

「天狼，坐下。」

黑犬溫順地坐好，從後頭走出一個十來歲男孩，拍拍愛犬的頭，隨即把一個布包丟到宋衡面前，扯著嗓子喊道：「誰稀罕你的破東西？總有一天，我會拿你祭我白家的人！」黑犬很是配合地低吼一聲。

「拿我祭白家？就憑這條狗？」宋衡輕笑一聲，很快消散在風裡。「白卿瀚，想要本侯命的人多了去，你算哪一個？」

宋衡從玉劍手裡接過佩劍，挑起地上的布包丟到黑犬頭上，引得牠又是一陣齜牙。

男孩不甘受辱，憤憤道：「你等著！多行不義必自斃，我就不信你真能隻手遮天，我白卿瀚就此立誓，此生……」

沈箬見他要賭咒發誓，突然出聲喊道：「小公子，你知不知道有一句話，叫做斬草除根？」

斬草不除根，存心是給自己添堵。她算是看明白了，這白家或許同宋衡也有那麼些仇，大約還牽扯人命在其中。不過宋衡給這一家留了這根苗，也不算是趕盡殺絕。這獨苗不好好想著如何平安長大，反倒過來招惹他，怕不是嫌自己活得不夠久？

白卿瀚見有人出聲，正要抬頭望去，卻見宋衡一步攔在自己面前，拿自己的身體把樓上光景擋得嚴嚴實實。

沈筈還在上面說話。「小公子，快回去吧，別讓家人操心。」

白卿瀚撇開頭，正好瞥見愛犬伏在地上啃草皮，無處發洩，抬腿輕輕踢牠。黑犬茫然抬頭，意思意思叫喚一聲。

「我早就沒有家人了。」他低聲哼道。

宋衡無甚耐心同他議論家人之事，把劍丟回給玉劍，背轉身去，正好同樓上的沈筈相對。

沈筈拿完好的左手同他招呼，宋衡輕咳一聲。「你若是想下去陪他們，大可繼續。」

「你！」白卿瀚捋著袖子就要上前，身後卻有個年邁的聲音喚他。

「公子。」鬍子花白的老人家拄著枴杖，一瘸一瘸地走到白卿瀚身前，對著宋衡深深一揖。「臨江侯恕罪，還望念在公子年幼，無人教導的分上，高抬貴手。」

宋衡哼了一聲。「縱得一時，反害他一世。」

老人家連連稱是，佝僂著身子道：「勞臨江侯提點。」

「去吧。」

宋衡沒打算和他計較，任由老人家半拖著白卿瀚離開，任憑他污言穢語罵了一路，只當充耳不聞。

待天地重歸寂靜，他復又抬頭望向沈筠的房間，窗子不知何時被人關上，人影被拖長，裡頭的人似乎是在翻閱著什麼。

袖中的書信被捂得發熱，宋衡抬腿往樓上走，繞過迴廊，腳尖一頓，換了個方向，叩響沈筠的房門。

「我有事同妳說。」

思遠開門把人迎了進去，正巧看到沈筠舉著話本仔細研讀，彷彿先前看熱鬧的人不是她一般。

「明日直接回長安。」宋衡在案前坐下。「南詔使臣前來，聖上急召。揚州那邊我已經派人去接了。」

他們離開長安有一段時日了，再不回去確實有些說不過去，何況大事在即，不繞路去揚州也是常理。

沈筠善解人意地點點頭，放下話本。南詔與大昭世代友好，常有和親，這次使臣前來，應當也是場盛事，說不定還能尋機讓沈家的商隊跟著做上幾筆生意。她嘴角勾著笑，這真是一本萬利的好事情。

不過這事倒是可以從長計議，眼下她更好奇的是，白卿瀚那小傢伙同宋衡的淵源。她抬頭在宋衡臉上打了個轉，又不知如何問出口，只能把眼神落到案上，似是無意感嘆道：「那小公子一個人跑出來，家人不知該有多擔心。」

「他家人都沒了。」宋衡神色如常。「皆因我而死。」

沈箬大概也猜到了，雖依舊好奇，可卻不好繼續追問。

誰料宋衡自己吐了個乾淨。「幾年前修築佛塔，犯事的就是白卿瀚的父親。」

如此說來，沈箬倒是想起來了。

大昭開國以來，歷代帝王篤信佛教，連帶底下的百姓皆頂禮膜拜，把佛教眾人的地位捧得水漲船高。三年前一位法師圓寂，化作一粒舍利子，異彩紛呈，是為吉兆。不知是哪個人牽的頭，說要把這舍利子供奉起來，焚香祝禱，祈求上天庇佑，引得百姓皆稱天意。

不過數日，聖上降旨撥款，命時任工部尚書的白敬修築佛塔。這白敬恰恰是佛教信徒，一味追求華麗，光是橫梁便要百人之力才能拖動。誰知事發突然，那根橫梁突然墜落，死傷無數，修築佛塔之事暫歇。

白敬本該判流放，然主審官卻是宋衡。原本不過是照律法辦，偏偏宋衡一切從重，壓下眾議判了斬刑，家眷同罪連坐，流放千里。白敬的夫人見到夫君死狀，一頭撞死在臨江侯府門前。

此事一出，彈劾宋衡的摺子越發多了，只差當著面罵他草菅人命。可他們只見白敬之慘，何曾顧及那群枉死的匠人。

宋衡先前不覺得如何，此時見沈箬臉上的笑一點點收斂，微微皺起眉頭，聲音裡有他自己都不曾察覺的小心。「妳也覺得我做得過了？」

沈箬先是搖搖頭，而後又咬著下唇道：「我只是覺得為了佛塔折了這麼多條性命，好心倒是成了壞事。」

宋衡哼了一聲。「佛教之說，本就是蠱惑人心罷了。」諸天神佛若有靈，又如何會有這般多不公。

「信則有。」沈箬家中自不免俗，也是時常供著幾尊佛的，她朝半空拜了拜，又道：「有所信，才能有所規勸。總歸佛教還是勸人向善，那些信徒行善比為惡要容易得多。」

她一隻手還被紗布裹著，拜的姿勢尤為滑稽，宋衡難得露了笑，同她解釋白卿瀚的事。「白敬同他夫人死後，長女纏綿病榻，熬了一年也去了。趁著辦喪事，白卿瀚被人帶著偷跑到壽縣來了。」

一家寥落，難怪白卿瀚對宋衡有這般恨意。哪怕父親再罪孽深重，作為子女自然不會多有責怪，只會責怪旁人。只是宋衡就此放過白卿瀚，倒讓她不曾想到。

「你不曾派人捉拿他？」

宋衡搖頭。「這其間涉及頗多，最緊要的是江璆然插了一腳，賠上一切保下了白卿瀚的命。」

第二十四章

「江璆然？」沈箬忽地想起那位清瘦的男人來，甚是有些意外。「大理寺卿？」

宋衡頷首。「事出之時，他本在太學授經，不日便要進為國子祭酒，前途順遂。不過為了白家的人，江璆然以江家勢力，一力壓下舍利供奉之事，算是以此向我換白卿瀚一條性命。」

都是前塵往事了，即使是當事人，其中細節也多有不記得，何況如今再去計較也無他用，故而他只是簡單交代了幾句，讓沈箬有個大致了解就是。

舊事重提，多少有些不同往日的感慨。

「他也算有些情意，為了和白璇璣的一樁未成婚事，肯做至如此地步。」

宋衡深陷往事，感嘆當初江鏤放棄大好前程不要，甚至不惜離家照顧白璇璣，也算是少年情深了。只不過，太過為情所困，反累及自身，在他看來卻是愚笨不已。

「原來如此。」沈箬隨口答了句，江鏤和白家的關係倒是她不知道的。

兩人各有所思，一時間靜默不語。案上燭火跳動，晃著人眼，沈箬漸漸有了睏意，不由打了個呵欠。

宋衡聞聲抬頭，只見沈箬支手撐著頭，眼角掛著因睏意沁出的淚珠，卻還強打精神睜著眼。都說燈下賞美人，往日只覺得她恰似江南溫柔，今日朦朧裡，倒是平添許多意味來。
至於這意味如何，倒讓宋衡突然有了最恰當的形容。若是白璇璣如她現下這個模樣，或許自己也會做出許多意氣事來，江鏤那樣的作為，大抵有了解釋。
「妳早些休息。」
宋衡驚訝自己的貪慕美色，急著起身離開，無意帶得案桌一動。大約是今晚月色迷人，加上他休息不足，才有這些混帳念頭。
沈箬原本微微瞇著眼，猛地被帶著一震，茫然地抬頭看向他，眸中水光瀲灩。
宋衡與她目光相接，連著退了兩步，她這副懵懂無知的模樣，倒是有些有趣。
有趣？
他心頭大動，今日這是怎麼了，所行所想皆與往日不同，倒是有些像中了蠱。
「我還有事，明日再說，妳早些休息。」
宋衡匆忙丟下一句話，連頭都不再回，幾乎是落荒而逃，徒留下沈箬帶著睏意不得其解。
因聖上急召，他們不好再多做停留，第二日備下行路所需，便揚塵西行。
誰知走了不過半日，便下起了綿綿春雨。車隊在樹下避了半個時辰，這雨卻半點停下來的樣子都沒有，只得臨時戴了斗笠，冒雨前行。

宋衡自然不好屈尊坐到運行李的馬車上，四下又是僻靜村裡，臨時採買馬車反倒麻煩，故而順理成章地與沈箬坐到了同一輛馬車上。

因沈箬的腿傷，這馬車還算寬敞，鋪上厚實的墊子，坐著並不怎麼顛簸。

宋衡上馬車的時候，裡頭三個人正湊在一起打葉子牌，其間玉筆神色最難看，大約是輸得最慘。他一上馬車，喧鬧聲戛然而止，三個人爭搶著把葉子牌藏起來，顯然是把他當瞎子。

宋衡不聲不響，兀自坐到一旁，全然不管他們玩鬧。畢竟這一路漫長，沈箬沒有幼陵與她閒談，怕是要憋出病來，玩葉子牌就玩吧。

誰知這牌局竟就因此散了。玉筆和思遠還記著規矩，很有默契地坐得筆直，兩耳不聞。沈箬卻不然，葉子牌玩與不玩都成，不過宋衡似乎喜靜，他們這麼鬧，必然是要攪擾他的。

故而這一路，車裡大部分時候極為安靜。沈箬時而捧著話本，看到盡興之處輕笑兩聲，時而又靠著打盹，日夜不分，時候過得也快。

不過每每醒來，身上總披著薄毯，話本也被人好生收整放在一旁。

起初還以為是思遠做的，沈箬覺得這丫鬟貼心細緻，每每同她投去讚賞的目光，都被人避開了。

直到她某一回堪堪入夢，夢到許多驚險之事，於夢中握住浮木，霎時驚醒。順著自己的手望去，宋衡的小臂被自己牢牢握住，半頓在空中，似乎不曾料到她突然驚醒。

而自己身上，正蓋著那塊薄毯，毯子另一頭被宋衡捏在手裡。

宋衡鬆開手，毯子罩了她滿臉，沈箬手忙腳亂地鬆開手，去揭臉上的毯子。

「作噩夢了？」宋衡輕咳一聲。「思遠，去取薏米。」

沈箬從毯子裡掙扎出來的時候，宋衡已經坐回到原位，捧著慣常看的書，只當無事發生。

難怪思遠和玉筆連頭都不回，敢情這幾回的毛毯都是宋衡蓋的。

「不用……」

沈箬來不及阻攔，思遠就如蒙大赦，去後頭取薏米了，就連玉筆都嚷著陪她一起，急吼吼跳下了車。

車裡一時間只留下他們兩人，沈箬也沒了心思再睡，捧著毛毯望著宋衡側臉發愣。不知為何，總覺得宋衡有些不同了，這張冷面似乎有了裂縫，正日漸消融。

會說笑、會關心人，不像是石頭被捂熱了，更像是封存許久的種子終於發芽了。

「好看嗎？」

宋衡翻過一頁書冊，頭也不回地揭穿她，這般目光灼熱，是個人都能感覺出來。

原本以為她會有些姑娘家的嬌羞，紅著臉不說話，誰知沈箬點點頭，老實答道：「好看。」

好一招反客為主，反叫宋衡耳根微微泛了紅，不知該說什麼來回對，只能任由沈箬大大方方望著他。

為著這一遭，宋衡有些坐不住了，看書之餘，偶爾會掀起車簾張望外頭雨勢，只等雨停便要換去騎馬。

可春雨細密不止，似是存心與他開玩笑，一連下了十日，把他困在馬車裡不得出。

總算等天放了晴，他們也回到了長安城，宋衡騎不騎馬，已不再重要。

「公子，今日是金鱗宴，須得繞道。」玉劍在外頭敲了敲車壁，知會宋衡。

宋衡掀起車簾，朱雀街兩旁早有禁衛列隊，將前來觀摩的百姓攔在身後，隔出一條道來。大昭規矩如此，新科進士三甲須遊街一圈，而後前往麟德殿赴金鱗宴，這一日的朱雀街僅供遊街之用，哪怕是皇親都不可輕易越過。

他一揮手，算是應了，驀一回首，只見沈箬探著脖子費力張望，看著很是好奇。

「去東興樓要個朝西的雅間。」

這狀元遊街算是盛事，左右已經到了長安，也不急在這一時，沈箬想看，那就讓她舒舒服服地看。

馬車調轉了方向，晃晃悠悠朝東興樓去，趕在遊街前頭把人送到。

沈箬上樓推開窗子，下頭已是熱鬧非凡，連帶著東興樓這個最好的觀望地點都人滿為患，堪比上元佳節的燈會。

約莫過了一刻鐘，人群突然攢動起來，遠遠有鑼聲響起，這便是狀元遊街開始了。

「進士遊街，為首的便是狀元，其後是榜眼與探花。」宋衡站在她身後，輕聲細語道：「算是讓天下人見識新科士子的風采。」

禮官走在最前開道，身後白馬慢行，上頭馱著紅衣狀元郎，腳踏春風，風光無限。

他們走得甚慢，由著所有人看清了模樣，沈箬等了等，還沒看到那位新科狀元的模樣，忽然回身，險些撞進宋衡的懷裡。

宋衡退開半步。「怎麼不看了？」

沈箬抬起頭，目光在他臉上來回打轉，問道：「我記得你曾是狀元？」

「嗯。」他頷首，這事本不是什麼秘密，她知道也不為奇，隨口問了句。「怎麼？」

沈箬只遠遠看見一襲紅衣，少年意氣風發，突然很想知道宋衡那時是什麼模樣。沒有如今的老成持重，那時的他應該也是春風得意，一日看盡長安花吧。

「沒什麼，只是突然很想看一看那紅袍穿在你身上的模樣。」她未曾見過那般的宋衡，只能歪著頭想。「定然很好看。」

宋衡回想那一日，於他而言並無甚不同，不過要穿著既定服飾，繞著走這麼一圈，還要被人當猴般看著，實在是不自由得很。仔細想想，那日還有人拿香囊砸他，他的表情似乎並不怎麼好。

「沒什麼好看的。」他抑制住將要翹起的嘴角，還要再說，雅間的門突然被人打開，薛幼陵扶著沈綽到了。

數日不見，沈綽已能行走，不過還有些跛腳，臉上陰鬱之色少了許多。

「沈姊姊。」薛幼陵把人扶到凳上，直奔著沈箬而來，平白把宋衡擠了開去，親熱地挽著手一起看狀元郎。

宋衡輕嘆了口氣，原本的話都憋了回去，一掀衣袍在沈綽對面坐了下來，自顧自斟茶。

「沈姊姊，今日狀元遊街，說不準還能成就幾樁姻緣呢。」薛幼陵年年都來看，熟悉得很，遙遙指著人群道：「狀元之才，前途不可限量，多的是女兒家來看，這裡頭還有高門貴女。不過她們不好混在人群裡，大多都是包下雅間，遠遠看著。等等妳可看好了，有些膽大的姑娘，還會拋花擲果呢。」

話正說著，人卻近了，馬上的狀元郎面上帶笑，年歲尚輕，懷裡積了些花瓣。

沈箬順著望去，大吃一驚。

這人竟是個熟人？

「徐眠？」

沈箬愕然出聲，這高頭大馬之上坐著的，不就是徐昳之子，此刻正拱手朝四下作揖。

宋衡聞聲，起身站到她身後，越過髮頂朝下望去。

「似乎見過。」

似是那日遣大長公主出城時，跟在沈箬身後的男子。

沈箬點點頭。「那日跑了的徐昳便是他父親。先前只見過一、兩回，倒不知今次魁首竟是他。」

「玉劍，去吏部跑一趟，要三甲的策論卷子。」

「你懷疑他？」

宋衡一瞬不瞬地盯著徐眠，隨口回道：「隨意看看罷了。」

他們打著啞謎，說些薛幼陵聽不懂的話，在他們臉上來回望了兩圈，什麼事都不曾瞧出來，托著腮自去看下頭。

下頭的百姓只當這是場盛事，大戶人家也看作擇婿的好時機。新科三甲中，徐眠風頭最盛，何人不愛少年貌，尤其是與後頭上了年紀的榜眼和探花相比，越發襯得他如仙。

花枝從人群中拋出，大部分入了徐眠的懷，每逢此時，他便衝著拋來花枝的方向展眉一笑。

車隊經過沈箬等人正下方，卻見隔壁的雅間遙遙拋出一塊玉墜子似的玩意兒，在空中擺盪一圈，不偏不倚落在徐眠的馬上，引眾人朝上頭望來。

徐眠自不例外，抬頭仰望時，目光掃過沈箬這處，朝她微微頷首，算是打了招呼。

薛幼陵回頭看看宋衡，問道：「九哥，你和沈姊姊認識他？我總覺得他在看姊姊。」

後面半句話自然是問沈箬的。

「不認得。」宋衡面無表情，坐回桌邊，意有所指道：「茶要涼了。」

沈箬卻意外地明白他的意思，回身坐到桌邊，捧起他新斟的茶，附和著回應薛幼陵的問題。「見過兩次，除了姓名，別無所知。」

「或許是我看錯了吧。」薛幼陵乖巧地坐了回來，莫名覺得這兩人之間似乎有些不大一樣，然具體不同在何處，一時沒有頭緒。她從沈綽面前的碟子裡拈了塊糕點，碎渣子掉了一路。「不過隔壁雅間的人不知道是哪家的，拋玉墜子出去，說不準是哪家姑娘看上了他。」

沈綽白了她一眼。「八卦。」

「我不過隨口說說罷了，你不願意聽，自己把耳朵堵上。」

「我偏不。」

兩個人吵得火熱，相互扮著鬼臉，嬉嬉鬧鬧地倒也開心。沈箬和宋衡這麼看著，樂得見他們如此玩鬧。

如此吵了片刻，玉劍便捧著卷子回來了，把糕點挪開，一一鋪展在桌上。

宋衡依次看了，眉間皺得越發緊，閱至最後，不覺冷笑一聲，問起玉劍。「只有這些？」

「吏部說原卷都在聖上案前，這些是先前謄抄了一半的。」

他放下手中的卷紙，這吏部的人差當得越發好了，陽奉陰違拿著半卷答卷給他，還敢把聖上抬出來。

向來策論都是科舉重中之重，給了這半卷不著邊際的東西，如何能看出文章好壞？

「那就去聖上那裡跑一趟。」

他把卷紙還給玉劍，也唯有他敢如此，聖上案上的東西說取就取，半點也不猶豫。「再去吏部甲庫把徐眠的甲歷取來。」

玉劍領命退了，沈筈見他此番動作，頗是有些大動干戈，故而問道：「這卷紙不對？」

「無甚不對，筆法流暢，遣詞精準，堪為上佳。」宋衡簡單品評了幾句。「不過立意差些，這樣的文章做個探花已是頂破天，難免讓人嘲笑大昭無人。」

沈筈方才偏著身子也看了兩眼，其實她不大看得出文章好壞如何，只是覺得徐眠的一手字寫得還算有些意思，此刻聽宋衡如此說，一時不知道如何插上話。

倒是一旁的沈綽開了口，言語間多有輕賤之意。「立意深遠向來難得。」

若非意外，今次他也該是趕考中的一人，如今只能終日陷於輪椅，勉強度一日、算一日。在揚州的那段時日裡，薛大儒日日帶著他釣魚，算是磨鍊心性，本以為不會再有起伏波瀾，誰知看到狀元遊街，心中仍有不甘作祟。

他並非自負之人，指天誓日地說這狀元定是他囊中之物，可如今連試一試的機會都沒有，何人能甘心？

「難得並非不可得。」宋衡見他低頭，便知心中鬱結未解，開解道：「若因難得便輕言放棄，那才是愚不可及。沈綽，遇難而上，青雲路並非只此一條。」

沈綽忽地抬頭，在他認知裡，宋衡高高在上，向來說的話也不多，今日卻肯這麼開解他，偏巧每一句話都點在他心裡，輕易撥開了眼前迷霧。

「我……」

他想著說些什麼，卻見宋衡很快別開了頭，望著手邊的沈箬道：「時候差不多了，我送妳回去。」

沈綽嘆氣，果然是看在姑姑的面子上才對他多有照拂。

隊列入了宮門，下頭的人也漸次散了，沈箬點點頭，卻想到宋衡或許有許多事要忙，不必再去永寧坊繞上個圈子。

「我和綽兒自己回去就好，何必煩勞你去繞這個圈子。」

宋衡似與她心思相通。「無事。」左右不急在這一時半刻，先前沈箬縮在林間的場景時時浮現，讓他不敢再輕易留她一人。

誰知倒是被薛幼陵截了胡。「想來這段時日九哥案上堆滿了事，我有許多話想和姊姊說，九哥別打擾了我們。」

連衣物都是現成的，不必再去府裡取，她這是在永寧坊住上癮了，活生生一齣樂不思蜀。

宋衡還想再說，身邊一圈的人齊齊望著他，不大明白他今日為何這般執著？尤其是玉筆，似懂非懂，想著有空找方子荊好好探討一番。

他摸摸鼻子。罷了，左右身邊有人看著，他若是再堅持下去，怕鬧得不好看，只得把人送上馬車，分道而行。

待回轉府中，玉劍正好捧著東西回來了。

「公子，這是卷紙。」

宋衡只挑了徐眠的仔細看，不多時便察覺出其中問題來。文章流利有餘，立意不足，其意太過流於表面，深究其理，卻不能自證，這樣的東西若是在他手裡，怕是要落個賣弄辭藻。

往年卷紙都要送到他這裡，由他朱筆欽定，再呈到御前，今年因在外地，故而便省了這一套，誰知竟選出這麼一群無能者來。

「甲歷呢？」

玉劍又遞上徐眠的甲歷，猶豫片刻還是說了。「公子，今日去取甲歷，吏部甲庫的人說起徐眠之父。」

甲庫令史須將考生籍貫信息登記造冊，能知道徐昳也是情理之中，只是不知說了什麼。

「聽聞徐昳一個月前不知所蹤，徐眠還去報了官，稱府中丟了大筆錢財。估算日子，徐昳失蹤時，公子正前往廬州。」

宋衡翻閱手中甲歷，這是連退路都想好了。他手指按在一處，道：「徐昳受人指使前往廬州，一開始便是顆廢棋。」

指腹下「父不知所蹤」幾個字越發顯眼。這人竟如此小心，一早便想好徐昳若是失敗，則半點礙不到徐眠頭上，畢竟一個早就失蹤的人犯下罪行，與遠在千里外的家人又有何關係？

如今徐昳廢了，徐眠便是一顆新子，擺脫商人身分，理所應當出仕。

他想起白日裡徐眠抬頭看沈箬的那一眼，只覺得有些煩躁。當然，他只歸結為其人心術不正，各色猜想也應運而生。

宋衡輕輕搖了搖頭，最近不知為何，事事與沈箬相關，便覺得難辦。他從隨身的荷包取出一顆粽子糖，說來這還是沈箬送的，甘甜不膩人，正好是他喜歡的味道，拿來定神最好。

「去找人盯著徐眠，查一查徐家往來。」他抬手揉了揉眉間，吩咐玉劍。

玉劍拱手稱是，來回想了兩遍，終於還是開口提醒。「公子，您近日吃糖的頻率，似乎多了許多。」

說罷便一溜煙跑了，生怕宋衡追究他多嘴。

宋衡一人靜坐，捏著荷包發愣。他近日當真吃了這般多的糖？

然手中荷包空空，分明是在附和玉劍的話，似乎前幾日才裝過一回糖。

宋衡雙眸定在荷包的穗子上，似在回味那一句話，半晌才微微抬起頭，望向門外。他這個壞習慣，怕是被沈箬慣得越發沒邊了。

他是北方人，其實並沒有那麼喜愛甜食，粽子糖會成為他的偏愛，只是因為幼時老師送過一粒。

他走到院中，抬頭望天，有那麼幾只紙鳶浮在風裡。宋衡思緒漸隨著飄散，那年被薛大儒撿回來的時候，似乎也是這麼個春和景明的日子。

在太傅府裡將養了大半年光景，才把他內裡的虧空補回來，勉強到了下半年才下床跟著薛大儒讀書。宋衡聰慧，奈何開蒙晚，平白蹉跎大半光陰，跟著薛大儒唸書，難免有些乏力。那日冬至，跟在薛大儒身邊學文的公子們早早做完功課，散去家中吃湯圓，唯有宋衡一人，遲遲背不下來，甚至被人遺忘，熄了燭火。

宋衡皺眉，那篇文章若是放到現在，斷然是不必花這般多工夫的，偏生那時就是背不下來。

許是少年不甘如此，沒去前廳吃湯圓，反倒立在後院雪中背文。大雪壓肩，下人來喊過他幾次，皆被他推了出去。背到最後，宋衡耐心逐漸消磨，孤身一人坐在後院樹下發愣。愣著愣著，臉頰便濕了。自卑和無力遍布全身，甚至連冷都覺不出來，少年宋衡頭一回認為，人定勝天這話實是玩笑。可薛炤能救他一次，就能救他第二次。

「九齡。」

下人喊不動人，跑去書房請來了薛大儒。薛炤找遍了園子，才在樹下看到蜷縮成一團的少年，凍得直發抖。他把披風從頭罩下，在宋衡面前蹲了下來。「怎麼坐在這裡？今日是冬至，去吃碗湯圓暖一暖。」

彼時的宋衡還不像如今日這般老成，喜怒形於色，抽著鼻子委屈兮兮道：「老師，學生背不來《大學》，學生無能。」

薛炤沒承想是為了這樁事，拍著他肩膀道：「你開蒙晚，《大學》背不來也是常事，日後慢慢學就是了。」

「可是別的人都會，偏偏我不會。」宋衡執拗地搖頭。「辜負老師教導了，學生……學生……」

他本覺得自己愚笨，令薛炤蒙羞，想著自請離府，可真到了這一刻，這些話偏偏說不出來了。

薛炤從宋衡手裡接過冊子，合上書頁放到一旁，變戲法般從袖中掏出包好的粽子糖，遞給他一顆。「這世上最無趣的便是與旁人比較，勝或輸又如何，徒添煩惱罷了。」

他哄孩子一般讓宋衡吃了糖，轉身與他一同坐在樹下。「含著糖，靜靜心，文章自然背得出來。」

宋衡聽了老師的話，把糖含化，脫離了那些之乎者也，心裡也澄淨幾分。他復又捧回書冊，讀了兩遍，雖不十分流利，可較之前已是好了許多。

「老師！」

薛炤在一旁聽得清楚，抬手摸摸宋衡的後腦勺。「你啊，心思太過純粹，以致執拗。許多事上，不必急於求解，大可放一放。九齡，這袋糖贈你，日後若有不可解之處，不妨含一粒靜靜心。」

師徒兩人就著雪，一聊便是大半宿，待第二日起來，皆是鼻音濃重，噴嚏聲此起彼伏。

可就是自那天之後，宋衡身邊不離粽子糖，與老師的教誨一同伴著他。

宋衡回神，天邊的紙鳶已經飛遠，不知是斷線了還是主人家收了線。朝堂之上，明槍暗箭，煩心事不少，摸爬滾打著也就適應了。

能如這段時日般嗜糖，似乎還是先帝將崩，新帝即位之時，內憂外患亂做一團。

他長長舒了一口氣，這段時日的事情比之過往，不過爾爾，若要說有何處不同，大概……

是沈箬。

觸及沈箬這兩字，宋衡心中一怔。這個姑娘頂著自己未婚妻的名義而來，所做所為不同於尋常閨閣女子，即便自己再如何否認，卻不得不承認，面對沈箬時，他確實束手無策。

他抬手撫上心口，跳動自手心傳來，莫名有些煩擾。自己心中如何想的，宋衡一時也摸不準了。

半晌，才無力地垂下手。罷了，老師說得是，想不明白的事，放一放便是，也免了庸人自擾。

第二十五章

翌日午後，沈箬用了飯，帶著兩個小的，往自家鋪子裡去。

離開也有些日子了，再不上心打理生意，只怕是要入不敷出，坐吃山空。

好在鋪子裡有言叔，替她打點得周全，帳本上的數字也無大出入，尤其是櫃坊的生意，做得越發紅火，錢財如滾雪球一般。

正當她從西市鋪子出來，預備帶人去找間茶樓坐坐，看看胡人表演，迎面便遇上了新科狀元徐眠。

徐眠如今已非商賈，特意改換服飾，笑著同沈箬打招呼。「沈姑娘，今日趕巧，竟在此處相見。」

昨日聽宋衡提了那麼一嘴，沈箬心中也有三分疑慮，礙於面子回禮。「徐公子。」

「聽聞沈姑娘前段時日去了揚州。」徐眠並無離開之意，數日不見，說話間卻有了些不疾不徐，似有成竹在胸。「揚州風光旖旎，最是養人。」

沈箬不明白他為何說起這些，心中卻依舊記著從前徐昳意圖撮合他們兩人，徐眠表現得也還算上心，不自覺退後一步。

徐眠注意到她的動作，順勢也退後了一步，兩人間隔出些距離來。他溫潤一笑道：「從前是父親玩笑話，姑娘不必放在心上。今日長息不過是來變賣鋪子，見著姑娘才多說了兩句。」

此番說話神態，似乎當真是把前事拋盡，只做閒談。

沈箬卻不管他如何想，只是注意到他口中的變賣鋪子。

按理說來，徐家生意做得也還算紅火，朝廷中為官者，名下有鋪子的也是正常，更何況他出入朝堂，需要打點的地方必然不少，怎麼反倒要變賣鋪子？

「數日不見，徐老闆莫不是有了別的生意？」沈箬只當不知徐昳之事，想著能否套出些話來。

只是徐眠卻半點也不隱瞞，當著這般多往來的人道：「父親前段時日不知去向。」他眸中神色一暗，又很快恢復到原先那般笑著。「長息不日便要往尚書省報到，母親年邁，這鋪子生意難免無暇顧及，與其這般，倒不如變賣了，只留一、兩間抵做家用罷了。」

這話說得還算在理，徐眠未娶妻，也無兄弟姊妹，他做了官，自然難兩頭顧及，此法算是在情理之中。

「原來如此。」沈箬點點頭。「還不曾賀徐公子金榜題名。」

徐眠擺手。「同窗多能人，長息不過僥倖罷了。如此便不攪擾姑娘了，長息告辭。」

沈箬示意他自便，兀自站在原地思索。徐眠這話說得滴水不漏，也不知是她的錯覺還是如何，彷彿一夕之間，他竟似換了個人。

「姊姊，那邊那輛馬車似乎停了許久。」薛幼陵指著街角一輛馬車，對沈箬道。

沈箬朝著她的手指方向望去，馬車簾子正被人放下，裡頭的人似乎還朝這裡望了一眼。可只是遠遠看著，既不隱匿行蹤，也不直截了當出來見她，不知是哪家的人。

「許是認錯人了吧。」沈箬壓下心中疑惑，見馬車轆轆走遠，寬慰道：「應當是認錯了，我們也走吧。」

不過今日趕巧，熟人都湊到一堆了。

她方邁出兩步，便聽有人在身後喚她。「阿箬。」

沈箬回頭，就見韓吟舟帶著婢子悠悠上前，手裡還提著許多新購的匣子。

都說他鄉遇故知，實乃人生四喜之一，可沈箬只覺得有些尷尬，尤其是在韓吟舟熟稔地執起她的手，牽著她在附近茶肆坐下。

「許久未見了，方才見妳同那位狀元郎聊得熱鬧，一時不好過來。」

沈箬打量著韓吟舟，她如今的身分可是齊王世子義妹，不同於往日，即便梳了婦人髮髻，卻越發嫵媚動人。

從前在揚州，韓吟舟便生得動人，尤其是眼下那一點痣，引得多少兒郎折腰。不過那時倒是不曾想過她會遠嫁。

「妳也知道，我家與他家有些生意上的往來，打了個招呼罷了。」

韓吟舟掩唇一笑，眉梢微微揚起。「妳何必急著同我說這些，難不成妳以為我也瞧上了那位？我都是嫁過一回的人了，哪裡還是小姑娘心性。」

沈箬微微皺眉，聽她這話的意思，似乎是其他人看上了徐眠？不過這些與她又有何關係，也值得特意提點了來說。

畢竟往日相交，韓吟舟很少說這些閨中女兒常說的話題，難不成成了家，連心性都改了？

沈箬輕抿了口茶，隨口附和。「那便好，我還怕妳多想。」

「我便罷了。」韓吟舟抬眸，壓低了聲音道：「可御史大人家的小女兒就不同了，聽聞那位胡小姐似乎很中意新科狀元，遊街那日還拋了玉墜子出去。方才停在街角的馬車，正是胡御史家的。」

御史臺與宋衡不對付，其中佼佼者，當數胡御史。用玉筆的話說，便是御史臺上的十封摺子裡，有九封是用來彈劾宋衡的。

沈箬想起那輛馬車的主人，大抵便是胡御史家的姑娘，約莫不是衝著她來的吧。果然韓吟舟靜了片刻，直等到奉茶的小廝退下，才又低聲細細講來。「胡家姑娘閨名胡弄雲，是胡御史家的么女。春闈後一日，胡弄雲外出踏春，在廟中對徐眠一見傾心，時時尋機偶遇。後來放榜，徐眠高中榜首，胡御史家有意成全這樁好事。」

自己喜歡，家中父母也滿意這樁婚事，瞧來日後也是姻緣美滿。沈箬不知為何突然想到宋衡，心中滿是歡喜，這般湊巧的事落在自己身上，才知何為正好。

「也是好事。」

韓吟舟笑道：「自然是好事，徐眠攀上如此人家，也算是官途順暢。」她倒了一杯茶遞到沈箬面前，似與在揚州一般無二。「不過胡家姑娘自小被父兄慣壞，許是把徐眠認定是自己的，時常乘車偷偷來看，若是他與何人多說了兩句，回去少不了發頓脾氣。尤其，是妳這般的妙齡女子。」

她似笑非笑地盯著沈箬，瞧得人心裡發慌。

聽這話裡的意思，胡弄雲似乎是個占有慾極強的姑娘，認準了的想來不肯輕易鬆手。沈箬回過味來，難怪方才徐眠走了許久，那馬車才跟著走了，莫不是以為她有意攀附狀元郎？

見她不說話，韓吟舟又開口，十足十關心她至極的模樣。「妳別不當一回事，胡御史在朝中有些人脈，即便妳身後是臨江侯，暗地裡給妳吃些苦頭，只怕妳承受不住。」

聽聞宋衡的名字，沈箬忽地抬頭。面前的女子神態自若，眼角眉梢盡是溫柔，不似從前那般鋒芒畢露，想來這些日子，她也經歷許多事吧？

韓吟舟迎上她的目光，坦然一笑。「阿箬，看著我做什麼？」

沈箬突然笑了，岔開話題，想著探聽韓吟舟的過往。「謝妳告知，不過傳言罷了，閨閣女子的脾性未必便如此，說不準是哪家與胡家有齟齬，特意傳揚出來也未必。」

「總歸當心為上。」韓吟舟似有所思，眸中微露出些傷懷之意。「妳不曾經歷過，大約也覺得我杞人憂天，只是妳我終歸有些舊誼，總不好看著妳受苦。我也只說這一回，府裡還有些事，這便走了。」

韓吟舟興致缺缺，領著人自顧自走了。

沈箬坐在後頭暗自發愣，許是她當真單純了，怎覺得韓吟舟說的話確實字字句句都是為了她好。從前雖不曾為難她，可不過是泛泛之交，如今日這般推心置腹，還是頭一回。

若要求證，身邊恰好有個最適合的人供她一問。

「幼陵，這胡家姑娘當真如她所說？」

她們交談時，薛幼陵在一旁安靜聽著，半句話也不說，此刻等她詢問，這才開口。「九哥與胡御史政見不合，我和她們那些姑娘也玩不到一處，只是偶爾在太后面前見過兩回，看脾氣倒是同她說的有些相似。」

沈箬先前便知道宋衡「惡名在外」，連帶薛幼陵也受了些影響，甚少有姑娘家願意同她往來，生怕一個不留神，便累得家中父兄落了個臨江侯黨羽的名頭。

故而自她來了，薛幼陵才有了玩伴，日日往永寧坊跑。不過即便她不與那些姑娘往來，這長安城的事總歸比沈箬要清楚許多。

如此看來，韓吟舟確實是一番好心。沈箬頗有些頭疼，她與宋衡的婚約所知者甚少，方才與徐眠街頭一敘，看到的人不在少數。只怕在胡弄雲眼裡，她便是那個橫插一腳的狐媚子了。

她悵然嘆道：「何必把我攪到他們裡頭去……」

「何人煩妳？」

沈箬聞聲回頭，陰鬱隨著宋衡坐下的動作消散不見，綻出一個笑來。「你怎麼來了？」

宋衡把手裡的匣子放到薛幼陵面前，似乎是什麼藥材，復而扭頭答道：「聽言叔說妳們往這裡來了。」

他自然是特意找來的。今日早起入了宮，將這段時日堆積的事大致過了目，回神時已是下午。宋衡想著有些事要與她們說，去永寧坊找不著，便往這裡來了。誰知甫一入內，便聽得沈箬似乎有些煩悶，也不知是何人招惹了她。

「何人煩妳？」他又重複了一遍，生怕沈箬先前不曾聽清。

沈箬不想拿這事煩他，再者宋衡也不好直接出面，搖頭道：「沒什麼，生意上有些煩心。」她從盤裡取了新的茶盞，倒了茶送到宋衡手裡，問道：「你今日無事？」

茶水溫熱不燙，握在手心微微發熱，宋衡只道她不肯說實話，也隨她去，左右身邊都是他的人，無人敢輕舉妄動，只是順著她的話道：「我有事來尋妳們。」

他屈起手指在匣子上敲擊兩下，對薛幼陵道：「阿陵，鎮國公夫人這段時日沈痾纏身，她平日待妳不薄，妳帶著東西去看看。」

匣子裡是一支上好山參，補氣養神，此時最適合送去。

薛幼陵乖巧地點點頭。鎮國公夫人純善，憐她幼年失了雙親，帶去身邊看了兩年。雖說後來因宋衡出仕，斷了明面上的往來，可每到年節，總會送套新衣來。如今病了，無論如何是該去看看的。

「九哥，方夫人先前身體還算強健，這回是怎麼了？」

宋衡抿唇道：「不知緣由，子荊只說是心疾復發，如今下床都難。」

病來如山倒，薛幼陵一時也有些唏噓，低垂了頭。

沈箬在一旁聽著，鎮國公夫人她未曾見過，不過聽方子荊說起過，似乎是個極和藹的夫人，也曾多番關照她的生意。

難怪他們回城也不見方子荊，母親病重，大約正守在床邊侍奉。沈箬念及方子荊的照顧，下意識同宋衡道：「家中似乎還有些溫補的藥材，你屆時遇著了，替我捎句話給方侍郎，若有所需，找人來取就是。」

宋衡點頭，方才他入宮門時，偶遇退朝的方子荊，眼下烏青深重，看得出好幾日未曾睡好覺了，勉強打起精神同他說了兩句話，便匆匆走了。

只是那兩句話，便能聽出鎮國公夫人不大好，似乎已到了藥石罔效的地步。不過沈箬有心，他也樂得跑腿。

生老病死多少有些沈悶，一時間無人說話，各自垂頭坐著。

「還有別的事。」宋衡覷著沈箬情緒低落，大約是想到了什麼，從容開口。「南詔使臣前些日子已入了使館，正好趕上圍獵，聖上的意思是，各家貴女皆可前往一觀。」

送去南詔和親的宗室女開年便沒了，為兩國友好，南詔使臣此來不過是想再求娶一位宗室女。至於這宗室女是否當真與皇室有關，那便不一定了。

從臣子家中挑個合適的，賜個封號送出去，也無人在意。故而這場圍獵，不過是想讓南詔使臣看一看，從合適的人選裡挑一個。

宋衡放下茶盞，杯中泛起漣漪，他溫聲問：「妳想不想去？」

略過薛幼陵，只問沈箬想不想去。

沈箬猶疑著開口。「我不過是商戶女，怕是去不成。」

「去不去得成自然有我。」宋衡又問：「我只問妳想不想去。」

和親人選的名單早已擬定，宋衡今早看過，拿筆刪改幾人，便由鴻臚寺的人送去使館，屆時使臣只須在這幾人裡選便是。薛幼陵有他庇護，自然不在名單之列，至於沈箬，更不可能入選其中。故而此番圍獵於她們而言，不過是去耍玩。

薛幼陵年年圍獵皆往，此時握著沈箬的手左右晃著，撒嬌道：「沈姊姊，圍獵很是有趣，我們不與男子混在一處，只在裡頭騎騎馬。」

說到騎馬，沈箬滿腦子都是那日被驚馬帶入深林的畫面，打了個顫。「我不會騎馬。」

宋衡嘴角勾起個笑，與她神思同往那一日。「無妨，我教妳。」

沈箬剝了剝指甲，她本就是個極喜歡熱鬧的人，圍獵這樣的好事，自然不想錯過，很快便抬頭望著宋衡，笑著應下。「好。」

如此不過三、五日，天暖風清，便到了圍獵的日子。

玉劍一早便來到永寧坊候著，奉上兩套騎馬裝。

「沈姑娘、姑娘，屬下來接姑娘了。」

沈箬入內換上，尺寸正好，不過樣式與尋常服飾有所不同。昭人愛風流，衣物寬大飄逸，行動間似有彩雲微動。

身上這一套近似胡服，收腰窄袖，裙長只及腳踝，以防絆腳；腰間還有鈴鐺與香囊搭配，正合小姑娘愛美的心思。沈箬在鏡前左右看著，無一處不合心意，尤其是腰間的尺寸，一分不差，難為宋衡花心思去準備。

換過衣裳，又把頭髮改梳，首飾只選了簡單的紫檀木釵，整個人瞧著簡單卻又精神得很。

兩個姑娘梳妝的工夫差得不多，約莫一個時辰就好了，挽著手出了門。

馬車噠噠往城外去，此次圍獵選在皇城外的曲江邊上，風景秀麗，兼之有芙蓉園，可供貴人休憩。

其間圈有百獸，可供人射獵，往東南方復行，又有芳華苑，算是個再適合不過的地方。

薛幼陵此前去過幾回，不如沈箬這般好奇，難得地窩在位置上，同沈箬介紹。「沈姊姊，咱們只待在芙蓉園就好，那裡的獵物皆脾氣溫順，不會傷人。至於芳華苑，向來都是功夫好的世家公子去的。」

沈箬一一記下，畢竟此番去圍獵的，除了達官顯貴之外，聽聞聖上和太后也會親臨，她得多上些心，言行規矩。

等她們趕到的時候，外頭已有許多馬車，想來各家都想爭先給聖上留個好印象，如此一來，倒是顯得沈箬她們有些託大。

「公子說了，與其急著來吹風，倒不如讓姑娘們多睡一刻鐘。」

不知該說玉劍機靈，還是宋衡善算，沈箬話還未出口，便被他三言兩語開解了。

沈箬此刻才放下心來，與薛幼陵同下馬車，跟在玉劍身後。

玉劍從懷中取出侯府令牌，在守衛面前一展，引得守衛朝沈箬與薛幼陵拱手行禮。「薛姑娘，沈姑娘。」

言語間很是恭敬，似乎沈箬當真是哪家貴女。沈箬跟著穿過宮門，裡頭百花齊綻，海棠好睡，遠遠有宮殿隔水相望。

沿途有宮婢穿行，不聞雜音，只是途經她們身邊時，低聲見禮。

沈箬一時好奇，問道：「玉劍，你家公子用了何種名頭，才讓我出入此處？」

玉劍只是笑著。「公子就在前頭的蓬萊山，姑娘自己去問就是。」

沈箬抬頭，此處豁然開朗，宮殿依水而建，這便是蓬萊山了。時有清風過境，廊下風鐸發出清脆的聲響。

她正要抬腿，忽地腳下被不知何物撞了，軟綿綿的，還有些熱氣。

「汪！」

奶聲奶氣的犬吠傳來，那團東西扒著她的腿不放。沈箬低頭去看，一隻拂秣犬正伸著爪子去搆她腰間的鈴鐺。

「無妨。」

沈箬攔住正要阻止的玉劍。這拂秣犬看著不過幾個月大，正是最討人喜歡的時候。她解下腰間的鈴鐺，蹲下身子逗牠玩。

鈴鐺一提一放，小犬一躍一坐。不過片刻，小犬鼻尖便有些濡濕，大約是玩累了。

「姑娘，小心犬傷人。」

玉劍皺著眉頭提醒，這拂秣犬不知是哪位養的，芙蓉園多貴人，倘若一個不留神傷了誰，只怕到時出亂子。

眼下最好的法子，便是尋著主人，原物奉還，故而上前抱起拂秣，朝沈箬道：「姑娘去殿中，屬下把狗還回去。」

沈箬直起身子，把鈴鐺拋給玉劍，拂秣既然喜歡玩這個鈴鐺，那便送牠了。一切作罷，便同薛幼陵朝蓬萊山中去。

「九哥。」薛幼陵急急打了招呼，便自顧往裡頭去了，熟門熟路，只丟下沈箬與宋衡。

若無意外，圍獵結束便要定下和親人選，宋衡閒來無事，正在廊下謄寫和親文書，聞聲擱筆，示意沈箬同來廊下。

案上有各色糕點，不過一塊都不曾動過。宋衡把碟子往她面前一推，道：「宮中御廚做的，嚐嚐合不合口味。」

沈箬拈了一塊，抿了半口，心中只道，南北差異果然有些大，這些糕點不大合江南人的口味，精緻有餘，味道卻不過爾爾。

她勉強吃完一塊，不再伸手去拿，轉而斟了杯茶，一解口中甜膩。

「別動。」

茶水還未下肚，宋衡忽然直起身子，微微探過身，霎時拉近了兩人的距離。沈箬身子一僵，嘴裡的茶將嚥不嚥，睜著眼睛，不知他想做什麼？

宋衡的五官在面前陡然放大，湊得越近，沈箬臉便越紅，直愣愣盯著他的眼睛暗自緊張。

故而當宋衡的手從她鼻尖離開的時候，沈箬依舊未曾反應過來，直到那一小撮犬毛放到自己面前。

「犬易傷人。」

一句簡單不過的提醒驚醒沈箬，口中的水沁入鼻腔，嗆得人難受。沈箬猛地咳嗽起來，那一團犬毛也被吹得不見蹤影。

原來只是取鼻尖上的犬毛。

沈箬大力撫著胸口，似要將胸腔裡的氣盡數排出，彷彿如此才能掩飾方才的呆愣。

過了許久，總算緩了過來。

她脹紅著臉，眼神有些躲閃，倉促道：「多謝侯爺。」

聲音細小如蚊蚋，甚至被風鐸聲蓋過些許，一時不得宋衡回應。

宋衡此時也有些懊悔，方才的行為屬實有些孟浪，手指似乎還觸碰到她的鼻尖。

他低頭沈思，眼角瞥見沈箬赤色的衣袖，恍然大悟，興許又是貪慕美色。那日是月色恰好，今日卻是人靠衣裝。

赤色騎馬裝穿在沈箬身上正正好，將她的身形勾勒得一清二楚，樣式簡單，顏色奪目，襯得沈箬如嬌花一般。

尺寸正好。

宋衡有些得意，尺寸是他估量著給的，那日揹了她之後，大約也有了數。只是越往下想，那日揹她的觸感便又熟悉起來，遲了這些日子，宋衡突然有些手足無措。

沈箬瞧他臉色一時多變，也不知在想些什麼，偏頭問道：「侯爺怎麼了？」

宋衡別開了眼，略作掩飾。「無事。妳腰帶上的鈴鐺呢？」

衣服是他選的，上頭有什麼自然一清二楚。

沈箬下意識摸向腰間，笑道：「方才那隻拂秣纏著鈴鐺不放，我便送給牠了。」

「妳喜歡拂秣？」

沈箬點點頭。「犬通人性，我自然喜歡。」答完了話，又覺得不對，問道：「侯爺不喜歡？」

宋衡不置可否，復又提起筆，他並無甚特別喜歡的，也無甚討厭。

沈箬見他不回答，起身伏到欄杆上，朝湖中望去。池中錦鯉成群，來去自在。春風吹起她額間碎髮，撓得人臉頰發癢。

宋衡捏著筆，眼神卻跟著她移動，半晌不曾落筆。筆尖吃飽了墨，被人平白提在空中，落下豆大一滴，在紙上暈開。

宋衡回神。「蓬萊山後有兩處偏殿，妳與阿陵同住。」

「好。」沈箬看夠了錦鯉，坐回到墊子上，一邊替他研墨，一邊問道：「不曉得侯爺如何安排的，當真讓我出入芙蓉園？」

紅袖添香實是人生美事，宋衡心情不錯，嘴角不自覺噙了笑。「薛大儒門生，只此一條便足夠了。」

跟著學了兩天字，也能被算作門生，沈箬臉皮再厚，此時也覺得宋衡這話吹上了天。

「我只是跟著隨便學了幾天，怕是要污了薛大儒名聲。」

宋衡見她也有這般謹小慎微的時候，只是覺得逗她有趣，並不打算把真實情況說來。其實只須說出沈箬這兩字，聖上便已經允了她前來。

聖上的好奇心，實是有些許過頭。

「可話已經放出去了，又該如何辦？」宋衡裝作不曾想到的模樣，繼續逗她。

沈箬耷拉著腦袋，全然不見宋衡眼中趣味，認命道：「說都說了，那也只能硬著頭皮了。大不了少說話，少見人。」

「嗯。」

沈箬依舊不曾聽出他聲音裡的笑意，暗自打算這幾日窩在殿中，實在躲不過去，那就跟在宋衡身邊，他總有法子擺平。

只是可惜了這身騎馬裝，本來還以為能學學馬術。

玩笑開到此處也差不多，宋衡不忍見她情緒低落，溫聲道：「回去好好休息，過會兒日頭不毒了，我帶妳與阿陵去騎馬。」

第二十六章

芙蓉園依水而建，是前頭一位帝王特意為寵妃而修，最是顯出一國風範來。歷朝歷代下來，此處也成了大明宮外的一處行宮。

繞過成群宮殿，後頭便是先帝特意闢出來的馬場，著圉人靜心飼餵，脾氣溫順，皮毛乾淨水亮，最適合女子騎行。

午後下了一場雨，將春日未幾的熱氣壓了下去。雨後初霽，宋衡便領著她們兩個往馬場去了。

芙蓉園的圉人是個娃娃臉，捧著書冊正一一勾對馬匹，見宋衡前來，三步併作兩步湊上來。

「侯爺安好，胭脂已經備好了。」

說話間已到一匹棗紅色馬前，上好了馬銜，腳下有一下、沒一下地蹬著。薛幼陵湊上去，伸手摸摸胭脂的鬃毛，想來是愛騎。

宋衡攤手，圉人很快把冊子遞過來，供他翻閱。宋衡翻過兩頁，手指停在一處，道：「去把朔雪牽來。」說罷便把冊子交還給他。

此處馬匹太過溫順，又兼之男女有別，像宋衡這樣的男子，通常不會與女子在一處騎馬嬉戲。

圉人回身時張望了一眼，只見宋衡回身與身後的紅衣女子似乎在說些什麼，神色溫柔。他乍然一驚，聽聞臨江侯不近女色，這似乎與傳聞不符。

尤其是兩人交談間，都是些無關緊要的閒話，偏生說話的人覺得頗有意趣。

「朔雪乖順，想來妳會喜歡。」

「你說好便好。」

圉人不敢再聽，邁著腿跑開，生怕聽到些什麼不該聽的。

沈箬踮腳朝不遠處望去，早有別家的姑娘坐在馬上，膽大的勒著轡繩跑，膽小的由小廝牽著，慢慢散步。她試圖去尋薛幼陵的蹤跡，不過一無所獲，也不知跑去了何處。

宋衡在一旁陪她等馬，見她凝神遠望，順著她目光望去，嘴裡隨意說著話。「阿陵身邊有人跟著，不會出事。等朔雪來了，妳騎著走上兩圈。」

圉人牽著馬回來，暗自發愁來得不是時候，硬著頭皮出聲。「侯爺，朔雪來了。」

他身後還跟著一個小廝，應聲上前牽過轡繩，穩住朔雪。

沈箬回頭看向朔雪，果真脾氣溫順，見她伸手，自覺低頭供她撫摸，鬃毛扎在手心，有些發癢。

沈家是有馬場的，不過不在江南一帶。她幼時跟著兄長去看過一次，都是烈性馬，嘶鳴陣陣，與這裡的馬自是截然不同。

馬好不好她看不出來，不過喜不喜歡她能察覺，朔雪得了她的心。

沈箬目光黏在朔雪身上，對宋衡道：「我知道你選的定是最好的。」

「上去騎兩圈。」宋衡料到她會喜歡，退開半步，好讓沈箬上馬。

不過沈箬畢竟不曾騎過馬，先前那回還是被思遠半抱上去的，此刻立在朔雪身邊，一時有些勉強。

「左腳踩穩馬鐙。」宋衡不敢走開，護在一邊防著她從馬上摔落，一邊耐心指導。「抓住韁繩，不要踢到馬腹。」

沈箬手忙腳亂，連著韁繩、馬鬃一把抓，右腳在半空虛蹬兩下。牽馬的小廝見狀，慌忙甩開韁繩伏倒在地，意欲充作腳凳。

沈箬勉強坐上了馬背，不過興許是動作不大對，吃痛的朔雪左右甩了甩脖子，慌得沈箬連忙抱住馬脖子。

宋衡有些頭疼，只是上馬便如此大動干戈，等等若是走起來，怕是要被顛下馬。目光在小廝身上打了個轉，停到沈箬臉上。

小姑娘牢牢抱著馬脖子，臉色蒼白，他一時有些不忍心了。「不如算了，下來吧。」

「沒事，我只是不習慣。」沈箬依舊不肯鬆開手，宋衡六藝精通，她學不會琴棋書畫，總得學會騎術。朔雪的韁繩被宋衡握在手心，此刻也安分下來，她試著鬆開手。「你看，我可以的。」

宋衡見她堅持，只好作罷，只是依舊側著身子做好接住她的準備。小廝起身來接轠繩，卻被他推辭。「不必了，我替她牽馬。」

園人目瞪口呆。臨江侯牽馬，便是連聖上都不曾有過的待遇，這馬上的姑娘可當真不一般。

宋衡牽著馬朝裡走，特意放慢腳步，好讓沈箬適應。

不過他的心一直放不下，三步一回頭，只見沈箬渾身緊繃，牢牢盯著馬鬃，雙手懸在半空中，怕是一個顛簸便要做回原來那副樣子。

「上身坐直，雙腿微微用力。」宋衡的腳步又慢了許多。「凡事有我在，不必害怕。」

沈箬知道他的功夫，必然不會讓自己受一星半點兒的皮肉苦，深吸一口氣，照著他的話去做。待她身子放鬆下來，果然與先前有所不同，朔雪被教得甚好，走時平穩，不讓她受一點顛簸。

她慢慢吐出氣來，看著場中牽繩的多是小廝，這才從方才的緊張中回過神來，宋衡替自己牽繩，只怕是不妥。

沈箬脹紅了臉，道：「侯爺，我們別進去了吧。」

「怎麼？」

「我騎術不好，讓人看笑話。」

宋衡不屑道：「難道她們便騎得天下第一好？何來底氣笑話別人。」

沈箬一滯，這才說了老實話。「侯爺替我牽繩，不大好。」

「那妳待會摔了可別喊我。」宋衡頓下腳步，把韁繩舉到她面前，不見沈箬有膽子接，唇角一揚。「那便安靜些。」

說話間已踏入馬場，這般搭配自然引來不少人注目。宋衡倒罷了，他向來不在意這些，只是沈箬坐在馬上，進退不得，生生受著旁人的眼光和議論。

有些姑娘好好跑著馬，此刻還特意勒了韁繩來看，彷彿這是件如何了不得的大事。

宋衡卻視若無睹，牽著朔雪多走幾步。「朔雪不會摔人，等妳熟悉些了，我再把韁繩還給妳。」

沈箬只覺得那些眼神似針扎，讓她無處躲閃，連宋衡的話也只聽了一半，含糊著應付。「好，都聽你的。」

朔雪突然停下，沈箬猛地回神。「怎麼了？」

宋衡眼裡看不出情緒。「我同妳說的，妳聽進去多少？」

十之一二。

沈箬卻不敢照實說，以她的判斷，宋衡此刻心情大約不怎麼好，偏偏午後出門，還忘了帶糖，若是惹毛了他，怕是難收場。

她連忙摸摸馬鬃，似與朔雪打著交道，回道：「我都聽著，不過天生愚笨，記東西慢，你別惱我……」

話尾不自覺拖長，綿綿軟軟撓過宋衡心裡，他低嘆了一聲，再有脾氣也只能自己憋回去。「沈箬，別管旁人。」

「我若只是沈箬，自然不去管他們。」此處無人，沈箬放心大膽和他說實話。「可我眼下是薛大儒的門生，一言一行都唯恐給他蒙羞，侯爺替我牽繩，實在不大合規矩。」

原來只是因為這個。

宋衡不知怎地放鬆下來，不過一時也不知該說些什麼，只是牽著韁繩復又走著。

沈箬見他執拗，僅憑一己之力又下不得馬，只能厚著臉皮當瞎子。

好在不過一刻鐘工夫，沈箬臉上的笑險些僵住的時候，有人來請宋衡。

來人是個內侍，趨行至宋衡面前，堆著笑道：「奴才見過臨江侯。聖上聽聞沈姑娘在此處跑馬，春日蚊蟲多，特命奴才來送驅蟲的香囊。」

內侍把香囊遞到沈箬面前，畢恭畢敬請她收下。

沈箬看向宋衡，見他頷首，便抬手接過香囊，輕輕一嗅，草藥香縈繞不散。她把香囊繫在腰間，正欲下馬謝恩，卻被內侍打斷。

「聖上說，沈姑娘興致正盛，不必謝恩了。」內侍轉而面向宋衡。「侯爺，聖上在臨水亭等著您。」

聖上宣召，宋衡必然是要去一趟的。他抬手招來身後跟著的玉劍和思遠，吩咐他們好生看著，便跟著內侍走遠了。

臨水亭與馬場相去頗遠，宋衡行至臨水亭時，裡頭趙弼正與南詔使臣舉杯。

「天可汗澤披萬世，看重吾南詔子民，更將貴主遠嫁，以示兩邦交好。」南詔使臣坐於下首，以南詔禮向趙弼問安。

南詔不過彈丸之地，不欲受戰亂之苦，歲歲朝貢以乞大昭庇佑，數年如一日，安分守己。大昭為表兩國交好，嫁出去過不少公主，是以兩國關係越密，南詔自然心悅誠服。

從天可汗的稱呼便可窺見一斑。先帝仁厚，在世時曾免去南詔歲供中的桑麻，更把宗室女嫁與南詔王，南詔子民便以天冠在可汗前，將先帝視為仁主。

趙弼眼尖，遠遠望見宋衡，出聲命他入內。「臨江侯來了。」轉而對著使臣介紹。「王子不知，此乃大昭玉璧，臨江侯宋衡。」

使臣應聲回頭，倉促起身與宋衡見禮。「摩舍見過臨江侯，早便聽聞臨江侯風流人物，今日一見果然不同非凡。」

宋衡側身回禮。「王子過譽。」

雖不曾見過，可鴻臚寺一早便呈過冊子，此番出使的是南詔王幼弟摩舍。

這位摩舍說來也是個非同尋常的人物。前任南詔王娶蒙舍詔貴女為后，這位王后此前曾嫁過一次，育有一子。先夫死後改嫁南詔王，其子移名為摩穹，此後又為南詔王誕下親子摩舍。

南詔王病重時，曾有意將王位留給摩舍，秘密宣召。摩舍卻在第二日不告而別，留書請立兄長摩穹為王，待南詔王身死，摩穹穩坐王位，他才悄然回到南詔王宮，輔佐兄長。此次出使，自然是他帶隊親往，為兄長再求娶一位公主。

宋衡在摩舍對面坐下，身後的內侍體貼地將酒換成清茶。

「摩舍此番奉命朝見可汗，略備薄禮以賀可汗。」摩舍搓著手坐回原位，身後有人將禮單奉到御前。他看著趙翮隨手翻了兩頁，便命人將禮單送至宋衡案上，心中便有了主意，微微側身，道：「摩舍此外還有不情之請，望可汗允准。」

趙翮知曉他欲提和親之事，手一揮。「使者不必贅言，一應事宜皆由鴻臚寺照看，自然為南詔王覓得良配。」

誰知摩舍咧嘴笑了，露出一口白牙來。「這便是摩舍所欲提之事。吾王壯年喪妻，意有所不平，昭女矜貴尊榮，不敢肖想許多，只欲求一人溫柔嫻靜，頗似貴主便可。」

宋衡指腹擦過杯盞，不置可否。「王子所言，心中可是已有所想？」

「不敢，摩舍數日居使館不敢出，不曾見過大昭女子。」摩舍匆忙推託，他這番話怕是有聯合之意，不怪宋衡如此說話。他舉盞豪飲一口，解釋道：「吾王愛貴主，只是逝者不可得，故而遣摩舍出使，便是為尋一脾氣性情相近之人。除此外，樣貌、家世皆非要事。」

宋衡擱下茶盞，定定看著摩舍。兩國和親，也算得上是盲婚啞嫁，和的本就是兩國邦交，故而送出去的女子，大多出身名門。南詔王口裡的樣貌、家世非要事，大抵不過一句空話。

摩舍被他看得心中發毛，說的雖是本意，可不知為何硬是有些害怕，訕訕道：「摩舍想請可汗允准，許摩舍自擇和親貴主。」

名單是早已擬定的，上頭的女子是最合宜的，趙翮微微側首望向宋衡，欲同他徵求意見。

宋衡卻忽地笑了。「王子所言甚是。」

如此一來，趙翮便也點頭應了，吩咐人下去為名單上的女子繪像，若是在其中瞧中了，那便不必多費心了；若是瞧不中……趙翮藉著飲酒，偷偷望了宋衡一眼，只見他似有成竹在胸，便不多費心。

一時間觥籌交錯，賓主盡歡。傳杯換盞之間，摩舍與趙翮皆有些醉意，由人扶著去殿中歇息。宋衡朝外頭望了一眼，不知沈箬是否還在馬場，抬腿便要往回走。

方一出臨水亭，便被婢子攔了去路。宋衡認得她，這是太后跟前伺候著的絲蘿。

「奴婢絲蘿見過臨江侯。」絲蘿行了禮，起身對宋衡道：「娘娘有事宣召，特命奴婢來請臨江侯。」

自古外臣不可會見宮眷，宋衡問道：「所為何事？」

絲蘿依舊是那副恭敬的模樣，半個多餘的字都不肯透露。「娘娘說了，臨江侯去了便知。」

宋衡只覺得麻煩，太后從不插手朝廷大事，後宮的事也不須他費心，又能為何事宣他？他正暗自皺眉，不遠處卻傳來了說話聲。「臨江侯事忙，哀家來也是一樣的。」

太后自樹後款款而來，絲蘿退回到她身邊服侍，一旁的小宮女還抱著一隻拂秣犬。

宋衡依制見禮，見到拂秣便想起沈箬鼻尖上的犬毛。那隻拂秣懶洋洋動了動，正好露出脖間掛著的鈴鐺。

太后如今不過三十，一張臉保養得如少女一般，此刻見宋衡一瞬不瞬地盯著愛犬，笑道：「富貴兒貪玩，今日還煩勞臨江侯身邊的人送還。」

宋衡不語。沈箬早晨遇到的犬應當是太后的，還把隨身鈴鐺給了牠。

太后行至宋衡面前，笑道：「這鈴鐺也不知是何處銜來的，偏愛這些低賤玩物。」

以太后的手段，如何不知鈴鐺來處，這低賤怕是意有所指。

「太后若覺得低賤，棄了便是。」宋衡話雖如此說，眼神卻直直盯著鈴鐺，看著拂秣有一下、沒一下地把玩鈴鐺。

太后抬手撓了撓拂秣的頭頂，意有所指。「鈴鐺低賤，富貴兒不曾見過，拿來當寶貝玩兩天也就是了，何必自討沒趣，平白被它撓。」

一番話譏諷沈箬，直把她貶到泥潭中。宋衡聽著，心中無名火起，說話口氣也生硬許多。「太后親臨，可還有旁事囑咐？」

「日頭正盛，到裡頭去說。」

太后不提正事，抬腿往臨水亭中走。宋衡兀自按下心中脾氣，跟著一同入內。

拂秣被抱到太后懷裡，枕著臂彎打瞌睡。太后坐在上首，示意宋衡上前。「你過來。」

「請太后吩咐。」宋衡駐足不動。

「牛脾氣。」太后始終笑著，卻也不再勉強他。「聽聞你帶著薛大儒的女學生來了芙蓉園？叫沈什麼來著？」

被身邊的婢子一點，她又道：「沈箬是吧？哀家瞧過她的畫像，不過清麗之姿，大約是有些才學吧。」

琴棋不通，書畫不善，才學大約是在算帳上頭了。

宋衡道：「薛大儒門下，並無凡者。」

太后微微點頭，把拂秣交到婢子手裡。「是了，你也是薛炤帶出來的。你當日臨水作賦的模樣，確然不似凡人。」

不知為何話題突然轉到宋衡頭上，他微微皺眉，卻又聽太后道：「懸章，你有麒麟之才，沈箬即便出於薛炤門下，也不過一介商戶女。你若是願意，天下何處無佳人？」

原來如此。

宋衡冷笑一聲，太后這閒事未免管得太多了些，他出言截斷話頭。「若無旁事，臣便退下了。」

太后嘆了一口氣。「懸章……」

「臣告退。」宋衡並不給她半點機會，就算他不曾想清楚，這些事也不必旁人來替他做主。他行了禮，幾步上前解下拂秣頸間的鈴鐺。「此物乃臣所得，既然低賤，便不污太后的眼。」

說罷旋身往外頭走，面上神色已是駭人。

「懸……」

太后的聲音梗在喉口，垂下眼睫暗自傷懷，絲蘿上前替她順氣。「娘娘何必如此，反累得自己受苦。臨江侯如何，都不關娘娘的事。」

「妳不懂。」

太后望著他的背影，心中滿是不甘，這點隱晦而又大膽的念頭，如何與旁人說起？

臨水亭設宴的工夫裡，馬場出了樁不大不小的事。

沈箬握著轡繩慢悠悠走了兩圈，已然熟悉不少，不似先前那般膽怯，大方繞著場子。眼看日頭西斜，小腿肚有些瘦，她便打算就此歇了，明日有機會再來。

正把手搭到思遠手心，便見三、五個姑娘家從外頭進來，瞧著沈箬的位置便直奔而來。沈箬愣在馬上，這些人她一個都不認得，卻齊齊站在朔雪面前，說笑著伸手去撫朔雪。

「妳瞧，我就說朔雪還在。」

「都怪我今日來晚了。」

她們全然不顧馬上還有人，一人一句聊得正歡。

想來是衝著馬來的。沈箬鬆了口氣，正欲開口，鼻尖卻傳來一股濃重而又刺鼻的劣質香粉味道，引人不適。

沒想到不適的不只有她，還有座下的朔雪。向來乖順的朔雪不知為何，突然焦躁起來，馬尾重重甩過地面，馬蹄子也按捺不住踢著。

「姑娘！」

還不等沈箬反應，朔雪猛地掙脫轡繩，兩隻前蹄高高揚起，似要把背上的人掀倒在地才肯罷休。

好在玉劍和思遠反應迅速，一人握住轡繩，另一人則以身體為緩衝，把人半抱著帶回到地面。

沈箬驚魂未定，方才一瞬還以為又要像在廬州一般，此刻被思遠扶著在一旁喘氣。

「姊姊！」薛幼陵方被人喊回來便見此一幕，飛身下馬往她身邊跑，上下仔細確認了並無傷處，這才回神朝那幾位姑娘喊道：「胡弄雲！妳要做什麼！」

朔雪被玉劍壓制著安靜下來，圍人連跌帶爬把馬牽走，整個馬場瞬時靜了下來，只餘薛幼陵的聲音引來旁人圍觀。

胡弄雲似乎眼下才注意到人，把手交疊到腹前，很是乖順地打招呼。「薛姑娘，許久未見。這位姑娘倒是未曾見過，不知是哪家的？」

沈箬定下心神，聽薛幼陵喊她胡弄雲，那些道聽塗說的事一應擠入腦中。她伸手握住薛幼陵的手腕，把人帶到自己身後，上前自報家門。「我叫沈箬，杭州人士，跟著薛大儒學過幾日書。」

話音未落，只見面前的幾個姑娘偷笑起來，似乎聽見了何種玩笑。

胡弄雲扶了扶頭上的玉簪，笑道：「倒是聽家中兄長說起過，沈姑娘出身商賈之家。」她特意咬重「商賈」兩個字。「可巧在此處見著了。」

先前不信韓吟舟的話，此刻的沈箬倒是有些悔了，這般譏諷的口氣，不必聽便知接下來的話不大好聽。

果不其然，其中一個姑娘拉了拉胡弄雲，眼中盡是厭惡。「弄雲，別挨得太近。」

薛幼陵向來和胡家的姑娘不對付，連帶著她的一群小跟班也時常對上，此刻越發覺得脾氣難耐，衝著胡弄雲喊道：「胡弄雲，朔雪受驚是不是妳做的！」

「薛姑娘無憑無據，怎好空口白牙誣衊人，莫不是近墨者黑？」胡弄雲譏笑一聲，走近幾步，對沈箬開口。「薛大儒明理，我想沈姑娘也不是糊塗人。弄雲愛朔雪，方才不過是歡喜之下輕撫了一把，怎就能把罪名賴到我頭上？」

沈箬明白，這大約與方才那股氣味脫不了關係，可她既然敢這般當著眾人的面做，便是做足了準備。畢竟在外人看來，她確實什麼都沒做，連味道都得是近身的人才能聞見。

兼之她如今還頂著薛大儒的學生這一層身分，自然要做得大度些，故而笑道：「是我騎術不精，幼陵只是心急罷了。」

胡弄雲滿意地點點頭，又道：「沈姑娘明白就好。此事倒未必與沈姑娘騎術有關。」

不知為何，她突然轉了話鋒，沈箬正想接話，卻又聽她似傳授心得一般，來回踱著步子道：「旁人都說朔雪是馬場裡脾氣最好的，可也唯有時常接觸才曉得。牠同姑娘家一般，溫順與否也是分人的。馬通人性，知曉誰人最是親近，旁人是奪不走的。馬如是，人亦如是，不該是你的，便不是你的，弄雲也是琢磨許久，才釐清其中道理，沈姑娘以為呢？」

沈箬暗自一樂，這姑娘原來是來告誡她離徐眠遠些。也不知徐眠知曉被譬喻成一匹馬，會做何感想？

「合該便是不可強求四個字。」沈箬神情一時輕鬆下來，不過也不想做太多退讓，被人指著鼻子教訓一頓，可不得還幾句回來。「這話著實有些道理。不過方才胡姑娘不曾來時，朔雪乖順可愛，見了幾位卻忽然發了脾氣。」

薛幼陵噗哧笑出了聲。「可不是？我也是頭一回看見朔雪發這麼大的脾氣，胡姑娘好本事。」

胡弄雲未曾想到弄巧成拙，一時有些惱羞成怒，瞪圓了眼上前，瞧著像是要動手打人。沈箬拉著薛幼陵退開半步，怕她有個什麼動作傷人，嘴裡小聲威脅一句。「臨水亭離得不遠，若是玩笑驚動聖駕便不好了。」

這話一出，胡弄雲自然也有些畏懼。聖駕此番接待南詔使臣，若是被這些小事攪擾，怕是要見罪胡家，連帶婚事都要起波折。她硬生生吞下這口氣，冷聲對沈箬道：「妳等著，我要的必然是我的。」說罷便領著交好的姑娘們揚長而去。

沈箬對著她的背影搖搖頭，這下得想個法子徹底撇清和徐家的關係。她牽起薛幼陵的手，回身往蓬萊山走。

鬧劇輕易收場，居高眺望的摩舍雙手按在扶欄上，酒氣盡消。原本只是隨意走走，沒想到瞧見這麼一幕，大昭女子果然不同，各有其形，尤其是那個駕馬回來的姑娘，越發有趣。他出聲同身邊的趙祈談論。「果然各有千秋。請教世子，方才那位黃衫女子是何人？」

趙祈與之偶遇，見其陷於花叢，便帶著人來了此處登高。此刻見他問起，笑道：「那位是薛大儒孫女，如今養在臨江侯府裡。王子若是瞧中了她，只怕臨江侯也不肯割愛啊。」

「不過隨口一問罷了。」摩舍念念不忘，卻只得作罷。照今日局面來看，這位薛姑娘怕是比尋常姑娘要貴上許多，輕易求娶不得。

趙祈若有所思，摸向拇指上的玉扳指，試探道：「大昭女子如百花，或嬌媚，或清雅，不知王子可有中意之選？」

摩舍轉頭看去，眼中有些意味深長。齊王意圖奪位之事，也傳到了他們南詔，他摩舍雖是個粗人，可也並非傻子，今日這般偶遇，想來十有八九是有意安排。

「摩舍中意也是無用，還須選阿兄中意的才是。」摩舍含糊其辭。「何況摩舍數日居使館，不過見了幾人。」

趙祈朗聲笑道：「王子倒是通透。這些日子王子盡可放心住下，日後若有閒暇過府一敘，也好讓家中小妹聽聽南詔趣事，她生來如此，最愛些奇聞趣事。」

「多謝世子相邀，不過眼下還有些事，便不打擾世子了，摩舍告辭。」大昭內裡是打是合，南詔只須做壁上觀便是，兩虎相爭，沒必要把自己捲入其中。

「王子慢走。」趙祈緩步走下石階，微不可查地道：「來日方長。」

第二十七章

沈箬回到蓬萊山的時候，趙翩正與宋衡執子對弈。

酒後有些頭疼，趙翩支手撐起頭，指尖挾著黑子，冥思苦想該如何落子，唯恐一子落錯，滿盤皆輸。思忖良久，他遲疑著在一處落下一子，手還未離開棋盤，白子便隨之落下，正好封住命門，吃盡一大片白子。

「聖上，你又輸了。」

趙翩丟了棋子，趴到案上，半晌才抬起頭。「再來、再來！」

宋衡看著他收拾棋局，開口道：「聖上，時候不早了，你該回去了。」

「再等等。」趙翩朝著殿外望了一眼，他可是特地抽出工夫來看沈箬的，人沒見到，怎麼可能那麼輕易就走。

此時正巧，殿外傳來說話聲，趙翩立刻丟下棋子，擺出一副正襟危坐的模樣來，等著沈箬入內。

沈箬行至門前，認出把守的內侍似乎是方才來宣宋衡的那位，好像是聖上面前的人。內侍上前道：「聖上正與侯爺在裡頭對弈，姑娘稍候。」

說罷便入內通報，留得沈箬進退不得，聖上在這裡，她似乎並非硬要進去。不等她思考許多，內侍便從裡頭出來了，笑咪咪地請她入內。

沈箬來不及換衣，只得隨意拂了拂，低頭入內。

「這位就是薛大儒的女學生？把頭抬起來。」

聲音尚顯稚嫩，沈箬行了禮，微微抬頭，卻想著不敢直視天顏，雙眼兀自望著地面，只瞧見一雙金絲繡鞋。

趙翮此時已無暇顧及棋局，心中暗自詫異。不過平平，怎麼就能引得宋衡動了凡心？他鎮定地捧起書，佯裝著要去為難沈箬。「薛大儒學富五車，怎會收了妳這麼個女學生？」

沈箬心中一慌，欺君是大罪。她正想著編扯理由，卻聽得宋衡清冷的聲音響起。

「聖上，她膽子小，別嚇她。」

「無趣。」趙翮輕拍了拍手，外頭的內侍應聲入內，懷裡還抱著一個藤條編成的筐。

「今年的荔枝熟得早，朕記得幼陵愛吃這個。」趙翮從筐中拈出一粒，去了鮮紅的外殼，裡頭果肉盈透。他吃了一粒，又取了另一粒放到案上。「母后那裡還有事，改日再來找宋卿對弈。」

宋衡帶著沈箬將聖駕送出蓬萊山，才又回身入了殿。

整筐荔枝就這麼擺在殿中，用以保鮮的冰塊微微有些融化，淌了些水出來。

「送一些到姑娘那裡，餘下的放到冰窖裡。」宋衡著人取了兩碟，一碟擺在案上，另一碟由人送去薛幼陵那處。

沈箬來得晚，不知趙翩這是特意來看她，只當兩人有要事商議，她來得不巧。此刻只呆立在下頭，躑躅著不知是否該開口。

宋衡剝了兩粒荔枝，放在一旁的碟子裡，回頭一看，人還傻站著不知在想什麼，開口喚她。「過來吃荔枝。」

「哦。」罷了，總歸無人怪罪她。

殿門大開，和風吹著，沈箬翹腳坐在一旁，拿竹籤挑荔枝吃。白嫩的果肉在嘴裡爆開，滿口甘甜，不覺便多吃了幾粒。

正當她又要去挑下一粒時，碟子忽地被人移遠。

「荔枝性熱，不可貪嘴。」

碟中的荔枝誘人，沈箬捏著竹籤，意猶未盡。宋衡看她眼巴巴望著，退了一步，把碟子又移回到她面前。

沈箬囫圇嚼了兩口，同他說起馬場的事來。「胡家的姑娘中意徐眠，還以為我會同她搶，該想個法子劃清與徐家的關係。」她說出來也是想讓宋衡幫忙想個法子。

宋衡卻兀自捧著書冊，似乎毫不在意地問道：「她如何誤會妳，妳便如何解釋就是了。」

「不過是和徐眠說了幾句話，我即便說了，她也得信啊。」沈箬頭疼，本來還想著徐家變賣鋪子，正好趁此機會收入囊中，如此一來倒是有些畏手畏腳。「可惜了徐家那幾間鋪子，都是極好的地段。」

話音未落，玉劍便從外頭進來了，說是有人求見沈家姑娘。得了宋衡首肯，復又轉身去領人，片刻便回轉殿中。

來人是個小廝，把手中的籠子擺在一邊，磕頭行禮。「小人拜見臨江侯。」

他起身站直，看著並不眼熟。沈箬問道：「你有事找我？」

「是，小人主家姓徐，奉我家公子之命，來給姑娘送份禮。」

當真是背後說不得，才不過提了一句，徐眠的人便來了。沈箬望向宋衡，只見他端坐一旁，依舊捧著書，也不知這書到底如何好看。

小廝把籠子遞給玉劍，由他送到沈箬面前。

「公子聽聞了馬場的事，想著姑娘受驚，正好獵了隻狐狸，送來給姑娘取樂。」

籠中是一隻小紅狐，蜷縮著發出尖細叫聲，防備著不讓人靠近。沈箬搖頭，本便摘不乾淨了，要是收了小狐狸，只怕胡弄雲會生吞了她。

「有勞你家公子費心，不過我與你家公子萍水相逢，這般珍貴的紅狐，自然收不得。」

小廝面露難色，忽又舒展開來。「姑娘可是擔心胡家姑娘？今日公子獵了兩隻紅狐，另一隻已然送到胡姑娘那裡。」

這算什麼，兩頭討好？雖說事情因他而起，可這般做派，還真把她們當作拈酸吃醋的人來打發了？

沈箬冷笑一聲。「好事成雙，怎好叫牠們分隔兩地？我不喜歡這些，養起來費心神。」

說罷朝玉劍遞了個眼神，不願再去客套。

玉劍也是機敏，半推半請把人送了出去。

即便如此推辭，今日徐眠的人來尋她送禮，只怕還是會傳到胡弄雲耳裡。為著這事一鬧，也不知是憂思過度，還是腹中荔枝起了作用，她總覺得有些煩躁，偏偏宋衡還要在一旁說些不輕不重的話。

「都送上門了，怎麼不收了那隻狐狸？」

書頁又翻過一頁，沈箬原本存著的氣霎時有了宣洩口，不管不顧順著往外發。「宋衡，我本便說不清了，你還要我收了那狐狸？是不是巴不得我與徐眠攀扯不清？」

人到氣頭上，難免說話沒了分寸。沈箬今日也不知是怎麼了，明知這些事與宋衡無關，偏偏揪著他發脾氣，一聲「宋衡」嚇得送客回來的玉劍沒敢繼續往裡走。

她心中煩悶，先前刻意不去想，今日卻一股腦都冒了出來。宋衡想把她往外推的心思這是還沒歇呢，如今連這個機會都不肯放過。

宋衡聽她直呼其名，翻書的手突然停了下來，無意惹得人炸毛，總得順著毛撫一撫。

「紅狐難得。」他招來玉劍，耳語幾句，又回頭對沈箬道：「法子總歸是有的。」

沈箬好奇。「你有主意了？」

宋衡低頭不語，手中的書卻如何都看不下去，索性大方丟在一旁，只與她說些不相關的話。

此事過後三日裡，胡弄雲果然不曾再來尋她麻煩，整日連門都不出，反倒將兩隻紅狐都送來了蓬萊山，用的是胡家名義。

沈箬起初覺得宋衡用了手段，逼得胡家不敢妄動，可不過一日，便又傳來了新的消息。

聖上看重新科狀元徐眠，特意下詔賜婚，著令下個月完婚。婚事將近，胡家與徐家便要忙著操辦，匆忙回轉城中，才讓沈箬的日子好過起來。

她立在廊下看兩隻紅狐玩鬧不止，明白了宋衡的法子是什麼。把他們湊成一對，胡弄雲自然不會來找她。

沈箬暗自笑了，都說宋衡手段陰狠，可在她看來，那些招數或許管用，可宋衡並不屑一用。

「侯爺今日事忙？」

從早上便不見人影，連玉劍都不知在何處，沈箬只當他伴駕，隨意問起思遠。誰知這一句話問出口，卻從思遠口中知曉另一樁大事。

「南詔王子今日請願，將齊王翁主和親南詔，公子一早便趕過去了。」

沈箬一滯，難怪宋衡不見人影，這等大事確實少不了他。

紫雲樓殿門緊閉，外頭有人仔細巡守。

宋衡手中握著婚書，只差填上趙如意的名字，這樁和親便算是成了。然這事不可草率。齊王有心問鼎是板上釘釘的事，送了一雙兒女入城，總是存了旁的心思。譬如趙如意的婚事，她既在長安，約莫總想著許給城中世家，好為齊王根基滲入做下準備。故而宋衡派人暗中盯著趙祈兄妹，免有異動。好在趙祈並不輕舉妄動，只是走馬鬥雞，趙如意的婚事也就此被拖著。

再說南詔，雖是彈丸小國，可畢竟遠離大昭疆域，與西域接壤，若是有心挑撥，離間兩國邦交，只怕大昭鞭長莫及。

故而齊王翁主和親南詔，和的是昭與南詔的親事，還是齊地與南詔的親事，便值得一思了。

「翁主大方嫻靜，望可汗允准，續兩國秦晉之好。」

宋衡按下婚書，他先前應允摩舍自行選擇和親人選，也存了別的心思。南詔俯首稱臣，倚靠大昭之勢日漸強盛，隱隱有些不安於下，尤其是新任南詔王摩穹，心思不純。如此答應，也是想看看摩舍存了何種心思，會挑中哪家千金？

摩舍知曉這事若是想成，大約還須指望宋衡，故而朝著他拱手。「大昭貴女萬千，大方嫻靜者比比皆是，只是巫師看過，這才擇定翁主。」

南詔崇尚巫術，大到皇室命脈，小至牛羊去向，皆要問過巫師。這等婚嫁大事，自然不可例外，故而隨行隊伍中，亦有大巫師隨行。

「翁主乃宗室女，和親倒也不算辱沒了南詔王。」宋衡從門外喚來內侍，吩咐人往趙祈那頭跑一趟，復又對摩舍道：「只是齊王膝下唯有這一女，怕是難捨，總歸要問過世子的意見。」

摩舍頷首。「自然。」

傳話的內侍一刻鐘便小跑著入內回話。「世子道，此乃翁主大喜，一切皆由聖上做主。」

此話一出，殿中諸人的臉色便有趣起來，尤其是摩舍。他神色舒緩下來，似是長舒一口氣，可也並非十分驚喜，只是眉間隱隱有些愁緒。

宋衡指腹按在婚書上，輕笑了一聲。答應得如此快，這樁婚事果真有些意思。

「既然兩方都有意玉成其事。」他抬頭望向摩舍，雲淡風輕道來。「自然是皆大歡喜。」

眼見趙翮有話要說，宋衡復又道：「不過和親大事，還須等諸事定了才好昭告天下，王子且寬心再等上幾日。」

摩舍摸不準宋衡對這件事滿意與否，只是覺得和親人選太過湊巧，偏偏巫師算來正是齊王之女。奈何為國運計，也只好硬著頭皮前來。

他估摸著宋衡的表情，應當心情不算太差。「可汗仁厚，摩舍便先行告退。」

「王子慢行。」

宋衡遣人送走摩舍，這才回身與趙翩商討。

趙翩拿著婚書左右翻了兩遍，狠狠摔在地上。「老師為何不讓我說話？趙如意送去和親，擺明了齊王叔尚有異心，說不準私下早有往來！」

宋衡從地上拾起婚書，撣去落在上頭的灰塵，這才攤開擺在趙翩面前。

「趙如意是皇室宗親，按祖制是該定她。」

趙翩怒氣未消，胸前起伏不定。「南詔近些年動作頻頻，尤其是摩穹即位後，連年歲供都換了來糊弄。我不明白，老師為何要輕易應允？」

「南詔與幽州相去甚遠，齊王想靠一樁兒女親事綁住南詔，怕是不容易。」宋衡抬手研墨，並不直說，只是引導趙翩順勢思考。「何況摩舍只不過是求趙如意這個人，而非齊王翁主這個身分。」

趙翩恍然大悟，那日宴上摩舍親口請恩，只說要求一性情肖似貴主的女子，相貌、家世尚且往後靠一靠。

即便今日南詔巫師卜出的是趙如意，設法把齊王與趙如意的關係斷了，送過去的姑娘既合了兩頭心意，又不至於憂慮不得好眠，也算得上是萬全之策。

趙翩順著宋衡的意思提筆，在婚書上落下趙如意的名字，復又抬頭望向宋衡，眉間緊蹙。「可到底是血親，如何輕易斷得？」

許多事設想容易，辦來卻難。只是宋衡早在來時便有了主意，此刻淡然道：「聖上看重南詔王，特意將公主許配，屆時按照公主儀仗出大昭。」說到此處，他突然轉了話頭。「這些日子不大安穩。」

趙翮釋然一笑。「確實，這也算是喜事，讓司天臺好好挑個日子，把翁主記到母后膝下，以大昭嫡長公主的身分去吧，也算是成全她安社稷的心。」

這般嫡長公主的身分是尊榮，也是枷鎖。

改翁主為公主，前朝並非沒有先例，不過大多是因自幼便養在御前，與公主一般無二。可趙如意不同，說得好聽些是記在太后膝前，其實不過是設法將她的身分改了，婚事一定，隨行者便是由禮部定了。

嫁過去的便真正只是一個趙如意。

「風行水波成文曰瀾，封號便定『平瀾』，望她此去順遂。」終歸是沾了血親的堂姊，趙翮說來多少有些失意，只盼著她遠離故國，也能一生和樂。此事拖不得，冊封的聖旨說話間便已擬定，趙翮習慣性將這些事交給宋衡。「老師，平瀾的婚事上，還有勞你多費心。」

宋衡聽聞「平瀾」兩字，多少有些失神，既已身陷水波深處，倘能自救已然不易，如何還能盼望她有其他助益？趙翮終歸還是太過仁厚。

帝王寬仁是好事，能勤政愛民，故而他從前一味擋在前頭，由著趙翮保有一顆仁心。

「是。」

他思忖良久，到底還是接了旨意，躬身出了紫雲樓。左右十年之期還有些工夫，等他真正還政之時，天下大約也被他治得河清海晏了吧。

不出一個時辰，趙如意晉封「平瀾公主」、不日遠嫁南詔的消息傳遍了芙蓉園，即刻趙如意就被請入杏園與太后同住。

沈箬聞聽此事時，正與薛幼陵在一處看人飼餵紅狐。

「聽說平瀾公主被請去杏園的時候，砸碎了一屋子的玉器。」薛幼陵伸手剝著荔枝，稱呼已經更改。「好好地便要被送去和親，難為她了。」

沈箬自然也多有唏噓，她們尚且能安坐此處品鑒荔枝，卻要將旁人送去遭罪。

她並不說話，一旁的薛幼陵卻提起幾人初見的事來。「那時在安樂侯府見過一面，只覺得她囂張跋扈。」

說到這裡，沈箬倒是有了印象。那日趙如意攀附傅淵，行事做派不似翁主，莫說薛幼陵，連她都覺得趙如意這人做得屬實有些不大好。

「大抵是因果……」她正抬手去拈荔枝，猛地想起什麼。「不對。」

趙如意初入長安，與傅淵不該有如此交集，更不會將自己的閨譽棄之不顧。即便她費心打聽，可傅淵已有妻室，愛妻之名在長安城人盡皆知。

傅家雖出了個太后，可安樂侯手中無實權，是個標準的空架子，傅淵領著個不大不小的官職，並非最頂尖的世家公子。反倒江、方兩氏如日中天，江鏤與方子荊尚未成婚，前途也是一片坦然，趙如意沒理由放棄這些上佳的人選，去攀附安樂侯。

倒不如說，趙如意像是急著擺脫什麼，故而才出此下策。
薛幼陵好奇問道：「姊姊說什麼不對？」
「沒有，大概是我想多了。」
她搖搖頭，心中卻止不住多想。若是將今日的事串起來，趙如意早便知自己要被送去和親，故而急於尋求一處庇護，哪怕毀了清白也要促成其事，如此便說得通了。
可她如何就知道，和親的必然是她？
沈箬反手握住薛幼陵的手，不顧掌心沾滿荔枝汁水，黏得令人難受。「這人選是摩舍定的？」
「是啊，消息都傳遍了。」薛幼陵未曾見到那日的事，只是覺得沈箬有些奇怪，手心冰涼。「姊姊怎麼了？」
沈箬突然鬆開了手，從圓凳上站起來，提著裙襬往外跑，正好一頭撞到歸來的宋衡。
「怎麼了？」宋衡抬手將她扶穩，替她拾起落在地上的髮釵，細心插回鬢間。「出什麼事了？」
「和親。」沈箬一把握住宋衡的小臂，微微搖晃兩下。「我有事和你說。」

第二十八章

她頭一回這般嚴肅，宋衡只當出了大事，帶著她往旁邊走去，藉著樹蔭遮去大半日光，這才開口道：「慢慢說。」

沈箬言簡意賅，大致說來。「我與幼陵去安樂侯府赴宴時，曾見過趙如意自毀名節，意圖攀扯傅淵。我本來只以為她相中傅淵，故而有此一舉，可今日不知為何，我總覺得她一早便知自己要被送去南詔，故而設計讓自己入安樂侯府。」

宋衡聽她說著，神色卻漸漸緩和下來，原以為是沈箬出了什麼事，此刻倒是安了心。

「嗯。」

「可南詔使臣來的時候不長，若是如此，可見齊王早就與南詔有了往來。」沈箬越想越心急，見宋衡表情如常，並不同她一般心急，仰頭道：「你怎麼不急？若是真把人嫁了過去，那不是自搬石頭砸腳嗎！」

宋衡看她跳腳，不自覺笑了。南詔與齊王有往來自然是板上釘釘的事，不過向來不摻和這些事的沈箬會想到這裡，還這般急著找他，倒是有些趣味。

「急什麼？」

沈箬一滯，只當好心被做驢肝肺，悶哼了一聲。

「聖旨一下，趙如意便是當朝嫡公主，與齊王再無瓜葛。」宋衡替她拂去肩頭落花，細心解釋。「隨公主和親的人選都經由我手，即便想做些什麼，也得問過我。眼下放心了？」

頭頂傳來一聲輕笑，沈箬望向宋衡，一身素白，落花不沾衣，唇角笑意還未散盡，一時迷花了眼。

「我怕趙如意不甘心，再做點什麼……」

「所以才把她送去杏園。」

杏園外都是他的人，裡頭的人皆跟著太后數年，個頂個機靈，看住一個趙如意不算難事。

宋衡交代清楚，沈箬一時間安心許多，只剩下感嘆一句。「身不由己。」

「身不由己。」宋衡低聲唸了這四個字，眼中神色忽地暗下許多。身不由己的何止趙如意一人，連他也是如此，數年如此，困頓人倫，從頭到尾都看不穿。

沈箬見他神色不對，低聲問道：「怎麼了？」

宋衡卻只是勉強搖頭。「無事。」

說罷便朝著書房去了，滿是心事的模樣，直到四下無人，他一人靜坐堂中，才長長嘆出一口氣。

許多事已有多年未曾想起了，今日卻被沈箬一句「身不由己」勾了回去。

他握筆在紙上寫下一個「衡」字，筆力蒼勁，似乎暗中摹寫無數次。事實卻也如此，在得到這個名字後，他日日描摹，愛之甚。

在成為宋衡之前，他還有一個名字，只是被他刻意忘記，似乎便能將那些往事一併抹去。

從有記憶開始，宋衡就跟著父母住在鄉下村裡，過著和狗搶食的日子，無人靠近他們一家。後來不知何處來了一群人，持棍打死了他母親，宋衡這才從他們口裡知道，自己的父母本是親生兄妹，出生世家，亂了天道才有他。

後來他和父親僥倖躲過一劫，跟著到處漂泊，年歲漸長，也就漸漸明白了何為悖逆，他是不該容於世的。大約過了幾年，災荒四起，餓殍遍地，不知為何便起了易子而食的事。父親那日拿那種眼神看他的時候，宋衡明白，他的命到頭了。

被捆著丟進鍋裡的時候，他沒有掙扎，反而耐心等著最後一刻。不過他等來的卻是巡遊四海的薛大儒，將他帶回府中，好生養了起來。

衡者，橫木也，薛大儒教他識字，將這個字送給他為名，希望他忘卻過往，成長為正直之人，更與他立下十年之約。

輔政十年，此後不再過問一句。

宋衡念著知遇之恩，應了此約，本想過在十年後還政，將一應事安排妥當，便將悖逆之身了斷。

可他如今有些捨不得了，沈箬這事上，他想不到萬全之策。

情愛之事，最難兩全。

這些日子過去，宋衡早想明白了，沒有什麼見色起意，只是沈箬讓他動了心。

從前埋頭只顧朝政之事，政敵不遺餘力將他的名聲敗壞，沒有幾個姑娘敢大著膽子貼過來，倒是正中宋衡下懷。

可老師牽了這一條紅線，偏生把沈箬帶來他的身邊，所見都是他的良善。宋衡非草木，會動心也是常理之中，何況沈箬許多時候與他太為相似，能知其意。他心中雜亂無章，這段時日不自覺哄著沈箬，日漸成了習慣。

只是他終歸悖逆，能多活這些日子已是奢侈，若當真放任感情，待還政那時，沈箬又該如何？已然貪戀多時，今日的身不由己卻提醒了他。

思緒不清，宋衡眸中一暗，是該疏遠些了。

門外叩門聲響起，他聽到沈箬喊他。「侯爺？」

宋衡擱下筆，收整好神情，將人喊了進來。

沈箬手裡捧著一杯清茶，送到他手邊，水溫正好，一揭蓋，茶香四溢。

「我看你似乎有心事。」她在案前坐下，正好望見那個碩大的「衡」字。「衡？」

宋衡隨手取來冊子遮蓋，問道：「可是有事？」

沈箬拾起墨錠，就著清水將墨化開。「算是有事吧。幼陵去騎馬了，我無事可做，想同你借本書看看。」

他這裡的書都是些枯燥無趣的，看著令人徒生睏意。借書是假，顧著他的情緒，特意來看他才是真。

「後頭架子上有，自己去取。」

宋衡終歸是沒有拒絕她，眼看她取了一本無名氏所著的遊記，兀自縮在一個角落裡翻閱。

算了，再縱容一回吧。

他默認了沈箬的存在，低頭去做自己的事。待他忙完手中的事，再一抬頭的時候，人已沈沈睡去，歪頭靠在架子上，書冊散落在身旁。

是夜，芙蓉園燈火通明，尤其是杏園裡頭，碎了滿地白瓷。

韓吟舟冷眼看著趙如意拂落滿桌茶盞，默不作聲地把腳縮了回來。

「平瀾，妳失儀了。」

「妳算計我父兄，如今可滿意了？」趙如意癱坐在原地，全身力氣被抽盡，此刻咬著一口氣斥責韓吟舟。「黃蜂尾後針，早知如此，那時便該讓妳死在山道上。韓吟舟，妳以為事事皆如妳願，如今還不是滿盤輸？」

殿中伺候的人早已退到外頭，暗自聽著裡頭動靜，不動聲色地將她們的交談內容記錄在冊。

韓吟舟鎮定自若，彷彿她口中所說與己無關。「平瀾，妳也曾叫過我一聲阿姊，不論今日如何，我信妳那時幾分真心。如今妳疑我也好，罵我也罷，終歸木已成舟，阿姊有幾句話想勸妳。」

燭火跳動兩下，復又熊熊燃起，韓吟舟起身坐到她身邊。「阿姊不與妳論家國，只談兒女情事。何家兒女不思春，如妳這般年紀，最愛壯偉男兒。那位南詔王壯年即位，孺慕中原文化，言語間還算斯文。雖是遠嫁，可若是他當真如妳心意，便是再好不過的姻緣。」

這番話說得貼心，趙如意漸漸鬆開手，有了兩分精神。

「再者，妳如今以嫡公主身分出嫁，南詔只會將妳捧為上賓，何人敢欺妳？」韓吟舟拿袖子替她揩淚。「何處再去尋這般好的事。如今聖上與太后念妳顧全大局，不計較妳屢次失儀，可妳若當真哭哭啼啼，反而叫人心生厭惡。」

趙如意抽噎兩聲，自知此事再無轉圜的餘地，喃喃道：「終歸心不甘。」

韓吟舟只當充耳不聞，喚婢子去取巾帕替她淨面。

宮婢捧著東西魚貫而入，韓吟舟親手挽了帕子，當真如長姊一般，替趙如意細細擦著。

「日後阿姊不在妳身邊，無人照料妳，還要記得莫委屈了自己。」說罷便旋身去拭淚。

「今日求了太后，阿姊陪妳一晚，還如從前一般，阿姊替妳篦髮可好？」

趙如意含著淚點頭，任由韓吟舟牽著她往梳妝檯去，鏡中佳人如舊，淚痕漣漣。韓吟舟抬手替她解開髮髻，拿起髮梳仔細梳著，嘴裡說些再尋常不過的話來寬慰她。

「妳用慣的東西都寫成冊子遞上去了，不日便能批下來，雖遠在外頭，東西還是尋常用的，也好叫妳不至於思鄉過度。」

鏡前燭火閃動不已，外頭風聲獵獵，靜得有些駭人。

趙如意心中不安穩，旋身握住韓吟舟的手。「阿姊，我總覺得今夜不安穩。」

「外頭有人看著，阿姊也陪著妳，不怕。」韓吟舟笑得溫柔，問起身邊服侍的婢子。「公主的頭髮烏黑發亮，瞧著真是有福，妳覺得呢？」

婢子諾諾應了，伸手去接髮梳。

恰在此時，窗外不知何人喊了句。「杏園走水了！」

一時間腳步聲四起，高呼聲不止，窗子不遠處火光沖天，正如火蛇吐著信子。韓吟舟一時間失了神，避過婢子，隨手把梳子往檯上拋，正好帶得燭臺傾倒，落在趙如意的長裙上。

燭火瞬時便攀著長裙往身上來，趙如意險些從凳上摔落。虧得婢子眼疾手快，取來一旁的扇子撲滅，才叫她免受一劫。

「平瀾！」韓吟舟霎時回神，帶著人往外跑，卻見火勢順風，已將去路堵得嚴實。殿中人被圍困其中，上頭的橫梁已開始吱呀作響。

「殿下！」

外頭的人欲往裡衝，可今夜正逢東風，將整座宮殿牢牢包圍，貿然入內，除了平添性命，別無益處。

韓吟舟被熱浪捲回殿中，雙手伏在柱上，大口咳著。

「如意，相信阿姊。」忽地，她眼神定在帷幔上，那原本用作裝飾的東西，如今或許可以幫她。她狠力一拽，帷幔悠悠落在手上，隨即被人按入淨面的盆中。

帷幔沾了水，變得厚重。韓吟舟把帷幔往趙如意身上一披，選了一條火勢最為不旺的道路，把人推了出去。

大火忌憚水，略有些退卻，趙如意來不及反應，卻找不著韓吟舟了。「阿姊！」

韓吟舟跌坐回殿中，右手衣袖早已焦黑不成樣子，手腕也被大火灼傷，刺痛難忍。她眼神堅定，慢慢低下了頭，輕聲道：「如意，一路走好。」

大火燒了半個時辰，才被人勉強撲滅。死了不少宮人，尤其是杏園這裡。

宋衡趕到時，最後一具屍體被人抬了出來，焦黑得不成人形。

「太后和平瀾公主如今在何處？」

今夜負責巡守的衛隊長正在跟前回話。「大火起時，太后正在賞月，故而躲過此劫，如今已被請去紫雲樓安神。至於平瀾公主……」

宋衡眉間一皺，追問道：「平瀾公主如何？」

「公主不知去向。」衛隊長額間冒汗，強作鎮定答道：「宮人回報，大火前殿下與韓姑娘相談甚歡，並不曾邁出殿門一步，但大火後，人便不見了。」

白日才定下婚事，夜裡便起了大火，如今連人也不知去向。

宋衡揉了揉眉心。「韓姑娘呢？」

「韓姑娘吸入濃煙暈了過去，被人送去好生醫治了。」

火場已漸漸被人收整出來，整個杏園了無生機，處處透著頹敗。宋衡抬腿往裡走了兩步，靠著從前記憶，依稀分辨殿中景物。

身後的玉劍已然回來，將暗衛的話如實稟報。「公子，今夜大火自杏園東處起，似乎是小廚房的人打盹，火星四濺。今夜東風正盛，杏園又多是樹木，大殿以木質為主，火勢一發不可收拾。」

「如此，便是說這場大火是意外了？」

玉劍低頭。「今日看來，確是如此無疑。」

「先去把平瀾公主找回來。」宋衡一眼瞥到殿中遺跡，照著火勢來看，此處無一處完好。

且不論大火因何而起，眼下最要緊的是尋到平瀾公主。她如今一身繫著兩國邦交，不論生死，都要尋到人。

宋衡從地上拾起一片殘片，身後傳來了說話聲。

「王子。」

「聽聞杏園大火，摩舍特意帶人前來相助。」

「有勞王子，大火已然撲滅，王子請回吧。」

「平瀾公主可還安好？」

宋衡直起身子，朝外頭走去。行至摩舍面前，打過招呼，將後續之事丟給玉劍，將摩舍帶離幾步。

「風高夜深，王子可是有事？」

摩舍探著頭往裡看，神色緊張。「摩舍見杏園起火光，念著公主，特意前來相助。敢問臨江侯，公主可還安好？」

南詔早將趙如意視作王后，摩舍此來，也在情理之中。

「王子顧念公主，也是常事，只是衡有一言相告。」宋衡不準備將內裡真相和盤托出，略帶警告道：「雖已定下殿下和親，可如今婚事未成，殿下尚是我大昭平瀾公主，而非南詔王后。王子行事，須得顧全許多。」

摩舍聞言，溫和一笑。他說得在理，這婚事不成，他們管得多了，反倒讓大昭覺得南詔的手太長。

「多謝侯爺相告，今日之事是摩舍心急。」摩舍退後一步，一拱手道：「既如此，摩舍便先回去了，若有用得上摩舍的，但憑侯爺吩咐。」

因著事出突然，連夜吩咐人下去收拾，第二日一早，聖駕便移回了大明宮。

趙翮走的時候，本想帶著宋衡同歸，不過趙如意下落不明，和親的爛攤子擺在這裡，宋衡想走也難。

故而車駕拖拖拉拉離開之時，芙蓉園裡頭還留下了不少人。

沈箬走得晚了些，趕在離開前去瞧了瞧韓吟舟。

終歸是遭了一劫，念在往日情分上，也該去與她說說話。

婢子打起簾子，把人迎了進去。房中有人咳嗽了兩聲，忍著痛喝藥，聽見婢子說話，這才問道：「是誰來了？」

沈箬把手裡的藥膏遞給婢子，這還是陳玥給她的，用起來確實有些效果，不知道用在燙傷上是否也有奇效。本著試一試的念頭，她這回特意帶了一罐過來。

「是我。」她朝裡走進，在床榻邊的圓凳上坐下。「午後要走，想著來看看妳。妳的傷如何了？」

韓吟舟苦笑一聲，將覆著錦帕的手遞給她，微微掀起一角，裡頭落了巴掌大的傷痕。

「僥倖保住了條性命罷了。」

沈箬垂眸，接過藥碗餵她。「我帶了去疤的藥來，等妳好些了試一試。」

那藥膏屬實有些奇效，只不過有一處不好，裡頭的青草味經久不散，即便多洗幾遍也去不掉，只能拿香粉遮掩。

只不過與傷痕相比，這點弊處也就不值一提了，故而她並不曾將這些和盤托出。

「那便有勞妳了。」韓吟舟抿唇，無意提及。「平瀾公主可找到了？」

隨行衛隊沿著山石小路找了一宿，連個人影都不曾尋見。宋衡甚至將玉扇派了出去，得到的結果也是一無所獲。

為了這事，宋衡又是一夜未眠。沈箬念著舊情來看韓吟舟是一回事，可那時同在殿中且如今尚在人世的，只有韓吟舟一人，她想來探聽些，或有助益。

沈箬將空碗遞給身後的婢子，搖頭道：「還未尋著。昨夜事發突然，也不知混亂之中，公主往哪裡跑了？」說罷便目光灼灼地望著韓吟舟。

韓吟舟倒不曾讓她失望。「怪我不好，昨夜火起，我怕殿下出事，便拿沾了水的帷幔罩住她，要殿下朝外跑。若早知是今日的結果，還不如將殿下牢牢護在殿中。」

她有些精神恍惚，似乎為了此事多有自責，尚且完好的那隻手牢牢攥住錦被，指尖因用力過猛，微微泛白。

趙如意不在殿中這件事人盡皆知，起初還以為大火是趙如意放的，只為了抽身。可照現場痕跡來看，火勢因小廚房而起，只是禍及了趙如意。

除了這些，別的再也問不出來。沈箬輕輕拍拍她的手背，稍作寬慰幾句，便準備離去。「殿下吉人天相，自然能否極泰來。妳好好養傷，我先走了。」

沈箬垂首從房中出來，外頭天色昏暗，瞧著像是要下雨的模樣。

雖問不出什麼，不過倒是讓她越發覺得韓吟舟與素日不同。沈箬立在階前，等著思遠去借傘，微微回首望了眼，韓吟舟身上的戾氣散了。

不出半刻鐘，雨點紛然落下，順著屋脊濺在身前的坑裡。油紙傘撐過頭頂，沈箬順著青石小道慢慢往回走。

雨絲漸漸大了，將塵土洗滌一淨。沈箬走了幾步，便見玉劍冒著雨來請她速速回城。

「姑娘，公子命屬下送您回城。」

原定在午後用了膳再回去，此刻怎麼這般急？沈箬問道：「出什麼事了？」

玉劍帶著她往外頭走。「平瀾公主歿了，公子趕著先回去了，故而來請姑娘。東西一應已收整好，馬車在外頭等著。」

堪堪才說過趙如意否極泰來，下一瞬卻沒了性命。沈箬腳步一頓，果然還是出大事了。平瀾公主和親的旨意日前便下了，前腳晉封，後腳便和親。如今人沒了，兩國和親之事便有了耽擱，難保南詔有些別的想法。

她勉強穩住聲音問道：「怎麼回事？」

「杏園有一口古井，平瀾公主墜井身亡。」

玉劍不敢說得太細，怕嚇著人，只是簡單說了句，畢竟趙如意溺水而亡，並不十分好看。

杏園的古井是一向便有的，井口低矮，為了安全起見，上頭蓋了塊厚實的石板，平日裡也有人看著，不教貴人靠近此處。

昨夜火起，為了取水便宜，便將那塊石板去了。誰知大火越燒越烈，看守的人也趕著去救火，大概是倉皇逃竄，趙如意便一腳踏進了井中。故而他們翻遍芙蓉園，也尋不到人影。

還是今日在收拾杏園時，不知是誰想把石板再蓋回去，臨了朝裡望的時候，正好就看到了井中有人。屍體撈起來的時候，不曾受過火燒，只是被水浸泡得腫脹，哪裡還有原來的模樣。

沈箬還想再問，玉劍卻無論如何都不肯再說，直把她帶到馬車邊上，便回身上了馬，揚鞭去追宋衡。

這一切似乎順理成章，起了火，藉著東風燒毀宮殿，為著救火又將石板移開。沈箬坐在馬車上，心中默想著。

也正是因為太過順理成章，反倒顯得有些刻意。或許是她近來心神不定的緣故，才將這些事聯想到一起。

一切既已發生，便無暇去顧及起因，後頭如何處理才是重中之重。

宋衡快馬趕回城中，只是為著兩國和親之事。

一國公主平白歿了的消息瞞不住，不論其因何而喪，打的是南詔臉面，若是不及早想法子安撫，只怕此事發酵。

南詔雖小，可到底與西域相連。

他遣人回宮遞口信，自己則徑直去了使館，帶著一封先前擬定的貴女名單，求見摩舍。

大雨突然，他未曾帶傘，只是立在轉角處的簷下等候。

不過片刻，便有人從房中出來，臉頰凹陷，頸間掛著一串不知名的墜子，用南詔語同人說著些什麼。

他路過宋衡身邊，下意識地瞥了一眼，一語不發，昂首朝著外頭走了。

侍從把宋衡請進房中，摩舍起身與他問候。「臨江侯大駕，蓬蓽生輝。」

宋衡拱手，與他同坐。「衡此來，有要事與王子相商。」

摩舍摩挲著手中什物，犬牙被打磨得光潔，這一向是巫師用來卜算的物件。

今日也是湊巧，先前看他向來不順眼的大巫握著犬牙來尋他，說是承天旨意，感應到南詔國祚有損。

被他狗血淋頭罵了一通，臨了丟下個犬牙罵罵咧咧走了。

「臨江侯但說無妨。」

宋衡把手中的名冊遞到摩舍面前，將幾位貴女的名字朝著摩舍，不管他認不認得大昭文字，自顧自唸道：「陳自心、傅葭皆如王子所想，性情純良，宜室宜家。」

摩舍低頭輕笑一聲，問道：「侯爺何意，不妨直說。」

「不瞞王子，平瀾公主昨夜罹難。」宋衡把冊子擱下，細細觀察摩舍神情。只見他有一瞬失神，拍桌而起。

摩舍方才聽大巫唸唸許久，說著什麼薄命之流，妨害南詔國祚，那時只當他胡說，此時乍聽宋衡提起，方知此事做不得假。手中的犬牙滾落地面，他呆立原地。「何人所為！」

宋衡收回目光，他的人在杏園找到火油的痕跡，堪堪復原後，唯有一條路火勢小些，便是由宮殿通向古井，因而趙如意墜井並非意外。

既非意外，便是人為。照著內侍回報，除了韓吟舟來過杏園，便只有摩舍的人前往送過些禮。一路行來，宋衡並非不曾懷疑過摩舍。

趙如意遠嫁在即，要了她的性命便是想斷這樁和親，故而他才不顧風雨趕來，不只是想保全兩國邦交，也是為了試探摩舍。

可眼下看他的反應，倒是不似作假。

「大火四起，殿下墜井而亡，眼下已經備下大葬。」宋衡垂眼，似不欲再多說什麼，只是點著冊子中的名字。「衡此來正是為此事。殿下蒙難，可兩國邦交不可斷。」

摩舍忽地笑了起來，眼中嘲諷之意不言而喻。「臨江侯的意思是，另擇一人和親？」

「正是。」

「荒唐！」摩舍一改先前的謙遜，譏諷道：「聽聞大昭即便是尋常百姓家婚配，也要經三書六禮，更不必提兩國之好。南詔雖區區小國，可也知禮義廉恥，如今是先靈擇中平瀾公主，貿然更換，只怕先靈不安。」

難怪他如此激憤，眼下不知為何忽然記起大巫所言，平瀾公主這樁婚事若是不成，便會引來天罰，南詔百姓流離，無人能承此責。

摩舍不信這些，只是覺得大昭實在欺人，好好的人看不住，如今隨便選一個就想來糊弄他們。

宋衡聽聞此話，沈下聲音，將冊子合起。「六禮不過才至納吉，若有不成也是常事。八字相合並不難得，貴女數千，命格貴者比比皆是。兩姓之好，結的是喜事，想來貴國先靈亦欲成好事。」

「可……」

宋衡不給他開口的機會，輕笑一聲。「何況我朝聖上乃天子，上書祭告天地，必能將這番心意直通九天。」此話說罷，他把冊子往前一推。「王子，請吧。」

摩舍咬緊牙關，句句藉口皆被辯駁。於這一樁事上，大昭固然有過錯，未曾看護好公主，可實話說來，和親諸事還未盡畢，趙如意還是大昭公主。

她即便是死，也只是大昭內務事，宋衡肯允他另擇女子，已算是抬舉他們。

只是到底不甘心被這般壓著。「侯爺強迫摩舍應下，不怕南詔人民激憤，做出些旁的舉動來？」

此處到底是使館，內外皆是南詔衛隊。他知曉宋衡孤身一人前來，故有此一問。

豈料宋衡握著冊子起身，直走到摩舍面前，挨近摩舍耳旁低聲道：「本侯既敢孤身前來，便是做足了準備。聽聞南詔王太后纏綿病榻，欲求一方良藥，本侯倒是可以幫王子這個忙。」

摩舍大驚。母后病重的消息他今日晨起才收到消息，為了安穩人心，知道這件事的人不多。

眼前的人已然退開半步，等著他的答覆。摩舍接過名冊，心中大約知曉宋衡的準備是什麼。能夠探聽王庭消息，宋衡的斥候必然遍布南詔，只怕他們在大昭有個什麼動作，埋在邊境的軍隊便會長驅直入。

這並非商議，而是威脅。

那麼選誰都無妨了，他閉上眼，不去看名冊。「但請侯爺定奪。」

「承蒙王子信賴，衡便不多讓了。」宋衡退回到原地。「定為南詔王求得一人白首。」目的達成，他也不再多言，取回名冊往宮中去。

摩舍強打精神將他送至門外，直至背影漸遠，這才伸手招來侍從。「去請大巫過來。」

沈箬回到永寧坊的時候，淅瀝的雨點小了不少，言叔拿著帳本來與她商議生意。眉角突突跳個不停，總覺得萬事都不安穩，三句話裡走神了兩句。

言叔見她如此，索性合上帳本，用手比劃：姑娘若是累了，便先去歇著，明日再議。

沈箬擺手，這些日子她確實怠惰了，跟著宋衡到處跑、到處玩，連生意都很久沒有上心了。

「沒事，言叔你接著說吧，蒲州那批貨怎麼說？」

言叔從懷中掏出書契，繼續比劃：三日後，蒲州的人來長安接貨。

長安地貴，那些質押著的東西積著，幾個庫房都不夠堆，故而只能把一批運到蒲州去，待質押期近，再把東西調回來。

「讓他們小心著些，別磕壞了。」

言叔點點頭，算是記下了，思索片刻，復又比劃起來：前幾日徐大人來鋪中購置香粉，與公子撞了個正著。

徐眠？

沈筠坐直身子，他怎麼想起到沈家的鋪子裡購置香粉，可別又讓胡弄雲多想。此外更巧的是，怎麼偏偏同沈綽撞上了。

沈綽見了他，怕不是越發顧影自憐。

她來不及多想，朝後院走去，雨簾交織裡，沈綽立在簷下，不見薛幼陵。

「綽兒。」

沈綽聞聲轉頭。「姑姑忙完了？」

沈筠經由迴廊行至他面前，問道：「幼陵呢？」

薛幼陵與她同來，搶著來看沈綽，此時卻不見蹤影。

「姑姑，自古男女七歲不同席，她在這裡不合規矩。」沈綽只是溫潤笑著，眼神盡是疏離。

「我讓銅錢送她回去了，為免名節受損，走的是偏院角門。」

「可……」沈筠本想開口，可發覺無言回應，不得不默認他的說法不錯。

沈綽因著腿腳不便，站在門邊不動。「姑姑可有旁的事？」

「你前幾日見到徐眠了？」

沈綽點點頭，一應認下。「徐大人婚期漸近，來買些香粉，遇上說了幾句。」

沈箬急迫道：「你可還好？」

「萬事皆好。」沈綽暗自退開一步，拉遠了兩人距離。「姑姑說些什麼呢，只是客套幾句罷了。姑姑若是沒有其他事，綽兒便先回房了。」

沈箬只是愣了片刻，便被攔在了門外，除卻雨聲，再無其他。

她低聲嘆了口氣，正要走開，忽地從旁邊傳來銅錢的聲音。「姑娘。」

第二十九章

本該被送出去的薛幼陵，此刻正局促地立在油紙傘下，翹首望著沈箬，像極了做錯事的孩子，等著長輩責備。

雨下說話多有不便，沈箬帶著她回房換了衣裳，替她擦著髮絲。

薛幼陵怯怯開口。「姊姊，我似乎做錯了什麼事。」

「什麼？」

髮絲被包裹在帕子裡，她低著頭把一切說來。「我這幾日準備了雙靴子，想著送給他，可他只看了一眼，便要攆我走。」

沈綽那個樣子，屬實不對勁，可沈箬不覺得一雙靴子便能讓他如此。

「應當與妳無關，不必放在心上。」

薛幼陵抬頭看了她一眼，又深深把頭埋了下去。「可那雙靴子裡，我擺了塊木楔子。我看他走路多有不便，一腳深、一腳淺，便特製了那一雙，讓他穿得舒服些。」

沈箬擦頭髮的手頓了頓。木楔子？也難為她想出來這麼個餿主意。

「我不是有意的，姊姊幫我和他說幾句，別讓他一個人悶著。」薛幼陵猛地拉住她的袖子。「我以後不做了就是，他別悶出病來。」

沈箬輕輕撫了她的頭。「好，不過這幾日妳先回侯府裡住，他小孩子脾氣，過幾日等他好了，我再去接妳。」

話雖如此說，沈箬心中卻還是覺得不對。照沈綽以往的脾氣，這種事早不管不顧說出來了，哪裡會一個人憋著？

他的脾氣並非如此。

幼時沈綽從樹上摔下來，頭上腫了老大一個包，被沈箬追著嘲笑。沈綽脾氣上來，和沈箬扭打在一起，兩個人翻滾著跌進河裡。之後兩人齊齊發了高燒，待到嗓子眼不堵了，沈綽嚎得全府上下不得安睡，哭著說小姑姑欺負他。

不過哭了一夜，兩個人又趴在一起看螞蟻打架。

沈箬心裡藏著事，等雨後送薛幼陵出了府，回身招來銅錢和元寶，問起這段時日沈綽的作息。

只是得來的答案也只是一切如常，看書練字，只不過越發不愛出門了，終日就是把自己鎖在房裡。

沈箬問不出什麼，命人去取了盅雞蛋羹來，送到沈綽房裡，想著好好同他聊一聊，有什麼事就說出來，天大的事自有她這個姑姑頂著。

一碗雞蛋羹送到門前，裡頭的人卻出來了。

不過一刻鐘的工夫，沈綽又坐回輪椅上，精神萎靡，被人推著往外走。身旁跟著的小廝打起油紙傘，一看便是要出門。

這樣的雨，他要往哪裡去？

沈箬繞過迴廊，攔住他的去路，蹲下身子與他說話。「綽兒，是不是幼陵哪裡得罪你了？那雙鞋子不想穿就不穿。」

「沒有，她沒有得罪我。」沈綽輕輕搖了搖頭，拿著書裡的仁義禮教來回應。「雖說姑姑與臨江侯訂親，日後終歸是親戚，只是到底男女有別。大昭民風開化，也不代表男女可私相授受。」

這番話不無道理，只是沈箬先前看著，甚至覺得兩個小的相處出了些情意，因此也不攔著，只是在外頭稍稍遮掩一二。如今被擺到明面上來說，確實於禮不合。

她嘆了口氣，不知為何沈綽變得這般快，似乎僅一夕便改了性子。可她也明白，沈綽在她面前，不會說假話來搪塞，寧願閉口不言，也不敷衍了事。

「可前段時日，你們還很是要好……」

沈綽笑了，臉上難得有了些顏色。「先前不懂事，險些誤了人家，如今醒悟也不遲。」

他抬頭望了望，雨勢小了許多，頂上那片雲飄遠了，再不走，怕是要誤了時候。

「姑姑，我出門一趟，不必等我吃晚飯了。」

說罷，他便吩咐小廝推著自己，輾過青石小道朝外走。

沈箬從原地慢慢站起來，蹲得久了，眼前一時有些發黑。她靠在元寶身上，頓時有些無力。這個姪兒有事藏著，讓她看不清了。

元寶扶著她坐到一旁養神，沈箬卻越想越不放心。

「元寶，去備馬車，我去看看他。」

兩輛馬車一前一後出了沈府的門，為免沈綽多想，沈箬不敢靠得太近，吩咐車伕遠遠跟著。

奈何跟得遠了，繞過幾條巷子，正好被攔住去路，眼睜睜看著沈綽的馬車走遠。

「姑娘，前頭似乎打起來了，人群湊在一起，可要調頭？」

沈箬點點頭，左右沈綽身邊跟著不少人，青天白日也出不了大事。如今事情紛雜，這種打架的事，沒必要捲進去。

車伕勒了繩，驅使馬車往回走，正走開兩步，人群裡傳來一個甚是熟悉的聲音。

「打的就是你，你又奈小爺如何？」

沈箬叫停了馬車，回身去看，奈何人頭攢動裡，看不出分毫。

「元寶，下去瞧瞧，我聽著像是方侍郎的聲音。」

裡頭的人又爭執了兩句，元寶堪堪回來，將圍觀人群的話整理了一番，把來龍去脈講了清楚。

那個囂張跋扈的聲音，正是方子荊。

今日這事說來也是叫人瞠目，不過是為了一本遊記。此處有個書攤子，不管颳風下雨，總是倚著酒樓出攤。午後雲雨稍退，南詔王子便來了此處，盯上一本遊記掏錢。誰知錢掏到一半，方子荊也來了此處，說是早先便訂下這本遊記。

有知曉的人說了，這小販想掙兩份錢，先收了方子荊的訂金，又將書轉賣摩舍，誰知兩人來得如此湊巧。原本說開了便罷了，誰料今日方子荊多喝了兩盞酒，言語裡有些輕賤。摩舍受了侮辱，自然也不願意讓出書冊，兩人爭搶不休，將那本遊記一分為二，頃刻便扭打在一處，誰也不肯輕易退讓。

「泱泱大昭，便是這般禮待外賓！」

「巧取豪奪，南詔也不過如此！」

「無恥小兒！」

「蠻荒莽人！」

沈箬扶額，這兩個人如稚子打架，卻要將家國扯進來，如何也走不了了。她附在元寶耳邊耳語幾句，看著人下了馬車，擠入人群之中，將話原封不動轉達。

元寶對著兩人行了禮，笑咪咪地朝摩舍開口。「王子安好，我家主人託奴婢送句口信，府中遊記萬千，王子若是喜歡，改日便送上門去。今日權且請王子賣我家主人一個面子，原諒公子失禮。」

摩舍哼了一聲，問道：「妳家主人是何人？」

元寶避而不答，只是將沈箬遞給她的玉珮稍稍露了出來。那是先前宋衡留給他們，以備不時之需的那一塊。上頭的「宋」字在摩舍面前晃過，即便未曾見過元寶，也順利教他將人當作是宋衡派來的。

他原本也不欲起爭執，只是這小子不依不饒，此時見宋衡給了臺階，也不再多說。

元寶見狀，轉身對方子荊行了禮，道：「公子醉了，主人特命奴婢來請。主人還說了，公子若實在醉得厲害，那也只能請旁的人相助，屆時若是公子受不住，主人也幫不得半分。」

沈箬算準了他不會乖乖聽話，元寶是她的人，同方子荊見過數面，唬得住摩舍，可唬不住他。故而特意吩咐元寶，他若是不聽話，便將宋衡搬出來，這酒自然也就醒了。

果不其然，方子荊對宋衡的畏懼，或者說是敬重，是刻在骨子裡的，酒醉得糊塗，卻在聽到「旁的人」三個字時，一瞬便驚覺，沈箬這是在警告他。

酒醒了大半，這場爭執便歇了。

不過片刻，人群聲音漸漸小了，互相指責的兩個人各自扭頭而去。

沈箬托著腮，坐在馬車裡等人。

今日這事著實有些古怪。以她先前接觸方子荊而言，是個快人快語的爽利少年，可不曾這般不知輕重，將私事與國事混為一談；即便喝了些酒，也不該這般昏頭。

「沈姑娘。」

元寶帶著人到了車前，沈箬掀開車簾，只見方子荊面色緋紅，酒氣還未盡消，耷拉著腦袋。

今日出來得匆忙，車上什麼都沒有，更不必提醒酒的東西。沈箬吩咐元寶去買些時令水果來，這才同他說話。「方侍郎今日是怎麼了，怎麼無端與南詔王子起了爭執？」

元寶先將油紙傘遞給方子荊，這才匆匆去買水果。方子荊一隻手揉著腦袋，皺著眉頭道：「說來話長。」

許是被風吹，清醒了幾分，方子荊沒有再同先前那般咒罵。沈箬見他似乎有些不適，就近尋了家茶樓，領著人進了雅間避風細說。

待聽完方子荊的話，沈箬不由瞠目結舌。

「區區一本遊記罷了，也值得你們這般胡鬧？」

方子荊有些頭疼，斜靠在椅背上，微微瞇起眼。「嫂嫂，別說了，我頭疼。」

「把瓜果吃了。」沈箬把元寶買來的水果往他那頭推了推，輕輕嗅了嗅。「哪裡來的湯藥氣味？」

除了酒氣外，空氣裡還瀰漫著一股辛澀氣，沈箬回首，門窗緊閉，不像是外頭飄進來的。

對了，國公夫人似乎病著。

想到這裡，她問道：「前些日子聽說國公夫人身體不大好，如今怎麼樣了？」

方子荊聞言，把果子丟回碟中，神色一時間晦暗下來。

「還如先前那般，拿湯藥吊著。」

大抵是戳到了傷心事，錚錚男兒眼眶泛了紅。沈箬一看這陣勢，大約也猜到了，國公夫人或許撐不了幾日了。

「母親從前好的時候，最愛看遊記，那一本她還不曾看過。」方子荊直勾勾盯著桌上的一灘水漬，說給沈箬聽，也說給自己聽。「只是可惜了，可惜了啊……」

話音長長拖過，滿是遺憾。沈箬竟有些明白了，為何向來還算好脾氣的方子荊，今日會如此不管不顧。

羊有跪乳之恩，鴉有反哺之義。

這話題屬實有些感傷了，沈箬試著張了張嘴，最後也只說出些無關痛癢的話。「夫人仁善，想來總會吉人天相。綽兒那裡有幾本從揚州帶來的遊記，晚些我讓人送去府上。」

「嗯。」方子荊低低應了一聲，不再多言。

兩人如此靜默著對坐片刻，死別之苦瀰漫開來，門卻被人推了開來。

宋衡如今已重回尚書省，雜事甚多，乍然聽聞此地變故，匆匆丟了手裡的事趕來，正巧見兩人如泥塑的佛像一般，不聲不響。

「酒醒了？」

他皺著眉頭坐下，吩咐人去開窗透氣，這股酒氣著實令人煩躁。

只是這一句再簡單不過的話，方子荊卻隱隱聽出了不耐。兩人相交數年，宋衡不喜酒氣，他還是曉得的。

方子荊局促地坐著。「醒了。」

宋衡輕描淡寫哦了一聲。「我批了你的建產，不過是看在國公夫人的情面上，可不是讓你藉酒撒瘋。母親纏綿病榻，你看看你如今像個什麼樣子。

「方夫人尚且在世，卻眼見子孫不肖。」握著茶盞的手一用力，杯中清茶盡數潑在方子荊臉上，三、五片茶葉掛在髮絲上。「我瞧你的酒大約是還沒醒。」

沈箬來不及阻攔，眼睜睜看著這一幕，半晌才回過神來，匆匆把手搭在宋衡腕上。「有話好好說。」好在茶水晾了有些工夫，若是滾燙的潑了上去，怕是要毀了這張臉。

「宋衡。」方子荊胡亂抹了一把臉，連名帶姓地喊著宋衡的名字，語氣已是冰到了極致。「你若是覺得我不成樣子，便撤了我的侍郎，什麼情面之類的話，大可不必拿出來說。」

兩人沈著臉對峙，宋衡忽地手一鬆，杯盞被狠狠擲了出去，在牆上蹭下些灰來，碎了滿地。

清脆的聲響在耳邊炸開，沈箬身子一顫，心道不好，宋衡這回是動了大怒。

「方侍郎，我讓元寶帶你去換身衣裳吧，濕著搭在身上怕是不好受。元寶，去門外候著。」沈箬的手依舊搭在宋衡腕上，跟著他動作，此刻用力捏了捏。「侯爺，我正好有些事想問你。」

誰知兩頭都不領她這份情，異口同聲道：「不必。」

宋衡哼了口氣，背轉了頭，衝著沈箬開口。「就讓他這麼濕著，也好醒醒神。」

這話說完，方子荊果真不動，坐在位置上。

沈箬被他們這麼吼過一回，也不再勸架，坐在一邊小口小口飲茶。偌大的房間裡，只剩下她抬手斟茶的聲音，著實靜得嚇人。

半盞茶工夫過去，終歸還是宋衡先拉下臉來，伸手從懷中掏出一枚玉墜，反手拍在桌上。「你父親託人送到我這裡來的，讓我轉交給你。」

玉墜中有裂縫，被人用黃金澆鑄填補，硬生生將它湊了個完整。

方子荊愣愣盯著玉墜，並不急著伸手去取，只是冷笑了一聲，抬手將它揮到地上，與那堆碎瓷混做一團。

「碎了的東西費心填補又有何用？」他身上戾氣越發重了。「我母親還躺在病榻上，他拿著這勞什子是想來扮什麼慈父？宋衡，你什麼都不知道，憑什麼義正辭嚴地來指責我？」

他說完這些，猛地從位置上站起來，俯視著宋衡。

宋衡覷了地上的玉墜一眼，跟著他一同站起身來，認真同他道：「你凡事不說，叫我從何處知曉？我曾與你說過，我比你長幾歲，只要你不嫌，盡可拿我做兄長。方子荊，這話從前管用，如今同樣管用。」

方子荊突然沒了氣力，跌坐到椅子上。這些話數年前說過一回，那時只當孩童心性，將朋友之情瞧得這般重。

總角之年，他被父親壓著讀書，挨了不知多少頓板子。那日被罰得狠了，他翻牆跳了出去，不偏不倚落在途經此處的宋衡身上，新買的一袋粽子糖撒得遍地都是，最後一顆還被他搶了。兩個人熱熱鬧鬧打了一架，方子荊就此纏上了他，日子久了，兩人倒真成了朋友。此後又一回，方子荊的話本被父親盡數撕毀，哭著往外跑，被宋衡帶到湖邊，語重心長地說了這番話，一字未改。

舊事與如今重疊在一起，給了他一個透氣的口子。方子荊把臉埋進手心，聲音悶悶傳來。「九哥，我母親的病，與他脫不了干係。」

沈箬一時恍惚，不甚明白這個他指的是何人，只是直覺，接下來說的話，她多聽大概不好。為著方子荊的臉面，她開口告辭。「我先回去……」

方子荊卻全然不在乎，斷了她的話頭。「母親平日身體康健，只是去年冬日受了風寒，一時不察拖得久了些。母親雖咳得厲害，可大夫皆說，過了春日便好了。誰知不過幾日工夫，母親突然口不能言，只能癱在床榻上。」

「聽著似乎是卒中，並非不能治。」

方子荊搖搖頭。「來不及了。我原本也以為是那場風寒的緣故，故而不曾追究，可就在前幾日，我無意經過祠堂，見他跪在正中，喃喃唸著什麼。」他猛然抬起頭，雙眼泛著紅。

「我只聽得一句，他已知錯，願以命換來祖宗庇佑母親。」

沈箬現下才明了，方子荊口中的他，正是鎮國公。

「我設計套了他的話，九哥，你道這一切緣何而起？」方子荊長長嘆出一口氣，這些日子孤身揹負著的東西一應宣洩出來。「竟是為了另一個女人。」

家宅後院之事，各家多有腌臢，可鮮少有人會擺到明面上說，丟了自己的顏面，髒了旁人的耳朵。

只是方子荊開了口，便再也收不住。「姊姊臨盆在即，身子卻多有不爽，母親拖著病體去江家探望。夜裡回府，想著去書房問他要那支珍藏的山參，誰知行至門口，卻聽得房中穢亂聲音。母親推門入內，卻見他拿著一枚翠玉鐲討那個女人歡心。」

宋衡下意識回頭望向沈箬，在她眼中同樣瞧見了不知所以。

方子荊苦笑一聲。「那枚翠玉鐲，是母親與他定情時，著巧匠製的，裡頭雕著連枝。我母親並非不能容人，也曾為父親納過兩個妾。是他，無論如何不肯說出是哪家的女子，與母親起了爭執，失手將母親推倒，這才成了如今的模樣。我那日知悉，將他捆了丟到母親榻前，縱然痛哭流涕，那又如何?母親終歸是回不來了。九哥，你自幼聰慧，我想問問你，若是你，又會如何？」

果真是兩難境地，法度與孝行相左，難怪他耽溺酒氣。

宋衡身子僵了僵，他與母親、父親都沒有這般深厚的情意，若是他，大約會照著法度大義滅親。誠然方子荊不同，這事發生之前，方家出了名的和諧，父母相親，一家和樂。

「我與你不同。」宋衡拍拍他的肩膀。「我一時也想不清楚，不過子荊，如今你母親還在病榻，你無論如何也不該這般作踐自己。時日長短都好，爭得一刻便是一刻。」

方子荊將這些和盤托出，身上一下子輕鬆許多，點點頭算是應了。他起身朝門外走，忽地頓下腳步，同宋衡道：「懸章，摩舍那裡，我會去道歉。」

「不必了，我讓玉劍送了禮過去。不過還有一件事，你須得應我。」宋衡來時，便讓玉劍上門致歉了，此時說起了別的事來。

「什麼？」

「日後即便要打架，也找個沒人看見的角落，免得日後出事，惹了一身腥。」

方子荊做好了受責罰的準備，卻不料他一本正經地教自己如何不吃虧，一時有些錯愕。

不過片刻，他才輕聲笑了。

「好，我記住了。」

第三十章

宋衡看著人出門，回身去問沈箬。「妳有什麼事要問我？」

「眼下沒了。」方才不過是為了解圍，胡亂謅了兩句，此刻突然被問起，沈箬只是意思性地慌了慌，很快便找到說辭岔了開去。

「我明日要出去一趟，兩、三日就回來了，這幾日無事不必出門。」

這段時日，幽州密探傳信的頻率越發高了，一改先前十日一稟，如今已到七、八日便有書信送到他案上。信中內容皆是突厥隱有異動，拿著各色藉口與邊境起衝突。如此看來，突厥與大昭一戰，已是近在眼前。

既知如此，便不能不防，須早早做些準備。宋衡此番出城，便是為了去檢點城外糧草。他微微皺眉，對著沈箬絮絮道：「如果真要出門，把玉筆帶上。若是遇上難事，拖上幾日也無妨。」

「好，知道了。」沈箬拉長了聲音，應得真心誠意，心裡卻納悶，宋衡今日倒像個小老頭，話多得很，還都是些重複的。

宋衡聽著她這般回應，頗有些無奈，只是有些事說出來，又怕嚇著她。杏園的大火雖不知是何人所為，可本意大約是為了破壞兩國和親。如今與摩舍達成一致，換人和親，難保那人不會再動手，做出些窮凶極惡的事來。

不論如何，背後的人終歸不會是善類，隱在長安城裡窺伺，他總怕這把火無端燒到身邊人身上。

萬千憂慮到底化成了一聲嘆息。「算了，妳知道就好。」

這場雨一下便止不住，澆滅了沈箬往外跑的心思，乖巧地依照宋衡的話，窩在家中倚欄聽雨。

如此過了兩日，夜裡突然起了春雷，裹挾著在屋頂滾過。沈箬從夢中驚醒，一時有些不辨真假。

轟——

又是一聲春雷，漆黑夜色裡陡然劈出一道亮光，轉瞬便散了。沈箬這才回過神來，就著衣袖抹了一把汗，睡意盡消。

她從榻上起身，抬手斟了杯水安神，將隱隱有些不安的心壓了下去，正準備繼續醞釀睡意，元寶卻忽然來了。

「姑娘，出事了。」

院裡的燈被人點亮，一把傘隔開雨簾，帶著人匆匆往前廳走。

沈箬顧不得衣襬沾水，快步走到言叔面前。只見他面上帶了血痕，此時還不住往外溢血。

「元寶，去取藥箱來。」她拉著言叔坐下，把自己手中的帕子遞給他，示意他擦擦雨水。「蒲州那批貨到底怎麼回事？」

言叔口不能言，特意帶了個隨行小廝過來，由他轉述。

「姑娘。」小廝上前一步。「這批貨今日午後從櫃坊運出，本該天擦黑就能到蒲州地界。可這幾日城門盤查得厲害，硬生生拖到夜半。」

他回想起方才的廝殺場面，不自覺一抖，說話也有些不順暢。

「長安到蒲州，有一段官道失修，便從山道繞了過去，誰知一繞便遇到了一場劫殺。」小廝擦了擦汗，繼續道：「那人滿身是血，被追殺了一路，一頭栽了過來，我們生怕惹事，想著不管就好，可能是為了滅口，那群人不由分說拔刀砍人。兄弟們和他們纏鬥了些時候，勉強帶著一箱貨跑了出來。眼下城門開了，才好回來稟告。」

雨夜漆黑，運貨的又是些練家子，遇上這些窮凶極惡之人，縱使打不過，勉強跑出來也還算在理，只是難免死傷慘重。

沈箬心知那些貨盡數打了水漂，這一回無妄之災，倒是要讓沈家出點血了，雖心痛，可到底人命重過財物，她輕聲問道：「可有傷亡？」

「死了幾個兄弟，其他的受了些輕重傷。」

沈箬點頭。「去帳房支些銀子，沒了的好生斂葬，剩下的找大夫看看。」

「多謝姑娘。」小廝跪下磕了頭，沈家也算是仁至義盡了。換做別的人家，多少都要追究個辦事不力的罪名，別說賞錢了，連死活都不管。

沈箬輕聲嘆了一口氣，由著元寶替言叔上藥，回身坐到上首，皺著眉頭算這筆帳。

「姑娘。」小廝吶吶開了口。「還有一件事，那箱貨被運出來後才發現，那個將死的人，不知何時趁亂，躲進了箱子裡，跟著我們逃過一劫。」

「什麼！」

沈箬一時有些氣悶，丟了貨也就算了，還帶回來一個不知底細的人？這個人收不得，萬一仇家找上門，豈不是要連累他們。

「趁著夜色把人丟出去，別被人瞧見。」

她可以行善，前提是知曉對方底細，這樣不明不白的人，誰知道招惹了多少人？

小廝點點頭，那人原本就看著進氣少、出氣多，等等往哪個荒山一丟，就當無事發生。

如此一番事下來，天色已然大亮，丟人的事宜還得再等一等，等到夜裡方算保險。

只是這一等，便等出了事。

午後雨勢轉小，滿城戒嚴，兵士拿著畫像上門，挨家挨戶尋人，一時間風聲鶴唳。

尋到沈府的時候，玉筆與那領隊似乎認得，寒暄了兩句，把事情套了出來。

今日晨起，使館裡的人去了大理寺，拿著一封書信和一枚玉墜告官，說是南詔王子丟了。江鏤即刻親往使館，問了一圈，回身把方子荊拘了帶回大理寺。

「即便方侍郎和那位王子起過衝突，也不能斷定是他藏了人吧？」玉筆多嘴問著。「若是我，也不會這麼大剌剌動手啊。」

領隊憨憨笑了。「可不是，不過那封書信上面的印鑒，就是方侍郎的，寫什麼一戰。江大人也難啊，南詔的人堵在門口砸方侍郎，眼下可不只有大理寺安全些。」

兵士喝了一遍茶，例行公事問了兩句，便客氣告辭。「玉小哥，若是看到了，就來大理寺知會一聲，哥幾個就先撤了。」

玉筆送他們出了門，捧著一張畫像往回走。

「姑娘，城門戒嚴了，短時間是出不去了。」

城門關不關，原本和沈箬關係不大，只是還有個半死不活的人在手裡，這出不了城門，怎麼讓外頭的人知道，及時把人丟了。

沈箬想到了宋衡的面子，盯著玉筆道：「玉筆，你家公子的臉面大概還管些用，你替我走一趟可好？」

聽來傳話的小廝說，那人如今被暫時安置在城外的莊子裡，傷口被兩個經驗老道的漢子簡單處理了一遍，不過能不能活下去，還得看命。

這事拖不得，玉筆拿著宋衡的信物，輕易出了城門，去擺平這樁無端之事。

沈箬明知要到入夜才好辦事，即便要把人送出去，也不好青天白日地招搖，只是還是提著心等回信。

這一等，便等來了韓吟舟上門。

「阿箬。」韓吟舟臉色蒼白，被人扶著坐下，無力地倚著靠背。「我這幾日心中不太平，想著去香燭鋪子買些紙錢，不想出了這等大事，鋪子閉戶，我也只好來妳這裡坐一坐。」

趙如意因是溺死，未免衝撞貴人，故而棺槨停在芙蓉園裡，有專司看著，只等佛會結束便安葬。如此一來，被帶回長安城中的韓吟舟即便想去探望，也只得作罷，買些紙錢四下燒一燒也算是盡心了。

兩人並肩而坐，沈箬覆上她的手背。「節哀。」

韓吟舟長嘆一口氣。「這幾日我每每合上眼，總能瞧見如意喚我阿姊，待我夢醒時，除了枕巾濡濕，再無其他。阿箬，妳知我素來結交不過了了，如今也只有同妳說說這些了。」她攥著帕子拭淚，哭得梨花帶雨。

沈箬自問，兩人除了有些同鄉之誼，其他的不值得美人在她面前如此這般垂淚。她陪著坐了會兒，聽韓吟舟絮絮講著些沒頭沒腦的話。

哭了沒一會兒，韓吟舟收了聲，勉強扯出一個笑。「我不該和妳說這些的，只是這些日子無處可言，見到妳親切，這才多說了兩句。」

「無事。」

「那日妳送的藥膏很是管用，我日日用著，傷口似乎好了許多。」韓吟舟出言，身後隨行的婢子捧著個匣子上前，恭敬呈到沈箬面前。「這枚雞血玉的鐲子難得，就當為妳添個彩頭了。」

玉鐲靜靜躺在匣中，通體鮮紅，一看便是珍品。沈箬只瞧了一眼，便伸手推辭，且不說無功不受祿，便是她真的想要，庫房好好尋摸尋摸，也不是找不出這樣的物件。

韓吟舟見她不收，合上匣子道：「我曉得妳看多了珍寶，這樣的在妳眼裡不過爾爾，可這確實是我所能得的最好了。我拿它謝妳的藥，也算是適合。」

「那藥不值幾個錢，這雞血玉看著便跟了妳多年，不必割愛。」

「阿箬，我知妳素來防著我。」韓吟舟垂下眼睫，眸中神色不定。「薛大儒不喜女子鑽營，誠然，我曾汲汲營營，不過是想活得好些。年幼不懂事，如今吃了苦頭。我並非要妳與我這般那般好，自知求不來，便不該貪圖，這玉鐲子再貴重，也不過是死物。」

再一抬頭，眼中滿是坦然。「我不妨同妳直說，我如今雖是寡婦，可總也盼著重梳蟬鬢，另擇佳婿，留下些疤，到底不好。妳的藥，於我重之又重。」

沈箬這些日子與她來往，多少也猜出了些，聽她這般說，礙於情面也只得收下，甚至於話語中品出些真心來。

匣子被銅錢捧了進去，韓吟舟此番倒是真心實意笑了起來，彷彿心中巨石落地。「妳收了就好。」她話鋒一轉，閒話家常般說起今日南詔王子丟了的事來。「今日外頭貼滿了告示，方侍郎豈是會做出這種事來的人？不過我瞧著南詔人的樣子，怕不會善了。」

沈箬倒不曾太過擔心，如今方子荊在江鏤手裡，因著兩家姻親的關係，江鏤不會為難他，只不過是找個由頭把他保護起來。哪怕南詔人鬧得再凶，人一日找不著，方子荊便一日無事。

「是啊，若要此事了結，總得先尋著那位王子。」

聞言，韓吟舟抬眼望向她，意味深長道：「說不準是哪位善人，陰差陽錯救了人，偏偏又不認得，留在哪裡養傷呢。」

沈箬聽她的語氣，似乎知曉些什麼，抬頭問了句。「什麼？」

「沒什麼，不過隨口猜測兩句罷了。」韓吟舟擺擺手，語氣如常，彷彿剛才的話並非出自她口。

沈箬只當是自己聽錯了，繼續把玩著手中的茶盞。正在此時，本該隨宋衡同行的玉劍忽然造訪，長驅直入花廳，卻在瞥到廳中有客的時候，猛地頓下腳步。

韓吟舟正偏頭去看外頭，見著縮在一角的人影，捂嘴笑著。「阿箬，那位似乎有些眼熟？」

沈箬見著玉劍，估算了下時日，想著宋衡應當是提前結束手中的事，連夜趕了回來。她朝玉劍點點頭，要他稍候片刻。

「吟舟，許是有些事，我去去就來。」

她行至廳外，側耳聽玉劍傳達宋衡的話。

「姑娘，公子眼下已趕往大理寺，特意遣屬下來探視姑娘。」

「諸事皆好，你回去跟著侯爺，讓他不必憂心我這裡。」

玉劍應聲，忽地反應過來，不見玉筆蹤跡。按照往日，玉筆總該在前院，今日卻不曾聽見他嘰喳吵鬧，只多嘴問了一句。「姑娘身邊的玉筆呢？」

沈箬答道：「有些事託他去辦，過些時候便回來了。我這裡還有思遠，你讓侯爺大可放心。」

幾句話下來，玉劍放寬心往大理寺去隨侍，沈箬在後頭舒了口氣，宋衡這般急著回來，大約也是收到了消息，趕著想法子去。

她轉身正要往回走，裡頭的韓吟舟卻站了起來，慢慢走到她身邊，張望著玉劍的背影道：「那位似乎是臨江侯身邊的人，我跟隨世子入城時，曾見過一面。」

長安城都傳了個遍，臨江侯與永寧坊的沈姑娘有些關係，不過礙於宋衡的手段，這才不敢明言。與其自欺欺人，沈箬倒是大方承認。「是。」

「如此看來，我那鐲子倒是送得巧了。」韓吟舟收回目光，握住沈箬的手。「瞧他對妳也算上心，我就在妳這裡蹭蹭喜氣了。若一日你們好事近了，可要請我喝一杯喜酒啊。」

手被牢牢攥著，沈箬微微低下頭，不想把兩個人尚未言明的關係說與他人。「不過是有些交情罷了。」

韓吟舟拍拍她的手背，了然道：「好，交情罷了。阿箬，臨江侯風姿卓越，歡喜的人不知幾何，妳若是當真有心，還須好生把握。」

沈箬無暇理會這些，隨口應著。

「時候不早了，我也該回去了，免得世子動怒。」韓吟舟鬆了手，朝她道別。「過幾日有空，我請妳去聽戲，權當散散心。」

「好。」

沈箬望著她漸行漸遠，身影消失在花徑盡頭，依舊想不明白，韓吟舟今日造訪說這些話，究竟是為了哪樁？

想了許久，只得出一個論證，長日寂寞，無人可訴，這才尋了個由頭來找她。沈箬搖搖頭，總覺得韓吟舟似乎透露了些什麼，可偏生她想不明白。

罷了，如今還有更要緊的事等著。她回到後院，靜靜等著玉筆回來。

待玉筆灰頭土臉回來的時候，天色已全然暗下來，一勾殘月孤零零掛在枝頭。

「人怎麼樣了？」

按照原本的打算，應當是把人遠遠送出去了，無論如何都礙不到自己頭上。沈箬只當玉筆照著辦了，翹首等他給出個肯定的答覆。

誰知玉筆氣喘吁吁，平地丟下個驚雷。「在莊子裡養著，估計過兩日就能下地。」

一口茶梗在喉嚨，沈箬猛地咳嗽起來，一手扶著桌子說不出話。渾小子去的時候應得歡天喜地，辦事的時候陽奉陰違，當真是氣死她了。

玉筆舉著茶盞愣愣看著她，似乎不明白自己何處做錯，張張嘴道：「我都是照著姑娘吩咐做的，妥善處置，我還特意從府裡取了藥過去。」他慢悠悠放下茶盞，看著沈箬脹紅著臉，一手指著自己，恍然大悟道：「姑娘放心，我特意繞了遠路去的，沒人瞧見，難免沾了點灰。」

沈箬聽了，越發氣憤，卻說不出半句話來指責，畢竟全怪自己不曾說明白。白日吩咐玉筆出去的時候，想著畢竟是條人命，便只是和他說，趁夜把人處理了，事關重大，妥善處置。大概玉筆把這個處理，會錯了意。

「我讓你把人送出去！」沈箬胸口悶著一口氣。「誰讓你還把他養起來了！」

玉筆瞪大了眼。「把人送出去？那方侍郎怎麼辦？」

「這同方侍郎有什麼關係？」

兩人面面相覷，彼此不解其意，似乎對方說的是天大的笑話。半晌過去，玉筆才敗下陣來，作勢要往外走。「都聽姑娘的，我這就去把人送走。」

剛走開兩步，迎面撞上星夜趕來的宋衡。

方才頭尾不對的話被宋衡聽了大概，此刻見玉筆要去辦事，只是掃了眼，便讓玉劍低頭跟到了身後。

宋衡貿然深夜造訪，只是事出有因，連入沈府都是悄無聲息，免得引人注目。他把人打發出去守著，兀自坐到沈箬身邊，熟稔開口。

「妳莊子裡的人，是摩舍。」

一語驚人，誰曉得滿城搜尋的南詔王子，居然陰差陽錯落在她手裡！

沈箬此時回過味來，難怪方才玉筆會問她方子荊的事。這手裡捏著摩舍，何愁解決不了眼下局面。

只是玉筆既說了無人察覺，宋衡又是如何知曉此事？她不覺得宋衡在監視她，只是覺得有些疑慮，微微皺起眉頭望向他，思忖著如何措辭，好讓他不會多想。

正想著，宋衡卻從袖中取出一枚花箋。「兩、三個時辰前，我從大理寺出來，有人轉交於我，說是一個小乞子送來的。」

花箋薄如蟬翼，沈箬拿近了細看，一股不可言說的清香撲鼻而來，似乎是花草間最純粹的香氣。「好香。」

「是蓬萊紫的香氣。」他復又從袖中取出一枚香囊，與花箋上的味道十分相近，不過有些微的差別。「子荊托我帶給方夫人，應當是沾染了。」

沈箬應了聲，那點微不可查的區別，大約就是差在宋衡的袖中香上了。

想明白這些，她仔細去看紙上的內容。

城外杏滿春，再逢舊時客。

杏滿春是她莊子的名字，那時買下城外莊子，除了貼心的幾個人以外，也就只有宋衡知曉。看著這兩句話的意思，似乎知曉摩舍在杏滿春。

「我派人去尋過那個乞子，一無所獲。我原本以為是妳遣人來報信，後來去了杏滿春，看玉筆的意思，妳大概連這個人是誰都不知曉。」

紙上十個字，是描著她的筆跡寫的，有七、八分像，乍看確實是她的筆跡。沈箬皺眉。「這字跡確實同我的像，若非知曉，只怕我也要以為何時寫過這張紙。不過知曉杏滿春也就罷了，怎會連摩舍的下落都一清二楚，還費盡心機給你去送信？」

宋衡左手攥拳，虛擱在桌上，將自己的想法毫不避諱說來。「我已讓人去查花箋出處，且不論他有何目的，眼下子荊的事大，我與他是站在同一陣線上。我會讓玉劍盡快把摩舍帶走，免得再有意圖不軌之人。」

沈箬默然，如今似乎有人牽著線，領著他們一步步往前走，可偏生這人所為，並不曾觸及什麼，反倒助他們良多。

畢竟若非這張花箋，只怕人早就被她丟遠了。

「好。」莊子裡不安全，宋衡把人帶走也是好事，沈箬點頭。「不過那日聽說，約南詔王子外出的書信上有方侍郎印鑒，這才讓人認定是方侍郎下的手。」

「所以還須等摩舍醒轉後，問明情況才好做定奪。江璆然雖與我不對付，可待子荊甚好，在大理寺裡待幾天，也算是讓他靜靜心。」

宋衡想起方才的場景，難免有些忍俊不禁，他竟也有與江鏤對坐，和和氣氣共商要事的時候。

大理寺比對過印鑒，確實是方子荊的印鑒不錯，若是尋不見摩舍，這樁案子也能憑著這一樣物件定案。不過如今不一樣了，摩舍被尋了回來，那場雨夜追殺是何人所為，一問便知。

他轉頭去看沈箬，正想說些什麼，只見沈箬一門心思撲在花箋上，仔細嗅聞。

「妳在做什麼？」

沈箬嗅得久了，有些飄然，伸手拉了拉宋衡的衣袖，迷迷糊糊道：「這花箋沾了你的袖中香，味道甚是熟悉。」

「我從不用香。」

宋衡有些頭大，生怕她不管不顧來聞什麼所謂的袖中香。往回縮了縮手，把衣袖一角從她手裡拽了回來。

「可這花箋的味道著實熟悉。」她把紙遞回給宋衡，示意他仔細分辨。「我鼻子很靈，香粉鋪子裡的味道，我大多都辨得出來，只這一味，似乎不常見。有些清冽，又有些說不出來的意味。」

宋衡接過花箋，放到鼻尖嗅了嗅，蓬萊紫的濃郁香氣灌入腦中，引得他打了個噴嚏。什麼清冽的氣味，她的鼻子也未免太過好用了些。

「你讓我想想，這個味道我定然在哪裡聞過。」沈箬執著此事，恨不得現下就去把這個味道的來源尋出來，好過他們在這裡似無頭蒼蠅。

宋衡默許了她的行為，說不準正好能循著這條線，把背後的人找出來，與其順著他人布下的路乖乖往前走，不如主動出擊。

已是入梅時節，外頭不知何時又細細密密下起雨來，宋衡望了眼陷入沈思的沈箬，輕笑了一聲。「時候不早了，我先走了。」

「好。」沈箬陪他走到廳前，將一把斜靠在柱旁的油紙傘遞給他。「雨大了，帶著傘。」

來時是晴天，他們必然沒有帶傘。宋衡沒有推辭，抬手撐著黃澄澄的油紙傘，照著原路不動聲色地走了。

第三十一章

是日初霽，小院裡傳來瓷器落地的聲音。

宋衡稍稍走了神，啪嗒一腳踩進水坑裡，瑩白的鞋面上沾了泥點子。

三日了，可算是醒了。

他渾不在意，推門入內，客氣地同房中人打招呼。「王子，別來無恙。」

摩舍身上的傷已經被人仔細包紮，換上了昭人的服飾，怒目圓睜著，拿身邊伺候的下人出氣。

此刻聽聞宋衡的聲音，驀地轉頭望向他，口中滿是鄙夷。「大昭不過爾爾，枉吾王奉之為天朝上國，竟放任屬官戕害使臣。你宋衡私下監禁，便不怕有朝一日本使復還故國？」

「王子過慮了，若本侯當真下了監禁的心思，便不會予你逃出生天的機會。」滿室皆是碎瓷，宋衡也不靠近，自顧在桌旁坐下，環視一周。「這已是宋府裡最好的一處客院，不知王子還有何處不滿？」

院子裡無人看守，並不限制他來去自由，窗子一開便是滿目梨花，宋衡屬實有些不解，摩舍是如何將這等待遇看做監禁？

果不其然，這話出口，摩舍靜了靜。他朝門口望去，除了宋衡隨身帶著的玉劍之外，再無其他看守的人，也怪他大難不死後，有些混混沌沌。

宋衡復又道：「王子遭難，有貴人相救，這才送到本侯這裡。」

「那便多謝臨江侯收留之恩。」摩舍幾乎是從牙縫裡擠出這句話。「摩舍多有叨擾，這便告辭。」

南詔人身體較昭人而言，確實強健許多。他身上傷口縱橫，掙扎著從榻上起來，扯裂了許多創口，汩汩往外滲血。饒是如此，摩舍還能走上兩步，強撐著到門邊才跪下。

宋衡頭也不回。「王子慢行，本侯還有些事，想請王子行個方便。」

「是為了貴國兵部侍郎的事吧？」摩舍被人扶著坐回到榻上，對於宋衡所言之事，不肯退讓半步。「恕本使多言，這等事若是犯在南詔，怕是連全屍都難有，想來照大昭風範，只會有過之無不及吧！」

宋衡聞言，略帶諷刺笑了聲。「敢問王子，如何認定是方大人下的毒手？除卻前幾日街頭相爭外，你二人似乎並無其他仇怨。」

並非他偏幫方子荊，只是此事疑點頗多。宋衡了解方子荊，以他的脾氣，絕無翻舊帳的可能，自然不會做出夜半約戰的事來。

帶了些個人情感去查，倒真讓他查出些不對來，印鑒是真，筆跡也仿得極像。

摩舍悶哼了一聲。「方家僕從來送信，使館上下皆是證人，還有那封蓋著方子荊印鑒的書信，哪樣不能作證？況那日追殺我之人，皆著素衣，頭纏青巾，腰間有特製令牌。我若是沒看錯，那是羽林軍的人。」

羽林軍負責皇城巡衛，如今有一隊劃歸方子荊手下，看來有人做了萬全準備。

「既已身著素衣，行刺殺之事，為何還要帶上羽林軍特製腰牌，豈非掩耳盜鈴？」宋衡只是覺得好笑，從懷中掏出那封傳言中約他一戰的書信。「字跡仿得像，卻忘了『林』字犯鎮國公名諱，方大人每每寫至此處，總會添筆。」

這事只有親近之人知曉，只是摩舍不知，只當宋衡在胡言替方子荊開脫。「若要尋說辭，自然有千萬種說法。何況本使初至長安，所識之人不過爾爾，更不必提結怨，除卻方子荊，本使著實不明白，何人要費這般大力氣。」

「本侯也想知道。」

宋衡揮手，便有人捧著兩套衣物前來，一套沾著血，是摩舍遇刺那日所穿；另一身則是照著這件衣服仿的，乍一看去，一般無二。

這些爭執再多不過是無謂，與其想著說服別人，倒不如設個局，一同靜觀事實真相。宋衡命人將衣物送到床前。「王子舊衣髒了，本侯特意命人製了身一樣的。」

摩舍撫過衣物，材質上乘。他把衣物取來，帶落了底下壓著的一本冊子。

俯身去搆，只見翻開的冊子上寫著南詔歷年歲供事宜，已然朱筆批覆，只差公告天下，屬意再減十分之二的歲供。

「這是何意？」

「積年水土不興，南詔多難，聖上有好生之德，體恤百姓。」宋衡深諳打蛇打七寸，想讓摩舍乖乖聽話，自然要用些手段。

兩分歲供於大昭而言，不過聊勝於無，但對南詔便不同了。宋衡求了這道旨，也算是和親貴女的陪嫁之喜。

摩舍掂著手中冊子，只道宋衡此番是下了重本，暗自衡量了兩分歲供的重要性，正想著壓下這口氣。「既然……」

話未言盡，陡然被宋衡截斷了話頭。「王子不急，惑而不解，難免心有不甘，不過想請王子陪本侯看場戲，說不準還有意外之喜。」

「戲？」

「自然，王子大可放心，屆時不論如何，本侯自當秉公處置，這封冊子所書也必當照辦。」

宋衡微微一笑，方子荊的事不好稀裡糊塗糊弄過去，他沒做過的事，定然有法子還他公道，不好讓人在背地裡戳脊梁骨。為著如此，也只好委屈他在大理寺再住幾日。

兩人達成共識，宋衡正要離開，忽然想起沈箬晨起來過的事，起身行至摩舍面前。

「侯爺何意？」摩舍往後仰了仰，以為他轉變主意要殺人滅口，誰知宋衡慢條斯理地從袖中掏出一張紙條來。

紙條上明晃晃寫著兩個大字：欠條。

欠條之下，寫的是摩舍逃難過程中，毀壞沈氏盡數財寶，總計十萬貫，念其病中，特立欠條，待塵埃落定後盡數賠償。

最下頭還落了沈箬的名字和私章。

宋衡想到沈箬說的，帳上的虧空她自己掏錢補上了，這筆錢就算是摩舍同她借的，以後要盡數還回去的，她沈家家小業小的，總不能讓她自己賠了這筆錢吧。

說話的時候兩眼發光，不難懷疑是不是還多訛了摩舍一筆。

宋衡唇角勾了勾，一時春光無限，偏幫著沈箬。「家國之事暫擱一擱，王子毀了沈家錢財是私事，為名聲計，還請簽個名，日後照價賠償就是。」

摩舍瞧著十萬貫銀錢，自然疑惑。他那日確實撞上了什麼，瀕死之際，還躲進了一個箱子裡。那些瞧著平平無奇的字畫，竟值這般多？

「王子若是不信，屆時大可去查一查。」宋衡略略沈思了片刻，認真道：「沈家仁信立業，自然不會為了這點蠅頭小利誆騙王子。」

他一本正經地哄騙著摩舍簽下名字，又拿手指蓋了個印，妥帖地把欠條收回到袖中，問心無愧地出了門。

此時遠在永寧坊的仁義儒商沈箬連著打了幾個噴嚏，核算著帳本的手一抖，正好在那夜損失上添了重重一筆，八萬貫被墨痕蓋了個嚴絲合縫。

「姑娘夜裡是不是貪涼踢了被子，如今天雖熱了些，可還是要當心身體。」元寶在一旁伺候筆墨，眼看著這一筆落下，順手取了新紙來。

沈箬下意識摸了摸鼻子，視線落在核算上，不免有些心虛。那夜運出去的寶貝都碎成了一地，兼之雨水一衝，盡數化了，按照櫃坊帳本計，損失七七八八湊起來，正好是八萬貫這個數。

不過，送到宋衡手裡的單子上，寫的卻是十萬貫，這一轉手就是兩萬貫的淨收入。倒不是沈箬黑心想發這筆不義之財，只不過她轉念一想，摩舍這突如其來的一齣，害她鋪子裡夥計傷的傷，還讓她平白無故憂心許久，這些損耗折算起來，兩萬貫還算是便宜了摩舍。

她想著方才宋衡捏著單子，了然地望向自己，似乎看透了自己心中所想。沈箬幾乎是跑著離開宋府的，生怕宋衡以為她唯利是圖，只要她走得夠快，就不會讓宋衡有機會問出真實的損失。

不過，這只是自欺欺人罷了。

「公子呢？」

昨日杭州的兄嫂遣人送了兩封書信過來，給沈箬的那一封隱晦提及科考一事，只說山外有山，沈綽若是落第，還望她多多開導。和書信一起，還送了一方青田石印章，青紅相交，篆刻有沈綽的名字。

沈箬猜測，應當是給沈綽的生辰賀禮。

她昨日收到書信已是夜裡，來不及轉交給沈綽，此刻從架上取下信件與印章，起身道：

「我去後院看看他。」

「公子不在後院。」玉筆從外頭進來，手裡拎著一籃時令水果。「薛姑娘來了，去後院找人沒找著，銅錢正陪著呢。」

他把手中的水果擱在案上，偏過頭正好瞧見八萬貫幾個字，頭也不抬地同沈箬道：「我去問過守門的了，說公子一個時辰前出去了，身邊帶著青松。」

青松是從小跟著沈綽的，會一點拳腳功夫，也看得懂幾個字，沈箬也放心他跟著。只是如今宋衡還未將摩舍交出去，滿城搜捕文書未停，風聲依舊緊著。

玉筆看夠了帳本，起身走到沈箬身邊。「聽說公子這段時日，每兩日就要出去一回。」

說到這裡，沈箬眉間越發緊皺。兩日出去一回，她竟半點不知。沈綽不久便要行冠禮，難免有相交好友往來，出門赴約也是常事。

然沈綽如今性子越發沈悶，說起話來不過只一、兩句簡單應付，沈箬怕他著了道，染上些不好的習性。自己終歸是他的長輩，這些事不能視若無睹。

「找幾個機靈些的陪著幼陵。」沈箬左右吩咐了兩件事下去。「玉筆，你去門口盯著，若是綽兒回來了，把他請過來，只說兄長有東西帶給他。」

沈綽被青松從馬車上扶著下來，身子還未站穩，便見門邊猛地竄出個小子。天色昏暗，驚得他微微一仰，後背抵在輪椅壁上。

「公子，姑娘等著你，說是杭州老爺有東西要轉交給你。」玉筆嘻嘻笑著，不給沈綽回絕的機會，搶過輪椅把手，風風火火推著人往花廳去。

花廳裡燃起了燭火，擺了滿桌酒菜，還冒著熱氣，都是沈綽偏愛的吃食。

「綽兒。」沈箬起身，從玉筆手裡接過把手，帶著他坐到桌旁，自己則坐到一旁，替他布菜。

沈綽不明所以，問道：「姑姑，可是父親有何吩咐？」

沈箬擱下筷子，從元寶手裡取過書信和印章遞給他。「你生辰將至，兄長刻了方印，還有一封書信。」

「有勞姑姑。」沈綽喊了青松的名字。「姑姑慢用。」

碗中飯菜一口未動，他卻急著想回後院。

沈箬見狀，一手搭在輪椅上，笑道：「綽兒許久未陪姑姑吃飯了，沈小公子今日可否賞個臉？」

「明日。」沈綽呼吸微微急促起來，似乎欲逃離一般。「明日再陪姑姑……」

「今日為何不可？」

沈箬看著他的模樣，只當他有事瞞著自己，心中越發不安，拽著不肯讓他走。

兩頭僵持著，誰也不肯退讓半步，廳中氣氛冷了下來，分明是姑姪兩人，卻鬧得劍拔弩張一般。青松垂手立在沈綽身後，不敢多言，只是略有些擔心地望著自家公子。

這一會兒工夫，沈綽額角冒出了汗珠，臉色也變得不大好看。他看著沈箬那般神情，知曉今日這飯不吃，怕是哄不過去。

他勉強舉起面前的筷子，微微顫著伸向離自己最近的一道菜，挾起一筷香椿，正要放入口中，忽地再也支撐不住，手直直敲向面前的碗碟，發出清脆的聲響。

沈綽一手撫上胸口，大口大口喘著粗氣，額角的汗珠凝成豆大一粒，順著鬢角滑落而下。

青松猛地跪倒在地。「姑娘，讓公子回房休息吧！」

「快去請大夫！」沈箬不曉得他為何突然似發病一般，衝著廳外的人吼了聲。「綽兒？」

青松膝行到沈箬面前，磕了三個響頭。「姑娘不要請大夫，求姑娘不要請大夫，讓青松扶公子回房就好。」

沈箬聽出了些不對勁來，卻也怕人命關天，吩咐幾個人抬著沈綽回了房。

青松把人都趕了出來，把門關得嚴絲合縫，裡頭只有一盞燭火亮起。沈箬遠遠看著，藉著映在窗子上的人影來猜測。

不過片刻，燭火被人吹熄，除了物件落地的聲音，什麼都探聽不到。

一個響亮的巴掌聲音過後，房門打開了，青松腫著半張臉，出來回報。

「姑娘，公子沒事了。」

沈箬定定看著他那張臉，問道：「綽兒出了何事？」

青松咬緊了牙關不肯說。「姑娘別問了。」

「不肯說？」沈箬看著他搖搖頭，揮手喊來玉筆。「把他帶到花廳去。」

吩咐完，她起身朝沈綽房中去，沈綽已然睡下，睡夢中神情放鬆饜足，此刻臉上也有了血色。

如此一對比，沈箬才驚覺，他方才一張臉竟是如此蒼白。

房中滿地都是碎片，無一物完好，沈箬伸手撫了撫沈綽的髮頂。大約是舒適極了，沈綽不自覺地蹭了蹭，此時竟是乖順無比。

沈箬替他掖好被角，點了兩個略年長些的婢子看顧好他，便匆匆朝著花廳去。

「刁奴！」

人未到，聲先到。沈箬打定了主意要把話問出來，想著平日青松還算老實，便取來他的賣身文書詐一詐他。

她將文書甩了出去。「若非今日之事，你還打算瞞多久？也怪我治家不嚴，竟在眼皮子底下出了你這種刁奴，引得公子壞了身體。這種大事，想來我是處置不得了。玉筆，把人拿了，送到臨江侯府去，就說請他費心。」

青松梗著脖子不肯說，在聽到臨江侯的時候微微抖了抖，只是很快又恢復到原來的模樣。

「青松拜別姑娘，拜別公子。」他朝著上首磕了頭，頗有些一去不回的意味。

沈箬愣了愣，平日裡看著老實的小子，這會兒倒是硬氣。她話還沒問出來，若是當真把人送去宋衡那頭，別沒問出話來，人先沒了。

看著下頭的人捧起自己的賣身文書，正要跟著玉筆往臨江侯府去，沈箬有了主意。

「去請幾個大夫來，好好瞧瞧是什麼情況，若是不行，明日請臨江侯行個方便，允個太醫來看看。」

方才事出緊急，青松跪著求她不要請大夫的場面歷歷在目。沈箬想著，沈綽病中，他這般緊張，應當是任何一個大夫來看，都能瞧出不對勁來。

果不其然，話音未落，青松忽地抬頭望向她，眼中滿是哀求。「姑娘，不能請大夫……」他尋了半天藉口，終無所得。「不可以……」

沈箬嗤笑了一聲。「怎麼？眼見自己沒了活路，還想拖著公子一同沈淪？這還是沈府，何時輪得到一個下人說話？元寶，去將滿城能請來的大夫都請來。」

「元寶姊姊，不要。」青松復又跪倒，不避諱地抱著元寶的小腿，將她牢牢箍在原地。「不能請。」

「笑話！玉筆，你去。」

沈箬下定決心，青松不肯說就算了，大夫瞧出來也一樣。

「姑娘，別喊了。」或許是看著實在無法，青松鬆開抱著元寶的手，無力地伏在地上。

「我說，我說……」

他想到接下來要說的話，回身請玉筆去廳外看著，不讓任何人靠近，沈箬點頭應了。

「公子沒有病。」整理許久的措辭，他才吐出來這麼一句話。

青松知曉今日如何都瞞不過去，微微閉上眼道：「公子是染上了寒食散，才會有如此怪異的舉動。只要定時定量服食，不會有問題的。」

沈箬眼前一黑，只覺得喉口有些發甜。

為何又是寒食散？

先時，沈綽被大長公主灌下一些，醒來後一切如初，連太醫都說萬幸，她以為寒食散成癮不過是傳聞罷了。

明明未曾成癮的東西，為何如今又來害他？

「公子……是如何染上的？」

「有段時日了。」話開了頭，青松索性將自己知曉的一切盡數說了出來。「從揚州回來後，公子開懷了幾日，後來又終日惶惶。約莫就在姑娘去圍獵那時，公子時常帶著奴去往城西酒樓，命奴守在門口，左右不過三、四個時辰，再出來便是滿面怡然。後來有一回，公子來不及在酒樓行散，這才透露一二，命奴在府中替公子偷偷服食。」

寒食散性熱，服食後令人飄飄乎雲間，精神亢奮，須得將體內熱氣排盡，謂之行散。若是服食過量，又來不及行散，只怕意識錯亂，終至身體潰敗。

即便控制攝入量，日積月累，壯如牛的身體也會被日漸掏空。一邊依賴著寒食散不可擺脫，耽溺虛空之中，一邊眼睜睜看著身體衰敗。

沈箬一時失言，按跡查去，沈綽染上這東西有些時候了，也曾在她眼皮子底下服食，偏偏她一無所知。

是她疏忽了。

青松見她不說話，又道：「今日在路上耽擱了，來不及在酒樓服食，只好帶著什物回府。公子也是怕姑娘憂心，故而不讓奴說。」

若非今日她心血來潮，強留沈綽吃飯，或許真就讓這件事如此長瞞下去。沈箬扶額，心中堵得慌。

「這東西是何人給的？」半句責備的話都說不出口，反倒被愧疚瀰漫心間，沈箬半晌只問出這一句話。

青松搖頭。「公子不肯說，也從未讓奴一同入內。奴只一次透過門縫悄悄望過一回，似乎是個讀書人。」

沈箬問了幾回，能問出來的也不過了了，揮手讓人帶著青松下去，暫時關在房中看管起來。

這事屬實麻煩，那時沈綽燒傷時，她跟著看了幾本書，對寒食散大致有了了解。既被今上歸類為禁藥，嚴禁民間販賣，便足以說明寒食散害人。

聽有經驗的林太醫說過，不論其癮深淺，但凡想要戒除，所要耗費心力皆不少，更有甚者，斷食不過幾日，性情大變。一言蔽之，能戒除者，十之一二。

沈箬自然不管希望是否渺茫，不過一刻，她便下定主意，不論戒藥多難，都得盡力一試。

「去請大夫，再把安神的藥準備好。」她想著沈綽萬一癲狂起來，傷著自己，又道：「從庫房拿幾疋棉布，撕成條狀備著。讓人好生陪著幼陵，別讓她靠近公子的院子。」

宋衡這幾日又忙了起來，幼陵無人說話，又住進了永寧坊。今日事發突然，好在她一早便讓人好生陪著幼陵，此事還算瞞得牢。

不過一旦開始戒藥，無論如何都是瞞不住的，只能盡力讓幼陵離得遠些，免得無緣無故受到傷害。

這一夜注定是不太平的，長安城外燒紅了半邊天，沈府裡亦是亮了一夜的燭火。

沈箬枯坐在房中，一遍又一遍撫過兄長寄來的書信，瞧著上頭寫的「康健第一」，不自覺紅了眼。

她想了許多，始終不敢去預想，若是寒食散當真戒不掉，該是怎樣的後果？

這一坐，便坐到了天亮。

「姑娘，薛姑娘被公子傷著了！」

沈箬應聲站了起來，顧不得眼下青烏，帶著元寶匆匆往後院去，一路上問了個大概。

今日晨起，沈綽從夢中驚醒，看著滿地碎瓷，久喚青松不得，心裡也猜到七、八分，寒食散的事怕還是被交代了個一清二楚。也不知是否因為昨夜行散太過倉促，導致他心裡積壓了股無名火氣升騰而起，趁著看門小廝打瞌睡的工夫，衝出了小院。

好巧不巧，正好和早起來尋他的薛幼陵撞了個滿懷。薛幼陵見他神色不對，伸手攔了攔，誰知旋即便被掀倒在地，身上蹭破了些皮。

沈箬趕到的時候，沈綽正讓玉筆五花大綁著，被強行按在椅子上動彈不得。一旁的薛幼陵側著身子由人上藥，不時發出些抽氣聲。

「姑姑，青松呢？」沈綽先發制人，毫不避諱地直言問道。

「他不好，我再給你尋個好的跟著。」

沈綽冷笑了一聲，抬頭望向沈箬，大大方方把話攤開來說。「姑姑，寒食散是我要吃的，他不過是個下人，何必同他為難？何況他熟悉我行散，換一個，或許用著還沒有這般順手。」

「寒食散？」薛幼陵怔怔，恍惚望向沈綽，並不信他少年意氣，會甘心放任自己沈淪幻境。

許是目光太過灼熱，沈綽收斂了兩分，卻未回頭去看薛幼陵，只是自嘲道：「怎麼？妳與姑姑關係這般好，她不曾告訴妳？」

「寒食散是禁藥！」

沈綽眼皮一抬，頗是嘲諷。「那又如何？我沈家乃杭州大賈，便是供我吃一輩子又如何？禁藥雖說難得，價格提一提，總能採買到手。」他知曉自己說的是混帳話，可如今再無回頭路，推開一個算一個。

啪！

巴掌落在他臉上，生生截斷了話頭。

「沈綽，你知不知道你在說什麼？」沈箬起初心疼他傷了身體，如今卻恨他不求上進。「元寶，吩咐下去，公子的花銷一應停了，半分錢都別想從帳上支出去！」

「八月一到，姑姑就是宋家的人了，沈家家業還不是要落在我頭上。姑姑有閒暇管我，倒不如花心思繡繡嫁衣。」他不知從何處學來一股地痞流氓的做派，一挑眉道：「姑姑打也打了，還預備如何？扭送官府？到時候傳出去臨江侯髮妻有這麼個姪兒，怕是要被天下人嘲笑吧？」

大昭律法嚴明，尤其前朝大周覆滅，與貴族沈迷寒食散有關，故而本朝開國後，嚴禁寒食散流通於市。白紙黑字寫得清楚，私販寒食散者，判處斬刑，凡有沾染寒食散不可戒者，著令官府收監，強制戒除。這個戒除過程中，從來都是生死不論的。

沈箬從未想過要把他送去官府，此時被他點了出來，一時有些無力。誠然，她打了一巴掌又如何？若當真到熬不過去那個關頭，除了看著沈綽眼睜睜受苦，還能做些什麼？

廳中只剩下沈綽的悶笑聲，似在宣揚主人如何不屑。沈箬垂下手，卻也怨自己疏忽了他。自己一顆心放在宋衡和生意上，唯獨漏掉了這個姪兒，以為他還如從前一般。

「本侯也不是頭一回被人嘲笑了，不差這一回。」

清冷的聲音傳來，眾人抬頭，不知不覺間，宋衡已然到了廳中。他走到沈箬身邊，壓低聲音嘆了口氣，復而抬頭望向沈綽。「不過你既如此想，不妨到臨江侯府的密牢裡，東西總歸比尋常牢獄多些，你也好嘗試個遍。」

沈綽似乎難以置信，抬頭望著這個即將成為自己姑父的人。不論傳聞如何，面對沈家人的時候，他從來都是極盡溫柔的，從不似今日這般。

「九哥？」

宋衡擺手，打斷了她們的話，眼中滿是冷意。「放心，密牢的人都是老手，死不了。林太醫說過，戒除寒食散時難耐，便以痛楚分散注意力。每十日，你若是熬不過去，便加重些力道。左右你也無心仕途了，手腳留著也無用，到時候缺了什麼，總比留條命要好得多。」

輕描淡寫裡說的卻是最重的刑罰，彷彿不過是扯了片葉子，而非人手人腳。

沈綽下意識望向自己的手，那曾寫過錦繡文章。「何不讓我繼續吸食寒食散！」

宋衡湊前一步，俯首看他。「斷肢比癮君子好聽得多，本侯現下想要這個名聲了。」

說罷，他退開一步，對玉劍吩咐。「讓府裡的人收拾收拾，騰間最好的牢房出來，別讓蛇蟲鼠蟻驚擾了小公子。」

玉劍領命離去，卻是想著趁早收拾一處客院出來。跟了公子這麼多年，這點心思還是能摸透的。臨江侯府的密牢什麼時候輪到府裡的人收拾了，分明是要帶去侯府親自看著。面上裝得駭人，還不是看沈家姑娘下不了這個決心，插手代勞。

他暗自替沈小公子捏了把冷汗。傷了姑娘，又戳著沈姑娘的心，落到公子手裡，只怕是要吃點苦頭。

沈綽還在唸叨不休。「私設刑獄，臨江侯就不怕被人參奏？」

「天下人都知道本侯設刑獄，你看誰敢參奏？」宋衡旋身背對著他。「問完了？問完了就讓玉筆陪著去收拾收拾，等等隨本侯回臨江侯府。」

「侯……」

宋衡瞧沈箬有話要說，正巧他也有事來尋，無奈地望向她。「跟我出來，我有事和妳說。」

第三十二章

沈筠跟著他出了花廳，在前院一棵樹下對坐，不知如何開這個話頭。

她知道宋衡是有心幫她，可也怕沈綽真的進了密牢，是否會熬不過去，更不必提斷手斷腳這件事；可若想戒除寒食散，非鐵血手段不得行。

眼下只一個想法，可否保全沈綽全鬚全尾。

她試探著開口。「侯府的密牢，當真這般……」

宋衡突然有些想笑，她分明擔心極了，偏又這般小心翼翼。

「有過之，而無不及。」

總歸她問的是密牢，自己當作不知她的心思，照實說也算在理。

不過這話落在沈筠耳裡便不大好了。她既憂心沈綽就此沈淪，亦畏懼侯府密牢的手段。想了片刻，還是忍不住替沈綽求饒。「侯爺日理萬機，不好拿這些小事來煩你，不如就讓他在這裡戒藥，我多尋幾個人看好他就是。」

「我不忙。」

沈筠被他一句話梗了梗，又道：「侯爺不必逞強，方侍郎尚在囹圄，天下大事想必也是積了許多，這等小事就不拿來攪擾你了。」她裝得一副貼心模樣，神色真誠，只差將自己的心剖出來放在面上。

誰知宋衡突然正了神色，別開此事說道：「我今日來，正是為此事。刺殺摩舍的人已然擒獲，我已命人帶著手信去開釋子荊。」

「這麼快？」沈箬低呼一聲，問道：「是什麼人如此大膽？」

宋衡一挑眉，心道她竟覺得快，面上卻不露聲色。「南詔大巫動的手。」

其實也算不得快，只是一應準備都已做下，是而收網時順利得很。摩舍昏迷那幾日，宋衡便放出消息，南詔王子清醒如初，可辨認真凶，甚至還頻頻往大理寺走，身邊帶著個與摩舍身形相近的人。

果不其然，昨日等人清醒後，他便大張旗鼓帶著人招搖過市，出城勘察遇刺地點。南詔大巫按捺不住，派去一撥刺客，正好落入圈套，盡數被囚。宋衡前往南詔使館拘人的時候，還有些意外所獲。

本該清心寡慾的大巫，居然與女子紅被翻浪，而那名女子，赫然是趙祈義妹，韓吟舟。宋衡只簡單說了些大概，將後頭的內容略去，生怕髒了沈箬的耳朵。

「我以看護為名，派人圍困趙祈。這次來，是因為韓吟舟想見妳，妳若是願意，等等便跟我一同回去。」

趙祈的人出現在南詔使館，若說此事與齊王一脈無甚關係，怕是無人信服。何況其間還夾雜了青州礦場之事，若是能將韓吟舟的嘴撬開，以此問罪趙祈，也能解決心腹大患。

奈何韓吟舟受盡刑罰，只不斷重複，欲見沈箬一面。

宋衡怕她受驚，可又盼著此事早做了解，故而特地來此一問。

沈箬連想都不曾想，點頭應了。「好。」

為怕嚇著沈箬，宋衡特意把人帶去一處客院，命人四下圍住小院，自己則與沈箬同入房中。

沈箬一路行來，得知宋衡將沈綽安置在幽靜之處，也沒了後顧之憂，安心去見韓吟舟。

「妳來了。」

韓吟舟到底是弱女子，慘白著一張臉，微微笑著同沈箬打招呼，越發襯得她楚楚可憐。身上的衣裳似乎是隨意套上去的，有些地方被鞭子劃破，露出雪白的皮肉來。

「坐吧。」她自然將自己當作了此處的主人，攤手招呼沈箬坐下。「本還想約妳聽戲，誰知這般不巧。」

沈箬頗有些不自在，只覺得此處場景怪異非常，下意識地看了宋衡一眼，道：「聽說妳想見我？」

韓吟舟斂眉一笑。「多謝臨江侯成全。」她坐在原位上低頭示意，復又望向沈箬。「世事弄人，誰知再見已是這副模樣。阿箬，我送妳的鐲子可還喜歡？」

那鐲子至今還被封在匣子裡，置之高閣，談不上喜不喜歡。沈箬胡亂點頭，直言道：「妳有何事，不妨直說。」

「既然喜歡，為何不知我今日找妳之由？」韓吟舟微微瞇了瞇眼，一眼便看出她的偽裝。「怕是連瞧都不曾瞧過一眼吧？」

她不等沈箬回答，很快將視線落到宋衡身上，巧笑道：「吟舟先前製的花箋，侯爺以為可還入得眼？」

此言一出，一切便都明瞭。沈箬憶起那枚無名花箋，那上頭帶著的莫名氣味，原來都是出自韓吟舟。

無怪乎她那日言語奇怪，原是已然洞悉一切。

只是沈箬不明白，為何她會事事知曉，還特意匿名將一切告知？

韓吟舟說完這句話，便垂眸盯著自己的手腕，眼中滿是厭惡之色。「沈箬，妳若是瞧過那枚玉鐲，便該知道，匣子裡頭還藏著一枚元寶，正是年前送往揚州的賑災銀。」她忽地抬頭，望向沈箬的眼中意味深長。

揚州賑災銀一案早定了罪，韓沈作為一方父母官，無所作為，被革職流放，而那批丟了的官銀，除卻在青州礦場露了個臉之外，無跡可查。

眼下她不遮不掩地宣之於口，引得宋衡來了興致。

「我人已然在此，該說的自然會說，侯爺不必如此。」韓吟舟甚至都不必去看宋衡，便知曉他對此事的迫切，定定看著沈箬。「妳我泛泛之交，本來也不值得特意請妳過來旁聽，我自交代我的就是，只不過我到底還想活命，妳在，這位侯爺才會像個人樣。」

她連著多說了些話，扯著身上的傷口，一下子輕了聲音。沈箬難得地斟了杯水遞給她，只換來一個似是而非的笑。

宋衡沈聲問道：「妳所圖為何？」

「生死不論，免於黥刑。」韓吟舟自恃美貌，也靠著這張臉行過許多方便，此時揚著臉，便是宋衡也不得不承認，她確實貌美。

而大昭刑法頗重，尤其是黥刑。如她這般的罪名定實，皆須往面上刺字，以彰其罪。對於容貌昳麗的女子，毀容更甚喪命。

韓吟舟並不多言，她深知宋衡不願讓沈箬看見骯髒之事，連帶她過來都是洗淨換了衣裳，生怕嚇到那位嬌小姐。故而她不必多言，只須等著，宋衡自會開口。

「唯有判處斬刑，才可免於黥刑。」

「生死不論。」韓吟舟又重複了一遍，慢慢地伸手撫上臉頰，當真是愛重她這張臉。

沈箬靜坐一邊，沒有插話，她很明白自己在這樁談判裡的作用。韓吟舟拿她當作穩住宋衡的籌碼，宋衡拿她做撬開韓吟舟嘴的引子，她只要靜坐著，當好自己的吉祥物即可。

果不其然，宋衡沒有過多糾結，微微頷首。「好，本侯應了。」

韓吟舟早已預料到這一切，她抛出的代價太過誘人，宋衡不會拒絕。

兩人達成了共識，那些險些被埋葬的過往也就被悉數講來。

「從哪裡講起呢？」韓吟舟偏頭，拿慣用的那副誘人神情望著宋衡。「就從揚州賑災銀說起吧。侯爺好奇的是官銀如何出揚州的吧？」

她很是得意。「說來也簡單，水患起時，堤壩潰決，須以重物堆積。我想再有人查，也不會想到拿官銀去做奠基之物吧？」

宋衡默然，此女狡猾善辯，竟能用這種法子來隱匿官銀蹤跡。

「不過一早便在最底下埋好漁網，第二日雨水再起，於河對岸一拽，半成的堤壩再次潰決，只會有人把這些怪到上天頭上。」韓吟舟笑得一臉天真。「出了揚州，天高海闊，多得是化銀的法子。」

「韓沇與妳裡外勾結，他聽命於妳，設下此法，妳命人在對岸截獲官銀。」宋衡用了聽命二字，已然默認了韓吟舟於主導之位，難怪薛炤曾言此女詭譎。

「勾結算不上，只不過是他一時起貪慾，昧了銀子又畏縮，我不過是隨手捏了個法子。」

言語之間，半點父女之情也無，更像是湊攏一處的夥伴，臨到大難，各自攀咬。宋衡手指抵在案上，只如瞧著牲畜一般，覷著韓吟舟。「那批官銀後來落到妳手中，被妳帶到齊王世子身邊，成為鋪路之用。」

韓吟舟訝異，他推算得如此之快，點點頭。「那批官銀確實在我手裡，不過不為我鋪路所用，而是被趙祈納為私用。齊王之心，路人皆知，不過礙於遠離王都，手中無兵。那批官銀被劃為兩份，一份送往突厥，以作討好之用；另一份則被趙祈隨身攜帶，以應對不時之需。」

事關朝政大事，眼看戰事要起，沈箬有些緊張，伸手去扯宋衡的衣袖，意圖尋求安慰。

宋衡察覺到她心情有變，覆手握了握她的手，要她寬心，凡事有他扛著。沈箬懂了他的意思，手卻不肯鬆開，依舊攥著衣袖，宋衡也只好隨她去。

衣袂微動，卻被韓吟舟看了個正著，她輕笑道：「阿箬，妳這麼緊張做什麼？這些事本就存在，我不說便能粉飾太平了？好好聽下去，多得是妳不曾觸碰過的。」

「韓吟舟。」宋衡怕她說出些什麼驚世駭俗的事來，略帶警告地喊了她的名字。

韓吟舟聳聳肩，無所謂地把玩著手指。「若說有福，還是要論她這個傻姑娘。寬心，那些你不想讓她聽到的，我大約也有數，何必得罪你，讓自己死都死得不痛快，我不過逗逗她而已。」

看著宋衡放在案上的手微微鬆了開來，她又接著說下去。「青州礦場那事，完整的那錠官銀是我丟的，誰知道你的人那般無用，這都查不到趙祈那個蠢蛋頭上。」

青州礦場一事，在傅淵數日追查之下，將罪名定在青州太守頭上。奈何太守病死獄中，這事也就從此斷了線索。

「趙如意之死，與妳也脫不了關係吧？」宋衡自然地接了下去。「大火突起，妳誘她誤墜古井，不過是想破壞兩國和親。」

韓吟舟點頭。「趙祈打得一手好算盤，東連突厥，西交南詔，奈何你生生折了他的計劃。在大局面前，犧牲一個小妹又算得上什麼？」她衝著宋衡撫掌叫好。「侯爺好手段，倒是讓趙祈退無可退，只能行此險招。」

這些事前後串聯起來，許多解釋不通的地方便有了答案。沈箬暗自驚呼，齊王世子裝得一副風流浪子，背後卻做了這般多準備，若非這回百密一疏，只怕真要叫他得償所願。

好在還未成事便被扼殺，免了一場禍事。

只是韓吟舟既是趙祈義妹，大事一成便是公主之尊，比起如今階下囚的處境，自然該偏幫著他，此時聽著，話裡話外竟是將趙祈視作蠢蛋。也不知是當真大義凜然，瞧不起這等叛國行徑，還是瞧出趙祈勢弱，早早另尋前途。

「妳算準今日之事，特意出現在使館，也是抱了魚死網破的心態。」宋衡實在不難聯想到這些。「既已偏幫數次，為何又要臨陣倒戈？」

韓吟舟眨眨眼，似聽到了何等好笑的事，掩嘴笑了起來。「如何算得上幫，不過是受制於人罷了。漂泊孤女，何來臨陣倒戈，不過都是為了自己。趙祈可從未拿我當人看，我又何必一頭撞死在他那邊？」

話至此處，已交代得一清二楚，甚至連趙祈與人來往書信所藏之處都說得明明白白，似乎只要宋衡上門拿人搜查，便能以叛國罪名拿下趙祈。

「侯爺想知道的，我可是悉數交代了，可別放過趙祈。」韓吟舟站了起來，腳上繫著的鐐銬在地面摩擦出聲響，甚是難聽。她舉步維艱，卻還是一步步挪到了門邊。「還望侯爺記得，免了黥刑。」

她只在初時與沈箬說過幾句話，之後所有事都是衝著宋衡交代，臨到此刻，才回身看了沈箬一眼，萬千話堵在喉口，最後也只化為一聲輕笑。

房門被人打開，陰暗的房間裡瞬時湧入萬千陽光，刺得人莫敢直視。韓吟舟卻迎著光，睜著一雙眼，唱著揚州人再熟悉不過的歌謠，坦然去奔赴一場死亡。

「她陰險狡詐，草菅人命，可為何我平白生出了些遺憾，我分明應該厭惡她才對。」歌聲漸遠漸止，沈箬愣愣說了這麼一句話。她為自己的第一感覺感到羞愧，只是因為相識便覺得可惜，如何都對不起那些枉送性命的人。

或許韓吟舟的用意正在此處，請她同來，正是為了讓她為著微末的一點遺憾，雖不至於終身，卻可以難過一段時日。

宋衡看她低下頭，下意識地抬手撫上沈箬髮頂，卻在觸及冰冷的珠翠時，陡然停下，生硬地開解道：「情感與理智並非全然對立，惡其行，憾其人，再正常不過。」

正如他怨父母所作所為，卻又時常憶起童年往事，兩件事情可以共存，並非就要鬧得不可開交。

沈箬聞言，輕嘆了一聲，點頭算是應和他的話。

許是沈箬的贊同給了他安慰，他心中藏了多年的秘密爭搶著往外湧。天時地利人和，一樣都沒有占盡，可偏偏就在這個時候，宋衡起了這個想法，並且將它訴諸行動。

「沈箬，關於我的身世……老師有沒有和妳提起過？」

他以這句話為開端，言語裡是輕易可察覺的小心。

兩人並肩坐著，目光不曾交會，似乎這樣才好輕易說出口。沈箬轉過頭去，懵然無知地搖搖頭。「沒有。」

誠然，薛炤是個和藹好玩的老頭，平日裡只會同她探討鱸魚如何烹煮最為美味，這種事輕易不會提起。一個不問，一個不說，日常除了互相誇捧宋衡與沈綽，其他就一無所知了。

因而沈箬從未見面時，便對宋衡有個極好的印象。

宋衡手心出了些汗，黏得難受。莽撞將事說出了口，他便在心中找好了藉口，八月將近，再不把事說清楚，到時候怕是要鬧得難看。

只是心中也隱隱有著期盼，盼著沈箬並不介意這些。

「我本是琅琊人士，父母是當地望族之後。」舊事被撕破口子，順他嘴，入得沈箬耳。直到說到父母本是嫡親兄妹時，沈箬忽然僵了。她不知該如何評判這一件事，甚至連半個安慰的字都不知該如何開口。

宋衡以餘光瞥見她的反應，自嘲一聲。「妳不必太過介懷，只是八月將近，婚事就此作罷。等日後有意中人，便從侯府裡嫁出去，我自然視妳為親妹，如阿陵一般。」

「親妹」兩個字一時間觸及了什麼，讓他想著父母結合，心中五味雜陳。

沈箬卻忽然清醒過來。「你讓我好好想想。」

心裡僅有的希冀瞬時破碎，宋衡臉上的笑斂下，起身道：「不必心急，我送妳回去。」即便他早就有了心理準備，恍然聽到想想兩個字，一時還是有些悵然。

兩人不聲不響地從小院往外走，一路上除了鳥鳴外，唯有一輕一重的腳步聲。沈箬皺著眉頭，心中所想卻不是宋衡猜測的那樣。

她想得很開，長輩的事怎麼能輪到他來揹負？誕生於世也不是他能選的。何況宋衡如今依然長成天之驕子，難道還要越過他本身的努力，去指摘一件無法自主的事嗎？故而甚至是猶豫都沒有，她就坦然接受了這些。

聰慧、正直、俊朗，這些特質並不會因為她陡然知悉這一切而改變，只會襯得他越發惹人憐愛，那麼，為何要去糾結這些已經過往的事呢？

沈箬在意的，是宋衡把自己困在過去裡，她如何才能讓人看向未來？

「我覺得，這些事與你無關。」沈箬追上宋衡，跟著他的腳步開口。「他們無法鑄就你的榮光，也不會是你的枷鎖。」

只是宋衡每每遇到這件事，就會把自己關進一個牛角尖裡，死命抵著絕路努力。他把「想想」兩個字會錯了意，此時聽不進沈箬的任何開解。

「並非枷鎖，而是屈辱。」他甚至不惜把自己與薛炤的十年之約說出口。「苟延於世，不過是因為答應老師十年。」

十年之後，會是什麼模樣，沈箬大概也能猜到，他不管不顧樹立政敵，拚殺不顧性命，只是因為把這條命看得一文不值。

「那麼敢問侯爺，還有多久？」

她拉著宋衡的手不放，手上的繭磨著難受，可沈箬依舊不肯鬆開，似乎一鬆手，人就會不見。

宋衡手心塞進了一團溫暖，一時間也不捨得推開，只是含糊其辭。「總還有些年頭，沈箬，妳大可放心，我自然會安排好一切，保妳一世順遂安樂。」

沈箬突然鬆開手，她意識到兩個人照著各自的思路說著自己的話，哪怕是大羅神仙也對不到一起去。與其如此廢話連篇，倒不如徐徐圖之。

她有的是法子。

第三十三章

轟轟烈烈的一場刺殺大事，就以南詔大巫束手就擒落下帷幕。畢竟是南詔內務，雖在大昭地界出事，朝廷也不好越俎代庖，反而只是監禁南詔大巫，屆時與和親隊列一同押往南詔，聽憑發落。

因著此事牽扯出來的韓吟舟，在宋衡前往捉拿趙祈的同時，以一碗烏頭草赴了黃泉。消息傳到眾人耳朵裡的時候，人已然被丟棄在城外亂葬崗。

如此看來，倒是大局已定，只差平定邊關戰事。

宋衡奔波一夜，與趙翮商定，為免打草驚蛇，只將趙祈之事壓下，將身邊侍衛盡數換過一遍，隔斷長安與齊地的消息往來。這般舉動，不過是為了壓制齊王，叛降突厥之時，也要顧慮獨子，投鼠忌器一招，宋衡玩得極好。

「實在料不到，我命中竟然還有牢獄之災。」

方子荊從大理寺出來的時候，被眼前的陽光晃了晃眼，不自覺眯著眼。此番無緣無故遭了難，本該覺得有些晦氣，然而他卻滿面喜氣，跟著宋衡去了宋府。

他仰頭看著門上牌匾，對著同往的摩舍開口。「這還是先帝親提的字呢。」

雀躍壓制不住地往外冒，甚至對摩舍都親近了許多。也虧得江鏤多方照顧，讓他人在獄中，對外頭的形勢卻了解得一清二楚，故而鎮國公夫人略有好轉的消息成了他唯一欣慰。

「進去吧。」

宋衡率先往裡走，其後跟著摩舍。經歷了些許波折，和親之事卻還要繼續，這回把人帶來，也是想與他商定和親細節。

然而當他負手繞過照壁，眼前景象卻讓他吃了一驚，頓足原地，一時倒讓摩舍不知所措。

各家院落景致如何，皆由主人家心境而定，不過大多由綠植花卉湊成，偏偏宋衡嫌棄花草引蟲，莳弄起來極為麻煩，因而宋府不栽植物，開支上省下一筆支出。假山嶙峋，光禿禿地立在院中各處，被方子荊嘲笑為「岩洞」。

然今日卻不同，府中下人忙活著栽種桐花，竟連主人家歸來都不曾察覺。桐花已然過了花時，枝頭上葉片飄零，被人一挪，鋪了滿地翠綠，那些孤獨無伴的假山也有了許多生氣。

方子荊從後頭趕了上來，瞧見滿院盛景，笑道：「怎麼，想通了要住回人間了？不過我以為你不會喜歡這種花時短的。」母親身體慢慢康健，讓他回到了最開始的那個模樣。

雖說這話有些調笑意味，可實際上也說出了今日侯府與往日大相徑庭。

三個人呆立在原地也不像話，宋衡隨手招來附近一個正在施土的小廝，簡單問了兩句。

小廝搓搓手，看了眼隨行客人，終歸還是很有分寸地湊近宋衡，輕聲回道：「回公子的話，是沈姑娘吩咐的，管家記著玉劍侍衛的話，一應照著沈姑娘的話辦。」

身後的玉劍侍衛脹紅了臉，這話是他說的，畢竟沈公子在府裡戒藥，沈姑娘難免要過來看看，有些什麼吩咐之類的，生怕府裡人不聽使喚。沒想到的是，這位姑娘是奔著拆府邸的打算來的。

「王子請。」

原本玉劍都做好了受罰的打算，誰知宋衡只是揮了揮手，也不攔著下人栽花，領著摩舍和方子荊往書房裡去。

侯府下人進退有度，知道書房這裡要議事，只送過一回茶，此後兩個時辰裡，無人再來打擾。

「貴女嫻熟端莊，必能與吾王相配。」摩舍看過最後定下的和親人選小像，也不再拿什麼肖似貴主一類的話來生事。

本是在商議大事，宋衡卻好似心不在焉，頻頻朝窗外望去。按理說桐花已謝，他卻似乎隱約聞到了空氣中的花香，順著飄到了心裡。

「好事多磨，看來確實是一段良緣。」方子荊眼睜睜看著宋衡出神，即便沒聽到小廝回話，心裡也知道他這副模樣只會因為沈箬。他在一旁陪坐，說些佳緣天成之類的話，實則暗不作聲地拿手肘碰碰宋衡，提醒他回神。「懸章，你說是吧？」

宋衡收回目光，微微點頭，說道：「王子既覺得妥當，這幾日便該操辦起來，免得節外生枝。長安此去南詔，山長路遠，變數頗多，本侯自當命人一路相送。」

「侯爺的好意，摩舍心領了，此前刺殺一事便多有煩勞，既然大巫束手就擒，眼前一片坦然。」

宋衡習慣性地在桌上敲擊兩下，意味深長道：「王子飽讀詩書，怎麼不明白項莊舞劍意在沛公的道理？貴國大巫所言，意圖斷絕兩國邦交，有的是法子，須得置王子於險境不可得？」

南詔那位大巫被擒後，口出妄言，招認此計只為斷絕兩國邦交，自認為主謀。宋衡聽後，只是輕描淡寫哦了一聲，表明大巫隨口說了這些話，那他也就隨意聽聽，真假自有心證。

他點到為止，不再多說什麼。這些事根據南詔探子傳回來的情報便可知，那位南詔王可不像摩舍這樣稚子心性，能有刺殺之事，也是為了除去這位頗有威望的兄弟，同時讓大昭揹負殘殺使臣的罪名。

不過他國權位爭鬥，他沒什麼太大的興趣去管，隨便提點兩句，還是因為今日心情不錯；至於摩舍歸國，能不能看出這些，就看他是蠢還是聰明了。

摩舍皺著眉頭，正要說些什麼，宋衡卻起身想要送客。「今日的話，就當本侯隨口胡言，使館還有事等著王子，便不留了。」

逐客令一下，摩舍也不好久留，帶著滿腹疑問被送了出去。

途經一處迴廊，兩面除卻假山，只有零星幾株桐花栽植。宋衡立在穿花迴廊的匾下，拱手與摩舍送別，正在話別之際，隱隱傳來了女子聲音。

摩舍聞聲回頭去望，只見假山後頭隱隱透出一角淡黃色衣裙來，女子身形被隱在怪石之後。他不知為何想起了那日在馬場見到的薛幼陵，自然而然將山後的人當作了那日的御馬小姑娘，一時誤了與宋衡的話。

他盯著那片出神，宋衡的臉色也不大好看。

宋衡眼尖，遠遠就看見了人，還不至於連阿陵和沈箬都分不清楚。一身黃衣堪堪落入眼中，便知情知趣地貓在假山後頭匿了身形。

那假山後頭貓著的沈箬，此刻正透著一孔小眼，悄悄朝這裡望，頗有些作賊心虛。她瞧著三人皆往這裡看過來，還大有一探究竟的趨勢，下意識捏著嗓子學了聲貓叫。

尖細的貓叫聲撓過人心，宋衡倒是一掃陰鬱，笑著替她解圍。「近日府中養了隻黏人的幼貓，此刻應當是趁人不備溜出來了，驚擾王子。」

摩舍想著大昭女子不如南詔那般，也是要些臉面的，也順著笑了兩聲。「原來如此，那摩舍就此告辭，免得驚嚇府中狸奴。」他終於轉了身，大步離開。

穿花迴廊一時間只剩下宋衡與方子荊，還有山後那隻「幼貓」。

宋衡特意把手負到身後，板著臉道：「還不出來？」

沈箬從地上站了起來，繞過假山，徑直到了兩人面前，望著宋衡那副模樣，不敢和他對著來，只敢和後頭一臉看熱鬧的方子荊打招呼。「恭賀方侍郎。」

「多謝嫂嫂。」方子荊從宋衡身後探出頭來，挑眉一笑。「這些桐花是嫂嫂命人移來的？不過他不會種，說不準沒兩天就死了。」

「我那裡有特意培植桐花的花匠，到時候留在府裡就好。」

「嫂嫂高明。」

他們兩個聊得火熱，倒是把宋衡晾在一邊，充當個擺設。

宋衡微微轉頭瞥了眼方子荊，略帶警告道：「兵部積壓公務繁多，若是批不完，今日便睡在兵部吧。」

「告辭。」

方子荊慣會看眼色，腳底抹油跑得飛快，臨走還對著往這裡來的玉劍吩咐，別讓閒雜人等打擾此處春色。

穿花迴廊就此隔絕往來，給兩人留下一些獨處空間。

宋衡臉色緩和許多，隨口丟出一句令旁人冷汗直冒的話。「沈箬，妳是否太過得寸進尺？」

只是他對上沈箬，再是駭人的話說出來，也多了些旖旎意味。

沈箬從袖中掏出一朵絹製桐花，遞到宋衡面前，一揚下巴便是挑釁。「我便是得寸進尺了又如何？今年看不到桐花了，不過這絹花做得很好，暫且送你。」

她昨日回去想了許久，終於明白一件事，她就是要仗著宋衡對她無條件的忍讓，硬生生把他拉到人間風月裡來。

沈箬抬頭盯著匾額「穿花迴廊」的題字，兀自笑了聲。四下除了新移來的桐花，哪裡還有別的花花草草，更不必提穿花兩個字。她道：「幸虧我移來這些桐花，免了你一個名不符實。」

宋衡處事冷靜自持，看著沈箬確有得寸進尺的嫌疑，十分自然地又讓了一寸，勾著唇角道：「那還要多謝妳了。」

「謝就不必了，移花過來也是想讓綽兒看著心情好一些。」

江南人多少都愛附庸風雅，風花雪月四物最不可少，尤其是沈綽戒藥途中，若是一開窗子，滿目皆是肅殺之意，只怕一口氣轉不過來。

這也是宋衡一開始便沒有阻攔的原因。

這一夜過去，沈綽藥癮發作了一次，行狀癲狂，力大無比，連著傷了府中兩個沒有功夫的小廝。陷入癮中的沈綽對疼痛越發不敏感，以頭撞地，最後更是一頭撞在假山上，若非他及時趕到，只怕真要鬧出人命來。

如此一來，能在沈綽院中守著的，都是和玉劍同一批訓練出來的隨侍，與大夫一同時刻準備著。

他把沈箬往後院領。「沈綽戒藥這段時候，可能不認親緣，妳進出小心些。」

侯府畢竟是先帝賜下的宅子，規模氣派擺在那裡。宋衡把她往最西南一角領去，那裡僻靜，邊上又有人造湖景，以前是靜心所在，如今正好給沈緯。

沈箬不語，只是低頭勉強應了。到底是血濃於水的姑姪，在真正看到沈緯傷害自己的時候，所有小心都會被拋諸腦後。

他們到的時候，大夫正好施過一遍針，一碗安神藥把人灌倒，薛幼陵眼巴巴地守在榻邊。沈箬沒有進去，只是在門邊遠遠望了一眼，悠悠長長嘆出一口氣，低著頭不動聲色往院外走。

她的感覺很奇怪。

明明看著一切都在往好的方向發展，可是只要一看到沈緯躺在那裡，就會不自主聯想到許多。譬如沈緯瞪紅了眼，同她討饒，要她放手任自己沈淪。這些念頭有時候越發強烈，強烈到沈箬有時候也會動搖。

「如今看著慘了些，對日後卻大有裨益。」宋衡合上院門，與她並肩而行。「人在我這裡，妳放心。」

許是覺得放心兩個字太過空泛，更像是流於表面的一句無心話，他又道：「那位大夫與林大夫師出同門，這些年走遍大江南北，尤擅疑難雜症。他看過沈緯，說是服藥時日還不算長，吃幾日苦也就好了。」

沈箬努力把腦中的想像拋開，無條件信任宋衡說的每一句話。

忍過去，就好了。

「好。」

沈箬放心地把人放在侯府裡，每天雷打不動地辰時末刻來侯府，又在酉時回到永寧坊。不過許是近來朝中事忙，來往之間很少碰上宋衡。

桐花遍植臨江侯府，只用了五日光景，難得地為侯府增添旖旎。尤其是沈綽院中那一株，最為高大，被人拿月白色布條縛著，風一過，飄飄揚揚起來。

因而宋衡這日難得有了閒暇，提早來到院中，一時間被迷花了眼。為滿樹絲條，也為樹下仰頭站著的沈箬。

他靜靜立在不過五步開外。沈綽犯癮的間隔日漸長了，沈箬的身形卻日漸消瘦，似要乘風而去。

樹下的人站著，抬頭透過樹蔭間隙，望向一孔光明，全然成了旁人眼裡的風光。

宋衡看了許久，腳步輕移，出了院牆，在牆外角落處問起玉劍。

「沈姑娘日日都來，跟著柳大夫換藥，更多時候便是呆坐著。偶爾也會到樹下站一會兒。」

心念此處，寢食不安。

宋衡知道她一心撲在這裡，也是人之常情，只不過不愛惜身體，心情日日低落，別到時候好了一個，又病倒一個。他可是聽說過，江南女子大多嬌弱，一場大病能要去半條性命。

「你去討一隻乖巧的拂秣來。」他想起在芙蓉園時，沈箬似乎很喜愛犬類，連鈴鐺都隨手送了。

養條狗在身邊，說不準還能分散些注意力。不過必須是條乖順的，免得無故傷人。

「樣貌要好，脾氣乖順，再把書房裡的鈴鐺掛上。」

這是找狗還是找媳婦呢，既要樣貌還要脾氣。

玉劍聽著他反覆吩咐，想著拂秣哪有那麼乖順的，十分自然道：「公子，屬下以為，不如去牙去爪。」自從沈姑娘來了，他們偶爾也敢和公子玩笑兩句。

宋衡把這句玩笑話認真想了想，最後還是拒絕了。「算了，你找人好好馴幾日就好。」

玉劍尋摸一隻脾氣秉性都稱得上犬中精英的拂秣，花了一日工夫。天生溫順，長得也是非凡，他按照宋衡的吩咐，把那枚鈴鐺掛在拂秣脖頸上，塞進一個拿紅布罩著的籠中，當夜送到了永寧坊。

「姑娘，公子命屬下送來此物。」

沈箬隔著一層布，聽得兩聲有氣無力的奶音逸出，便知曉裡頭裝了個活物。

雖不明白宋衡的心血來潮，她還是放下手中帳本，步步靠近。

伸手揭開紅布那一瞬，籠中的拂秣正好低低又吠了一聲，睜著雙透亮的眸子，將沈箬的心軟成了一汪水。

沈箬即刻伸手，透過籠子點點拂秣的腦袋，撓得牠極為舒適，慢悠悠打了個呵欠，作勢要睡覺。

玉劍一看這副模樣，便知這份禮送對了。「公子見姑娘這幾日心事重，特意送小犬過來，好讓姑娘解解悶。」

「替我謝謝你家公子。」

沈箬看著那枚鈴鐺，認出是自己給富貴兒的那一枚，也不知怎麼又回到宋衡手上，還被掛在眼前這隻小犬脖上，一併送了過來。

「公子說，小犬的名字由姑娘定。」

沈箬打開籠子，把拂秣放了出來，任牠滿是好奇地繞著走兩圈，最後伏在自己曳地的裙襬上，拿爪子去捉繡成的蝴蝶。

名字嘛……

她想起拂秣的那雙眼，清澈透亮，最是純淨無瑕，與宋衡那雙眼有些相似，既然是他送的犬，自然要在姓名中象徵一些。

「就叫小九吧，這樣的名字好養活。」

玉劍愣怔了片刻。小九？這名字似乎是奔著自家公子去的吧，哪來什麼好養活！

不過說不準公子也不反對，他就做個傳話的人便好。

隨即，他捧起籠子道：「是，姑娘說得在理。」

沈浸在一派肅殺裡的長安城，藉著胡御史千金出閣這樁喜事，勉強添了幾分喜氣。因是天子賜婚，婚後幾日，徐眠攜新婦入宮朝拜謝恩，與時時陪王伴駕的宋衡撞了正著。

想來婚後日子過得還算合意，徐眠攥著胡弄雲的手不放，只在見禮之時短暫分開了一時。

趙翮隨口打趣兩句，便把胡弄雲打發去了太后宮裡，陪著看看和親禮單，自己則帶著兩位股肱之臣四下走走。

「近日聽聞侯爺為方侍郎平反一事，眠感慨良多。」徐眠到底出身商賈，場面話信手拈來。「當是吾輩楷模。」

這樣的話他說得多了，尤其哄得胡御史合不攏嘴，將他比作白澤在世。旁人看在胡家的情面上，也頗給他些臉。

不過這樣的話，宋衡並不受用，反而記著芙蓉園裡送來的那隻紅狐，直言道：「倒是不知徐大人有何感慨，不妨說來聽聽，也好讓衡明白如何配成楷模二字。」

徐眠一愣，他不過隨口一誇，這人卻攀扯著要他仔細誇誇，倒不知該說他臉皮厚，還是愚笨。

不過位極人臣，無論如何都不會是愚笨之人。徐眠暗地裡罵他一聲不要臉，看著趙翮一臉看戲的表情，倒也順著誇了下去。

「何人不知臨江侯手段凌厲，果敢至極。若是換做臣等無用書生，別說擒人，怕是見血都要愣怔三分。」

宋衡抿了抿唇。「徐大人雖說手無縛雞之力，卻有三寸不爛之舌，御史大夫都讚得出口成章，不知比衡有用凡幾。」

你諷刺一句嗜殺成性，那宋衡自然也要回送一句趨炎附勢。

「不過徐大人到底瘦弱了些，還是要勤加鍛鍊。」宋衡看著他瘦白似雞仔，難得提點幾句。「免得有朝一日為外邦恥笑，說我大昭兒郎不過如此。」

「你！」

趙翩冷眼看了許久，眼見徐眠被激得起了脾氣，生怕他去丈人那裡說道，明日又是連篇摺子遞來，故而輕咳一聲，假意調停。

「好了、好了，文能安國，武能定邦，臨江侯也好，徐卿也罷，皆是大昭能臣，何必為了這等事爭執許久。」

徐眠臉上的不忿很快隱去，又是先前那副謙謙君子的模樣，衝著宋衡一揖。「是，眠失言，還望臨江侯莫要見怪。」

宋衡其實瞧著他很是不舒爽，於政事上，這是對頭的女婿，每每都要跟著丈人參奏他；於私事之上，這人先前總纏著沈箬，不似正人君子。

若是照著他的脾氣，一句「本侯便是要見怪你待如何」險些便要脫口而出，卻在接收到趙翩拋來的眼神後，一下子吞了回去，只是微微點頭。

宋衡想起沈箬的話，他如今真是善良許多了。

如此一番劍拔弩張地交談下來，趙翮一時也沒了興致，只是吩咐宮人領著徐眠去等候妻子，自己則帶著宋衡往回走。

邊走還邊問他。「老師好像跟徐眠不對付？是因為他娶了胡御史的女兒？可是這門婚事我記得還是老師來求的。」

趙翮很是好奇，先前他下旨賜婚，也是因為宋衡來提了一句，那時還以為他重視這個年輕人，才會又是取答卷，又要保媒。

「長得不好。」

趙翮一梗，那如何也是翩翩少年郎，若不是胡家動作快，只怕又是一個少女閨閣春夢的人選。雖不及宋衡，可也是俊朗清逸的，怎麼就用「長得不好看」來形容，任誰一聽，都是託辭。

不過想著徐眠這個年紀，又曾是商戶出身，倒讓他反應過來。「又是為了那位沈姑娘？總不會他得罪人家姑娘了吧？」

宋衡沒有回話，真要說起來確實是挾私報復這回事。

「果然。」趙翮狀似無奈地搖搖頭。「看來給老師賜婚的聖旨，沒幾日就能下嘍！」

君臣二人並無隔閡，親近遠行的背影落在徐眠眼裡，便是一番不同的滋味。

內侍催促兩聲，不知這位大人為何駐足不行，以為是自己哪裡伺候不夠妥當，正惴惴不安時，徐眠輕笑了一聲。

「煩勞。」

他轉身不再去看，原本緊緊攥著的手舒展開來，唇角泛著的笑意漸漸隱去，好一派歲月靜好的模樣，只是心中光明越發被陰暗蠶食。

宋衡，來日方長。

第三十四章

胡弄雲跟在太后身邊，細細校對禮單。

和親人選下來了，選的是破落貴族奚氏家的小女兒。奚氏曾出過一位獨寵的貴妃，也是在這位貴妃之後便就此敗落，不過世家大族之間婚配往來，到了如今多少都有些沾親帶故。

譬如奚氏與太后娘家也有些姻親關係，奚家也有姑娘嫁到胡家，故而這次和親，便是為了給胡家和傅家臉面，也不會虧待奚氏。

與趙如意一般，賜公主之儀，如先前一般記在太后名下，一應禮單皆有太后過眼。

「就按這些去辦，讓禮部的人上心些。」

太后對奚氏那個小姑娘還算滿意，說話溫柔大方，因而還是上了些心。此刻擱了禮單，倚靠著與胡弄雲說話。「妳可還滿意？」

胡弄雲未嫁之前，也常來太后面前，還算得上親切，此刻脹紅了臉，顯是羞極。「他是個頂好的人，臣婦心裡歡喜。」

太后握了握她的手，打趣道：「從前還是臣女，如今就是臣婦了。不過，妳開心是頂要緊的事。」

這裡說著話，那邊絲蘿抱著富貴兒過來。胡弄雲伸手接了過來，放在膝上撓了撓。「富貴兒越發討喜了，果然是太后這裡的東西好。」

「富貴兒還虧得妳割愛，哀家也不過養著解悶罷了。」

胡弄雲笑著不說話，這富貴兒還是她從前養的一隻拂秣生的，因緣巧合送來了宮裡。她與富貴兒玩了片刻，這才把狗遞回給絲蘿，起身替了捶腿的婢子。

她有一下、沒一下地輕輕敲著，狀似無意道：「說來家裡的拂秣前段時日又生了一窩幼犬，臣婦瞧著都是頂好的。」

「妳家的拂秣必然是極好的。」

大昭時新養狗，尤其是拂秣，深得貴族女子喜愛。大昭名犬以長安為最，長安名犬又以胡家為先。

胡弄雲臉上頗有些得意。「前些日子剛足月，便滿是人來求，臣婦著實捨不得，好說歹說，總算只送出一隻。」

太后深居後宮，聽她說也有些意思，問道：「誰家的臉面如此大，讓妳不得不割愛？」

「滿朝上下，誰敢不給臨江侯臉面？」

胡弄雲定了定神，想著家中那位神秘女子的話，猶豫再三，最終還是揚起臉迎上太后的眼睛。「還是那位玉劍侍衛親自來的，挑走脾氣、樣貌都最好的那一隻。」

太后慢悠悠坐直身子，皺著眉頭道：「宋衡？他府裡的薛幼陵似乎並不怎麼愛狗。」

聽聞此話，胡弄雲眼中閃了閃，裝作天真道：「若是予薛姑娘，那便不值得如此了。臣婦聽聞，這幼犬是送去永寧坊沈箬那裡了，就是那位薛大儒的女學生，沈商戶家的姑娘。」

「沈箬」兩個字無異驚雷，太后臉色頓時沈了下來。

「永寧坊近來事情可不少，聽說沈家小公子都被接去侯府裡了。」胡弄雲只當作看不出來，連著添幾把火。「臨江侯也算是天之驕子，多年身邊無人相伴，多少女兒家癡想著卻又不敢靠近。不過如今倒是好了，臣婦瞧著這位沈姑娘，很快便是侯夫人了，到時候還能來太后跟前伺候，也好讓臣婦跟著開開眼，是個如何標致的姑娘。」

「她也配？」太后咬著牙只吐出這三個字，一揮袖，便見胡弄雲被帶落在地。

胡弄雲只做驚慌狀，伏地不敢起身，身後一眾婢子跟著跪了一地。

還是絲蘿湊到太后跟前。「娘娘這是想起話本裡的事了，奴婢命人去取安神湯來。」

「起來吧。」太后回過神來，反手握住絲蘿的手，強按下心中複雜的滋味，直勾勾盯著胡弄雲。「今日之事，若是有半句洩漏出去，妳父兄便可準備告老還鄉了。徐夫人，徐大人還在等妳，去吧。」

「是，臣婦今日什麼都不曾聽聞。」

胡弄雲戰戰兢兢告退，直到見著殿外陽光，才如釋重負，吐出一口氣來。方才殿中的氛圍太過詭異，太后拿著她娘家與夫家來威脅，只是為了一句相配的話。

鬼迷心竅，若是讓她再選一次，必不會照著那女子的話辦，險些將一家性命搭上。

只是每每想起徐眠，晨起為她畫眉，入夜與她捧手取暖，便覺得那女子拿來嚇她的景象太過駭人。

得到徐郎還不夠，她要這個男人永遠屬於她。為了這一切，沈箬就必須是被清掃的那一個，拿著徐眠去賭，她賭不起。

那麼，唯有對不起沈箬了。

好在富貴險中求，看太后的樣子，應當不會將此事善了。胡弄雲不敢往深處去想，只是猶豫地回頭望了一眼，只覺得深不可見，連帶著頭也不回地跑了。

這幾日熱得快，眼看便要入夏。按說這樣的暑熱，市集中本不該如此熱鬧，奈何權貴砸店，還是引來了不少人注目。

胡弄雲坐在馬車裡，挺著孕肚衝著外頭喊道：「都給我砸了，一樣不留。」

也該是此處風水與生意不大相合，不說先前的老東家，就說如今歸到沈家名下，依舊不太平。有過大長公主男寵鬧事不說，如今又來一個徐夫人砸店，辛辛苦苦賺來些錢財，盡數補貼進醫藥費和店鋪修整裡了。

沈箬頂著暑氣匆匆趕來，此時已是一片凌亂，香粉撒了一地，老遠都能聞到香氣。

「徐夫人！」

胡弄雲見著正主來了，撫著方顯懷的肚子，居高臨下地質問沈箬。「沈姑娘，天子腳下，妳也敢做出這些店大欺客的事來？」

「不知夫人此話從何說起？」沈箬皺著眉，望向胡弄雲的肚子，生怕多生事端，死死攔著玉筆，準備以理服人。

「姑娘這是揣著明白裝糊塗？先前雖與姑娘有過齟齬，卻只當姑娘新來乍到，難免有不適之處，卻不想原來是個黑心腸的。」

孕中尤其怕熱，胡弄雲拿帕子拭汗，不耐煩地同沈箬說道：「我胡家也算是清流人家，子弟潔身自好，怎麼反倒在姑娘這裡欠下千兩的債來？這利錢怕是不合律法吧。」

沈箬沈默了下來，這利錢確實不合律法，因為她本沒準備把錢外借給胡家的人。

這事說來其實也簡單，起因不過是想為宋衡出口氣。

胡家與宋衡不對付這件事，人盡皆知。不過胡御史一家滑得跟泥鰍一般，輕易不會被宋衡捏到把柄，反倒時不時參奏一本。沈箬知悉後，將櫃坊的利錢做了調整，凡胡家人來借款，皆將利錢調高，借以斷絕他們的念頭。

畢竟沈家櫃坊在長安算是頗有名氣，除了他們一家，胡家再想借款，也要多跑幾個地方。誰曉得胡家二公子不知著了什麼魔，硬是扛著這般高的利錢借走一千兩黃金，到了還款日子，莫說利息，連本金都沒個影。

櫃坊的人按規矩，把欠條送到胡府要債，今日就招來胡弄雲。

「沈姑娘，今日砸了妳的鋪子，不過是給妳個教訓，投機取巧終非上策，與其挖空心思，倒不如好好從商。」

胡弄雲高高在上的姿態一時激怒了沈箬，錢是她兄弟借的，欠條也是自己寫的，兩邊皆有錯處，憑什麼要她一家攬錯？

「徐夫人，欠條白紙黑字寫著二公子名諱，莫非這也是投機取巧？」沈箬命人取來欠條，衝著周圍人展示一圈。「胡家清流人家，為何府上公子還會欠下巨額外債，夫人不問前因，只一味衝著外人發洩，哪有這樣的道理？」

她不等胡弄雲還口，又接著道：「沈家有錯，利錢高於法度，自可對簿公堂。夫人不問緣由砸了聞香里，豈非也是仗勢行惡？何況二公子在櫃坊借的錢，夫人卻砸了沈家香粉鋪子，這又是哪裡來的道理？」

「妳！」

胡弄雲哪裡不想砸櫃坊，奈何櫃坊那邊有宋衡的人幫忙看著，自然還是香粉鋪子好下手。她被沈箬一番話砸得頭疼，扶著腰倚在婢子身上，哎喲哎喲叫著頭疼。

「嘴尖舌巧！妳做了錯事，還有這般多歪理？」

「夫人是出身名門，怎麼連歪理和道理都分不清楚？」沈箬捏著欠條，面上帶著火氣。「沈家有錯，夫人也砸了我的鋪子，既如此，妳我各退一步。利錢一分不要，今日虧損也一概不管，不過一千兩黃金要還，三日後沈府下人自會上門收款。」

一千兩黃金並非小數目，三日湊齊不是易事。胡弄雲自己也說了胡家清流，就算偶爾收受些什麼，要他們一下子拿出一千兩黃金來，怕是要挖去一半家底。

她還在皺眉想著家中錢財，沈箬在一旁繼續冷冷道：「徐夫人若是覺得不妥，那便去大理寺說道說道。」

按照法度而言，最後判下的結果不過是歸還本金，說不準還要胡弄雲賠付砸鋪子的錢，實在虧得很。尤其沈箬背後還有宋衡，事情一旦鬧大，只怕不好收場。

雖說如今收場的法子也不算好，但到底還是免了利錢的。

胡弄雲兩相權衡，對如今的結果還算滿意，畢竟府裡那位姑娘也說，今日鬧這一齣，最多只能免去利錢。

「徐夫人？」

胡弄雲定了定神，不去想府中那女子似乎對沈箬、對宋衡，甚至對太后都十分了解。徐家經商多年，家底還在，還這一筆錢應當算不上有心無力。

故而在沈箬喊她時，哼了一聲道：「把欠條送到徐府去，自然有人補妳這些虧。」說罷便吩咐車伕駕馬，揚長而去。

畢竟對於沈箬這個女人，她實在喜歡不起來，尤其是在知曉徐家先前有意與沈家結親後，更是同徐眠鬧了好幾回。

與先前一般，滿地狼藉，沈箬扶著額頭暗自傷懷，卻還是樂天地安慰自己，好在砸的不是櫃坊，不然損失就更大了。

玉筆跟著遣散看熱鬧的人群，回到沈箬身邊。「這可真是虧大了，姑娘，我去同公子說，定讓胡家把利錢和砸鋪子的錢吐出來。」

「算了吧，胡家今日吐了錢，明日就去參奏侯爺，雖無用處，不過噁心人，這些錢就當給她肚子裡的孩子當壓歲錢了。」沈箬把自己抬高到長輩的位置上，拍拍玉筆肩膀。「不過你倒是可以幫我想法子查一查這位胡二公子，連這般高的利錢都不顧。」

急需大筆資金，甚至連高額利錢都不在意，以她的經驗看來，約莫是沾上了賭博。若是拿住這個把柄，日後胡御史也得忌憚一二，不敢時時無腦參奏宋衡。

她不欲再去看那些滿地瓶瓶罐罐，旋身往回走，只是有些疑惑盤旋在心。胡弄雲究竟是被慣得無腦，還是為了別的目的而來，這樣大剌剌地鬧了一場，難道就為免去利錢？未免有些小題大做了。

然而不等她想明白，這事便有了變故。

三日後徐府如約還上一千兩黃金，甚至還分毫不差地將店鋪修繕費用補上。來送錢的小廝很是討喜，將徐眠的歉意原封不動轉達給沈箬。

「姑娘，我家夫人近日身子重，脾氣不好，還請姑娘見諒。我家大人說了，這些權當是請姑娘府上喝茶。」小廝禮節周到，賠禮道歉後又不好意思道：「聽聞沈家開了間蜜餞鋪子，我家夫人孕中嗜酸，可否讓小人買些回去？」

開門做生意，自然不好伸手打笑臉人，收錢賣貨，天經地義。沈箬吩咐人領著他去蜜餞鋪子，挑了些好的送到徐府，自然，價格比尋常高出了一倍。

偏偏到了第二日，事情便壞了。

徐府傳出消息，胡弄雲夜裡小產。大夫查探後，從她白日用過的蜜餞裡找出大量致墮胎的藥物，而這些蜜餞，正是從沈家鋪子裡來的。

沈筌得到消息的時候，正在宋府裡陪沈綽戒藥。官府的人查封了沈家蜜餞鋪子，卻不敢輕易往宋府拿人，只是派了幾個人在門口看著，只等人一出門，便請回去問話。

不過他們從天亮等到天擦黑，只等回來宋衡，立在門口冷冷看著他們，只差下令趕人。

其中一個膽子大些，上前將前因後果說了明白。「還請侯爺行個方便，容下官帶沈姑娘回去問幾句話。」

宋衡不開口，只是就這麼看著他，似乎他說的是何種屁話。

那人嚥了口口水，將措辭改得越發謙卑。「請沈姑娘隨意說上兩句就好。」

畢竟蜜餞鋪子也查了，除了送到徐府裡的那些，其他再無藥物，若非前幾日東市鬧的那一齣，他們自然更信是栽贓嫁禍。

宋衡此刻似乎是滿意了他的話，讓開半步。「人在裡面，自己去請。」

大理寺的人面面相覷，他們若是敢進去請人，哪裡還用得著等他回來，老早把人帶走問話了。他們思忖許久，想起大理寺卿的治下之嚴，若是耽誤時候，只怕也要挨罰。左右是這尊大佛自己說去請，為首的那位鼓起勇氣往裡邁了一步。

「咳！」

只是一聲輕咳，險些駭得他在門檻上絆倒，連連搖頭退回到原位。

「無用。」宋衡著實有些瞧不起他們，江鏤那樣鐵骨錚錚的一個人，手下盡是些膽小如鼠的，斷案斷不了也就算了，連拿個人都不敢。

不過如此也好，免得沈箬受這些苦。

偏心明晃晃擺了出來，大理寺的人也猜到今日約莫沒有希望帶人走，正要回去覆命時，沈箬從裡頭出來了。

她把元寶和銅錢都留在沈綽身邊，只帶著思遠出來，輕薄的衣袖被夜風吹起。

「煩勞幾位大人久等。」她回身安撫宋衡。「江大人清明，蜜餞畢竟是從我的鋪子裡賣出去的，問幾句也是應該。」

依照江鏤的性格，必然一視同仁，只會把沈箬安置在牢房中。大理寺的牢房，可不是什麼好去處。

宋衡下意識伸手去牽她，卻只搆到一片衣角，眼睜睜看著她從指縫裡溜走。

大理寺的人打起燈籠，還算恭敬地請沈箬往大理寺去，徒留宋衡呆愣愣站在後頭出神。

這事不對。

且不說沈箬單是為了個砸鋪子的事，就要害人小產，只說如此拙劣的手段，明晃晃拿著蜜餞下藥；沈箬一個自小便見過世面的人，是真的看不出胡家根基和徐眠步步高升嗎？

「偷偷跟上去看看，再讓玉扇想辦法去查一查。」

以宋衡多年經驗瞧來，此刻已是生了疑心。

徐眠自從娶妻後，對胡弄雲可謂百依百順，比之那位兵部尚書有過之而無不及。尋常交際應酬一概向家中報備，跟著伺候的皆是小廝，為著這事還被同僚笑話懼內。這樣的一個人，若說後院相爭，下藥嫁禍沈箬，其實是說不通的。

然若非此等原因，那其中細節便值得深究了。不為嫁禍，那就是奔著沈箬而來。

燭火漸漸遠去，宋衡甚至來不及思考，直接把玉劍派了過去，暗裡跟著保護沈箬周全。廬州那樣的事，不能再有第二回。自己則掛心著這事，回到書房處理事務，只是心中不安，有些坐立難安。

這夜平靜無風，連鳥雀啁啾都甚少。宋衡看著手中公文，心思卻隨著沈箬越發飄遠。早知如此，當時便該強硬將她留下，左右無人敢上門搶人，大不了就是參奏一本罷了。

燭火爆了兩次，門外腳步聲匆匆，玉劍滿目急色。

「公子，沈姑娘不見了。」

啪嗒一聲，書冊被扣在一旁，宋衡倏地站了起來。「不是讓你跟著同去？」

「屬下看著姑娘入大理寺，便在門口候著，結果許久不見人出來，想著進去打上一聲招呼。可大理寺的人，都說不曾見過沈姑娘。」

先前的猜測應證大半，他隨手取了佩劍，匆匆往外趕。偌大王城，敢在大理寺動手腳的人，十有八九不是衝著沈箬而來，而是圖謀沈箬背後的他。

已是宵禁時分，宋衡不顧許多，集結身邊所能用者，分出十人去辦旁的事，自己則領著人，滿城尋人。

沈箬清醒過來的時候，被人用麻繩縛住手腳，口中塞著布團，如同端午的粽子一般，被丟在一張軟榻上。

綁她的人全無憐香惜玉之意，粗暴的手法使得手腕磨得通紅，甚至蹭破了些皮。沈箬只是翻個身的動作，就用盡了渾身力氣，側躺著如擱淺的魚一般，鼓著肚皮喘氣。

這一翻身，倒是讓她與思遠目光相接。偌大房中，除卻她身下軟榻，只擺了一方圓桌和幾把圓凳，看著無人長住，只是個暫做歇腳的地方。

她還記得大理寺的人把她領到大理寺，邁入門中便有一陣奇異香味飄來，隨後便飄飄然不知其形。

而從思遠的眼神中，她也看到了同樣的迷茫。究竟是什麼人花費這麼大的手筆，就只是為了把她擄來？

不過半刻鐘工夫，沈箬正把自己挪到榻邊，門卻開了。

外頭突然亮起庭燈，抬頭望去，滿院亮堂如白晝。如花般的婢子推門入內，迎著後頭一位尚算美貌的女子入內坐下，復又捧來一盞茶。

茶香四溢，沈箬嗅出那是上好的君山銀針。

女子靜坐著飲茶，偶爾抬頭打量沈箬，復又嗤笑一聲。

「妳便是沈箬？」

無人替她摘去布團，沈箬只能鼓著瘦脹的嘴，點點頭。

「不過如此，柳眉杏眼，確實是江南女子的長相。」

沈箬只覺得這人奇怪，這話更奇怪。若非眼下如此怪異的見面場景，只怕不知情的人聽了，還當是哪家正妻教訓狐媚妾室。

話中拈酸語氣暫且不論，竟還有許多鄙夷之情。沈箬仔細回想許久，這名女子她並不認得，且從心底認定，這並非哪家夫人。

在女子打量她的時候，她自然也定下神來琢磨對方的身分。衣著華貴，單是鞋尖上的花樣便是拿金線銀絲繡成。而眼角微微有兩道皺紋，即便保養得宜，也還是透露出女子並非如她刻意打扮出來的樣子一般，已不是如花的年紀。

沈箬盯著她梳做未嫁女的髮髻，心中微微好奇，究竟是何方神聖，需要動這樣大的手腳？

就在她出神思考之際，突然有人替她取下口中的布團，讓她得以活動活動口腔。

「沈箬，杭州沈氏次女，上有兄長沈誠，長居揚州，拜於大儒薛炤門下。」女子翻著手中冊子，將她平生細細道來。「去歲冬時攜內姪入長安，如今居於永寧坊，與臨江侯過從甚密。」

許是沈箬錯覺，在說到過從甚密的時候，女子突然加重了口氣，隨後又重重將書冊合上，毫不客氣質問。「說吧，所圖為何？」

沈箬乍聽之下愣了愣，不知為何，總覺得這女子下一句話，便是要勸她速速離去。不過很快她便回神，反問道：「不知如何稱呼？」

「大膽！」女子身邊貼身伺候的婢子厲聲斥責。「問妳什麼妳便答什麼！」

「我不明所以，便將身家據實相告，即便是三、五歲的稚子，也明白陌生人說什麼、答什麼，是再愚蠢不過的事吧？」

女子莫名其妙笑了兩聲，起身走到沈箬面前，捏起她的下巴。「這張嘴還真是能說，怪不得如此討臨江侯與方子荊的歡心。不過如今我在上，而妳為階下囚，可沒有談判的本錢。」

沈箬耳尖地捕捉到，女子在自稱之時，明顯斷了斷，此後才極不適應地接上一個「我」字。

臉頰被指甲掐得生疼，沈箬皺了皺眉頭，對著女子粲然一笑。「貴人說得有理，人在簷下，不得不低頭。貴人問道所求為何？」她頓了頓，裝出一派羞澀之意。「臨江侯人中龍鳳，自然是圖一個人了。」

果不其然，女子勃然大怒，修長的指甲掐得越發深了。她對沈箬這副模樣十分不滿意。

「賤婢安敢肖想鴻鵠！去，把酒端上來。」

時至眼下，這盞酒必不會是什麼佳釀，只會是斷送她生路的鴆酒。

沈箬看著婢子出去端酒，長嘆了一聲。「太后娘娘。」

原本不至於有這等膽大包天的猜測，只是女子走近之時，袖中露出一截裡衣，上頭繡著尋常人家不敢用的鳳凰圖案。她思及傅成鳶的樣貌，與這名女子有些形似之處，便大著膽子試探。

果不其然，女子的手忽地鬆開，望向沈箬的眼神越發駭人。

「民女不知何處有罪，竟勞動太后親賜鴆酒。」

傅仙仙見她看破身分，也不再掩飾，一晃神便是宮中那位高高在上的太后。她拿帕子拭著捏過沈箬的手，慢條斯理道：「不思其身卑賤，反妄圖攀附權勢，為家國計，爾等這般心思深重之人，難道留著任爾作亂？」

一頂高帽子壓得沈箬透不過氣，什麼叫其身卑賤，攀附權勢？她沈家就算是最末等的商人，也活得坦坦蕩蕩。

沈箬不想去論證什麼士農工商，人分三六九等，眼下保住性命才是最要緊的事。

「沈箬不敢。」她知曉太后位高，此番怕真動了賜死她的念頭。不過聽傅仙仙的意思，似乎對宋衡很是看重，只是不滿意她的接近罷了。

故而她此刻有些後悔，早知如此，便該撇清與宋衡的關係，還故作挑釁地說什麼為了人而來。

沈箬想著法子彌補。「沈箬不敢欺瞞太后，此番前往長安，皆為退親一事。薛大儒曾於說笑間，為沈箬與臨江侯定下婚約，約定今年八月裡成婚。」

鴆酒已經被捧來，她小心翼翼地觀察著傅仙仙的臉色，很快便編造出一段瞎話來。「沈箬自知高攀不起臨江侯，因而此番特意前來處理退婚一事。臨江侯仁厚，恐沈箬新來乍到受人哄騙，這才多有照顧，更是將沈箬當作小妹看待，故而在旁人看來，只當兩家親近。」

這話其實說得甚是周全，既撇清兩人的關係，又點名宋衡出於仁義對她多有照顧，若是今日自己出事，只怕宋衡不肯輕易罷休。

傅仙仙將信將疑，皺眉靜思片刻，還是覺得不放心，伸手招來婢子。她取過酒壺，滿斟一杯，對著沈箬道：「他如此厚待妳，妳自然也不好污了他的名節。不管真相如何，這杯酒下去，便什麼都乾淨了。」

毒酒被送到沈箬嘴邊，金杯佳釀只讓她遍體生寒，掙扎著後退。「娘娘三思，薛大儒託臨江侯關照沈箬，若是沈箬有一刻不安，只怕臨江侯揹負不仁之名。」

後背觸到錦被的時候，已是退無可退。三兩滴酒順著被餵進嘴裡，沈箬僵著身子繼續尋求活路。「求太后開恩，沈箬必當長居揚州……」

然已無人在意她的話，幾個力大的婢子把思遠拉到一旁，又死死壓住沈箬的身子，只讓她眼睜睜看著滿杯毒酒入口，冰涼的觸感順著咽喉一直沈到底。

第三十五章

大約是快死了吧。

沈箬一顆心沈到底，小腹不覺有些酸脹起來，原來將死之際，竟然是這種感覺。

「沈箬，妳乖乖聽話，其他人才有活路。」

傅仙仙露出滿意的笑來，玉手輕拍在沈箬臉頰上，似乎在警告她，一杯酒換其他人平安，著實不是個虧本的買賣。

此刻酒也喝了，婢子不再壓制她，四下退開。沈箬驟然失了掣肘，猛地從榻上滾落，正好伏在傅仙仙腳前。

這杯毒酒並不如她所想一般很快發作，對於死亡的未知和不甘，強迫著她艱難抬頭，透過滿面淚水望著傅仙仙。

看著那張臉上的笑意，她堪堪擠出幾個字。「敢問太后為何？」

出於僅有的一絲善意，傅仙仙不拘禮節，緩緩蹲下身來，嬌笑一聲。「沈箬，女人永遠只會拖累他。」

不知是她將宋衡捧得太高，還是過於輕視女子，輕描淡寫說出來的話，卻惹人厭惡。

「若有機會，別再癡心妄想。」

傅仙仙說完這句話，便嫌惡般地別開了眼，由著身邊婢子侍奉坐回到圓凳上。她拿腳尖碰碰沈箬的肩膀，對身邊婢子吩咐道：「把人收拾了，別留痕跡。」

很快便有人抬起沈箬，抱頭抬腳地把她往後院帶，直到出了院門，一股腦拋進一輛馬車裡。沈箬半躺在裡頭，也不知思遠眼下如何，暗自盤算著自己正在流逝的生命，只覺得腹中突然脹痛起來。

馬車沒有立即離開，只是隱在夜色裡，車伕和兩個抬她來的婢子候在一旁等待，似乎在等一位還算有地位的婢子。

然而那位發號施令的婢子此刻正被困在院中，脖頸上是兩柄利刃，脅迫著滿院下人不得輕舉妄動。

傅仙仙萬萬沒有想到，宋衡來得如此之快，甚至還握著當年平定齊王時的長生劍，生硬地同自己討要一個人。

「臣失禮。」

傅仙仙曾多次渴求宋衡請見，卻絕非今日這般刀劍相向。她不同於面對沈箬時，此刻笑得真心，朝宋衡邁近一步。「宋卿這是何意？」

宋衡面不改色。「沈箬粗莽，恐擾太后，臣特意前來接人。」

「宋卿，月黑風高，怎麼就能篤定人在哀家這裡？」傅仙仙明白，若真讓宋衡知曉是她下的手，那什麼都完了，奈何眼下他的人圍住院子，無法出去傳信，只能想法子拖延。

她又朝前走了兩步，輕笑一聲。「莫不是那位沈姑娘貪玩忘了時辰，還讓宋卿不顧宵禁，到哀家這裡要人。」

「在不在，容臣搜一搜便是了。」

傅仙仙當即怒喝一聲。「宋衡，你敢?!」

「搜。」宋衡帶來的人視他重過皇權，此刻也不顧太后顏面，只做四散搜人狀。宋衡立在原地不動，眼神卻很是不耐。「今日結果不論如何，臣自負荊請罪，革職流放皆有聖上發落。」

此處不過是個暫供歇腳的別院，加上又是秘密行動，傅仙仙身邊只帶了幾個侍衛，更多的是些幹慣粗活卻無功夫的婢子。在宋府養著的那些侍衛手裡，也只能乖乖認命。

傅仙仙見攔不住那些侍衛，只得強作鎮定。「哀家面前，也容得你們如此放肆?!宋衡，你可還記得先帝賜你長生之意！」

宋衡低頭看了長生一眼，恍惚想起先帝彌留之際，將這柄劍賜給他的場景。

仙人撫我頂，結髮受長生。先帝與薛大儒關係頗深，也是另一位知曉宋衡身世之人。既知他惡其身，又怕自己去後妻兒受苦，才於臨終時賜劍託孤。

先帝摸著他的髮頂，只說了這麼一句話，不過是想他忘卻前事，永久地守護大昭天下，也守著自己留下的血脈。

「臣記得。」宋衡撫了撫長生劍，這柄劍飲過不少人的血，到了近年才被他塵封起來。

此時特意取這柄劍來，只是因為想通了些事。

傅仙仙見他如此神情，以為宋衡有了退卻之意，又道：「你既然記得，如何還會做出此等忤逆之事來？命你的人速速退去，今日之事只當未曾發生過，哀家與皇帝還仰仗侯爺。」

卻不想宋衡不僅不肯退卻，反倒步步緊逼。「臣說過了，臣自當請罪。今日不論如何，臣都要尋到沈箬。」

「你！」

宋衡沒有再說話，只是等著搜尋結果，每流逝一刻鐘，他握著長生的手便收緊一分。

昔年受賜長生，他不過弱冠之年，只知曉先帝眼中要他守護大昭，並不明白先帝臨去時，應了他的十年輔政之約。

明明可以要他一生皆為皇室效忠，為何只是要了十年。

可就在今日，他忽然有了些別的念頭。所謂長生，不只是要他渾渾噩噩度過漫長歲月，更是要護著珍之、重之的人平安。平日越是清醒自持，此刻便越是慌亂。

腳步聲很亂，可他的心更亂，似乎被什麼綁著打了結。

「宋衡！」

一聲帶著哭腔的聲音從不遠處傳來，繃斷了宋衡心裡的那根弦。他甚至來不及收回長生，隨手拋給身邊的玉劍，便朝那邊迎了過去。

沈箬沒有劫後重逢的喜悅，只是覺得自己還能在臨終前見到宋衡一面，已經很好了。她被人半摟著，不顧儀態地放聲大哭，全然不覺院中劍拔弩張的氣氛，將宋衡前襟沾滿了淚水。

「不怕，我在。」

宋衡就這樣輕聲細語哄著她，還特意屈了腿，好讓她把頭抵在肩膀上，哭得舒服些。

奈何這些落在傅仙仙眼裡，便全然不是滋味了。按照她原本的打算，只要過了今晚，即便宋衡丟了人，也沒有證據怪到她頭上來。時間一長，沈箬在他心裡留下的痕跡也就淡了。

誰知正好被抓了個正著。

不過她到底是做了多年的皇后，如今又是太后，自然養出一副泰然自若來。

「好一對郎情妾意。」她打斷兩人，直呼宋衡名諱。「宋衡，你放肆！此女子屢屢犯上，目無法紀，且容你說帶走便帶走？」

沈箬應景地抽泣了一聲，回過神來，今日這事怕是不好收場了。當朝臨江侯與太后對著幹，持械私闖，這可是重罪，且看太后的意思，似乎不準備收手。

左右她都是將死之人了，倒不如讓她攬罪。沈箬不明白這毒何時才會發作，只是覺得精神還算不錯，伸手推開了宋衡。

「今日之事都是民女之過，與臨江侯無關。」

傅仙仙冷笑一聲。「妳倒還算明白。宋卿，若是你即刻退去，哀家大可不計較此事……」

「不可能。」

在場之人哪裡還有不明白的，宋衡這是鐵了心要搶人，此刻便是連傅仙仙都有些站不住。「你說什麼？」

宋衡把沈箬拉到身後，一字一句道：「不可能，太后若想追究，臣認罪。」

「宋衡，為何是她？」傅仙仙已然失了力氣，倚在婢子懷裡，不復先前那般咄咄逼人。「她不過是商賈之女，你是天降白澤，生來便該是高高在上，如何容得旁人染指？」

「太后錯了，臣卑賤之身罷了。」宋衡正色，牢牢捏著沈箬的手。「臣是人。」

「可即便你願意，天下名門女子何其多，溫婉賢淑，端莊大方，不該是她……」

宋衡不願再與她糾纏許多，將這一番聽上去並無什麼意義的話截斷。「太后可還有別的吩咐？」

傅仙仙無力地搖搖頭。太后深夜出宮是大事，即使鬧得再不愉快，宋衡還是遣人將鳳駕好生送回宮中。傅仙仙猶自不願接受這一切，回頭只瞧見兩人衣角疊在一處，當真是諷刺極了。當年那個紅衣少年，終歸還是有了意中人。

時至今日，只是她不願意醒罷了。

一齣戲散了場，沈箬頓時放鬆了精神，絲毫不曾察覺鴆酒居然還未起效。

「走吧，我送妳回去。」宋衡握著她的手，把人往外帶，想著駕馬送她回府。

沈箬算著自己時辰不多了，看著高頭大馬，想起馭馬時那些不好的經歷，拉著宋衡的衣袖道：「我不想騎馬，你揹我好不好？」

反正過不了多久就要沒命了，宋衡也不會因為這件事和她計較。況且都巴巴趕來救人了，揹她一段路又能如何？沈箬如此理直氣壯地想著，覺得宋衡若是實在不肯，那她就拖著在門口把遺言講完。

誰知話音未落，就聽得一聲「好」，宋衡扶著她在臺階上站好，背過身去，屈膝蹲下，替她充作專用的馬兒。

宵禁下的朱雀街上，空無一人，唯有更聲偶爾飄過，沈箬伏在他肩頭，安靜地聽著腳步聲，當真是覺得可惜極了。

隨行只有一個玉劍，牽著馬，握著長生遠遠跟著，生怕打擾了這頭的景象。

沈箬雙手環抱著宋衡的脖頸，把頭枕在肩上，仔細斟酌後開了口。「宋衡，我可能快死了。」

身下的人腳步一頓，問道：「什麼？」

「你還沒來的時候，我喝了點毒酒，估摸著時候也差不多了。」

生死離別之際，總是要說些承蒙厚愛、萬事有賴的話。沈箬此刻倒是不怎麼難過，總歸難過也免不去最後一刻，又或許是宋衡的背太過寬厚，讓她放心地託付「後事」。

「妳……」

「你聽我說完。」沈箬揮揮手，正好擦過宋衡的唇角，打斷他略有些疑惑的問句，兀自交代起來。「等綽兒好些了，為免觸景生情，你把他送回杭州或是揚州都好，總歸別讓他為了我的事傷懷。」

倉促在人世間行走了十餘年，能交代的左不過家裡人和交好的姑娘，沈箬迎著風，望向大明宮亮著的燈，絮絮唸叨著。

「等我去了，沈家在長安的家業也要仰賴你幫一把，若是我兄嫂派人來了，你便說是我的意思，留一半給你，算是謝你這些日子的關照。」

她從沈綽說到商鋪，連帶著要他看好幼陵，生怕自己撒手一去，引得小妮子泣不成聲；更甚者連自己的身後事都想了些，平添幾分老練，慨然嘆道：「我身後事不必太過張揚，最好把我送回杭州，和阿爹、阿娘在一處。不過這些事你託給言叔也成……」

夜色裡只有她的聲音迴盪，明月疏星相伴，說的卻是人世間死別大事。

宋衡起初乍聞毒酒兩個字，險些把人從背上摔了下來，不過片刻工夫，眸中便染上了笑意，只是聽著她安排許多。

「只有這些？」他到底忍不住，強作鎮定道：「那麼我呢？」

在他不曾出聲前，沈箬還不覺得如何，眼下一聽，倒是品出些什麼來。怎麼說兩人也是險些結髮的關係，該是在遺言中占據重要分量的人。

只是可惜了，還未成婚，便要別離。沈箬幽幽嘆出一口氣。「屬實遺憾，就差那麼一點點。」

「除了這些，沒有別的要交代我？」

他說完這句話，只覺得身上的人更用力地摟緊自己，甚至把頭埋進自己頸窩裡，深深吸了一口氣。

大概是捨不得吧。

沈箬突然有些委屈起來，不遠萬里來履行婚約，好不容易也是個自己喜歡的人，誰知其中波折這般多。如今石頭捂熱了，她卻要死了，弄死她的人還是至高無上的太后。

時間一點點消逝，有些話再不說，恐怕就來不及了。

「來不及了。」沈箬突然正經起來，彷彿先前說的不敵之後所言萬分之一。「宋衡，我之前說過要好好想想，現在有答案了。

「一年也好，一天也罷，我都要成為你的妻子。」她全然不害臊，反正都是要死的人了，這點臉皮要了也無用。「我見識過世間最美好的兒郎，不會再喜歡別人了。所以哪怕只是擁有一刻，也足夠成為我此生最美的回憶。」

這是她的答案。

宋衡覺得人世無可眷戀，那她就在有限的歲月裡，無限地去陪伴他。人是會變的，說不定五年會變成十年，又會變成一輩子呢。

宋衡突然有些難過起來，如果不是因為那些已經過去的往事，這該是多好的一樁姻緣啊，他竟然也有了少年人的心猿意馬。

腳步慢了下來，正如他原本一往無前的人生，突然有了停留。

「但是現在好像都做不到了，也不知道你是不是喜歡我，就權當你也一樣吧，否則，我就真的連一刻都沒有擁有過你。」

這句情話怪異得如同街邊晃蕩的燈籠，無助地散發著最後一刻光亮。

宋衡終於停下腳步，把人扶正，轉過身去。唇邊笑意如何都壓制不住，化成一個極好看的弧度，吐出最溫柔的幾個字——

「沈箬，成婚吧。」

沈箬。

成婚吧。

天地突然虛幻起來，茫然一片，沈箬把它歸咎於將死之際的幻覺，不可置信地問道：「什麼？」

「我說，成婚吧。」

這一次，宋衡特意俯身貼近她的耳畔，勾著尾音重複了許多遍，直到沈箬脹紅一張臉，哇地一聲哭了出來。

「可是我都快要死了，現在說這些還有什麼用？總不能讓你捧個牌位……」

宋衡看著她能哭能鬧的模樣，著實有些無奈。「宮中鴆酒，見血封喉，妳覺得怎麼可能容妳站到此時此刻？」

初聞毒酒兩個字，他確實慌了神，不過估摸著沈箬飲酒的時辰，再一估算，他便明白過來了。宮中賜毒酒用的皆是鴆酒，為了免去那些貴人痛楚，發作時間極快，除非沈箬骨骼清奇，否則哪裡能等她絮絮叨叨交代完這一切？

不過沒有在一開始便將此事戳破，也算得上是這位侯爺的惡趣味了。

「妳約莫是被騙了。」

哭聲戛然而止，沈箬回過神來，她確實沒有什麼十分難受的感覺，除了初時小腹有些脹痛。

小腹脹痛？

「今日是十八？」

在得到宋衡頷首之後，她突然明白過來，渾身無力大約是因為癸水來了，才讓她對毒酒深信不疑。然而這又賴不到旁人身上，畢竟連太后都沒有說過，這是毒酒，只是讓她乖乖聽話。

是她自己，失了陣腳。

偏偏宋衡還在一邊狀似無意道：「想明白了？」

想倒是想明白了，可也甚是丟人，尤其前後哭了兩場，像極了不懂事的娃娃。沈箬微微別開頭，不想讓他揪著這個話題。雖然不明白太后為何沒有用一杯真毒酒一了百了，不過眼下是真正的劫後餘生，她沒有多餘的心思想這些複雜的問題。

既然沒有性命之虞，便不好繼續讓人揹著，兩個人並肩往永寧坊去。

月光一路照到沈府門前，早有小廝、婢子守著迎上前來。沈箬在被迎進去之前，回身問了宋衡一句。「你說的可是真的？」

真的要與自己成婚。

玉劍一路跟著，自然明白沈箬話裡的意思，催促著府中下人背過身去，圍做一個圈，光明正大地偷聽牆根。

宋衡不置可否。「我還有事，先走了。」

說罷便一腳踹在玉劍小腿肚上，少有地雀躍著離去。直到繞過拐角，他也毫不掩飾心中歡喜，對玉劍吩咐道：「去把老師準備好的東西取來。」

今夜月色格外溫柔，沈箬趴在窗邊，不時傻笑出聲。

也算是因禍得福，即便宋衡最後不肯承認，她也自然地尋了藉口。因為耳目眾多，宋衡不好意思。

那句央她成婚的話始終縈繞在心尖，擾得她一夜未眠，臨到晨起才趴在妝檯上打盹，卻被門外喧鬧聲驚醒。

沈箬頂著兩個碩大的黑眼圈行至花廳，才從元寶的話中了解前因後果。

胡弄雲死了。

死在城中一處廢棄宅院裡，生生被人吊死在樹上，胡御史老來喪女，在殿前和女婿哭暈過去數次，聖上震怒，著令大理寺徹查，這一查便又礙到沈箬頭上來了。

胡弄雲手中捏著一方錦帕，上頭繡著一個「箬」字，更有更伕聲稱夜裡見過沈箬率人出行。尤其前些日子胡、沈交惡是眾所周知的事，沈箬自然成了大理寺頭號懷疑對象。

沈箬看著大理寺的人威嚴肅穆，心中暗暗感嘆一句，近日不知是招惹了什麼，怎麼這些事一件接一件地撲上來。

這回可不如昨日那般好說，甚至帶了枷鎖過來，招呼著往沈箬身上套。

「沈姑娘，得罪了。」

鐵鍊上身的時候，沈箬著實沒有防備，昨夜被縛過的手上依舊留著傷痕，此刻更是疼痛難忍。

沈家的人被她攔著，不好與官家起衝突，卻又擔心沈箬吃苦，早早派人去尋宋衡，巴望著能有些應對法子。

然而沈箬私心裡並不希望宋衡此刻出現，拿捏著權勢與大理寺的人起衝突。這件事看著證據確鑿，其實大多都是可以偽造的證據。與其用手段把她留下，倒不如伺機尋找真相，就此平案。

奈何宋衡並不如她這般所想，趕在大理寺的人帶她出門之時，領著長長一列著紅的人到了。

「拜見臨江侯。」

宋衡今日難得換了身並不十分素淨的衣裳，冷眼看向沈箬身上的枷鎖，把手一攤。「鑰匙。」

時候不算早，門前圍觀之人不少，此刻瞧著官家與官家起衝突，只差一把瓜子便能原地看起戲來。大理寺的人自恃受命天子，梗著脖子道：「侯爺，大理寺奉命辦案，此女子與徐夫人之死有瓜葛，自然應當拘去大理寺詳加問詢。侯爺莫不是想阻攔？」

三言兩語算是把這件案子歸到了沈箬頭上，早有看熱鬧的人小聲說幾句惡毒之流的話。宋衡冷冷掃了一眼，直將那些人震懾得鴉雀無聲。

「大理寺辦案，自然應當。」宋衡繼續道：「不過徐胡氏身死一事，本侯略有耳聞，倒有一句說道。」

他略過這些人，徑直走到沈箬面前，替她把身上的枷鎖分擔些力氣去，道：「何人行凶本侯尚不知曉，不過昨夜沈箬與本侯在一處，自然不是所謂凶犯。」

人群頓時譁然。一男一女深夜相會，最容易叫人生出些旖旎幻想來，尤其是這位平素不近女色的大人，更是引得窸窣聲不止。

「侯爺這是何意？」

宋衡伸手朝自己帶的人那頭招了招。「循周禮，過納徵之禮，下聘書。」

第三十六章

過了納徵禮，兩人婚事也算是徹底定下，除非天大的事，就該定日子迎親過門了。

道旁熱鬧的人群一時靜默下來，片刻又爆出熱烈的討論。除了感嘆外，就是四下互相交流對這位沈姑娘的認知。

大理寺的人臉色一時間難看起來，他們不過照令辦事，哪裡知道遇上宋衡下聘的大日子。不過踢不動面前這尊大佛，不代表他們就要鳴金收兵，回去受罰。

「臨江侯容稟，人命關天，聖上賜旨督辦，大理寺自當秉公執法。」

宋衡自然不肯放人，手一揮，帶來的人四下圍攏過來，大有當街械鬥的企圖。他難得從沈箬身上移開眼，望著說話的人道：「辦案一求物證，二求人證。本侯既能擔保她夜裡行蹤，何勞大理寺多費力氣？若你們覺得本侯有失偏頗，便去聖上面前請了旨再來拿人。」

說罷朝玉劍遞了個眼神，硬生生從來人手裡奪走鑰匙，卸去沈箬身上的枷鎖，丟到腳前三尺的位置。

沈箬頓時失了掣肘，露出手腕上的紅痕來，如她現下思緒一般，凌亂縱橫。

「還不走？」宋衡冷哼了一聲，只覺得他們打擾如此好景。「把本侯所言原封不動轉告江璆然，他自有決斷。」

臨江侯這個名號到底分量不輕，他若是誠心替人作保，當面起衝突，吃虧的是他們。大理寺的人想明白這些，自然不會硬著頭皮強行拿人，只是留了兩人悄無聲息守在前後院，餘下的回去照實相告。

走了討人厭的一群，剩下的皆是看熱鬧的人。

臨江侯府的人很快整出隊列，隔出人群好讓抬聘禮的人往裡走。為首的是侯府裡的老管家，抱著一對賓雁，笑盈盈地領著身後的人，立在沈府門前高呼。

「宋家特來下聘，欲聘沈家姑娘為妻！」

其後聘禮無數，想來是抬光了臨江侯這些年積下的底子。

賓雁叫了兩聲，引得眾人豔羨不已。沈箬心中波瀾起伏，除了歡欣雀躍以外，還有另一個念頭。

如此不合禮節的下聘，倒是頭一回，也只有宋衡做得出來。

按說納徵之禮，應當是兩家長輩出面，哪有未婚男女自己收受聘禮的？難怪人群裡有些異樣的眼神望過來。

「今日是草率了一些，不過妳信我，婚事是我真心求的。」

宋衡今日來的時候，便被老管家罵過一頓，多少也知道不合禮節。不過他急著藉此事有所作為，也只能委屈沈箬。

瞧她來回望了兩眼，怕她心裡有疙瘩，宋衡一時有些緊張。「妳若是覺得不妥，我立刻派人去揚州……」

沈箬暗自扯了扯他的衣角，示意他不必多言，只是低聲吩咐元寶去取銅板過來，撒在府門外，算是給街坊鄰里沾沾喜氣。畢竟聘禮都到了腳下，哪有讓人抬回去的道理？好在納徵只須長輩在場即可，這樁婚事本就是兩家屬意，這些俗禮只是走個過場。她派人去將言叔請來，由他坐上首收禮，也不算太過逾矩。

照禮收了聘禮，又留宋府的人用了午膳，沈箬拉著宋衡去了個僻靜角落說說話。

「怎麼這麼突然，我還以為你昨夜哄我玩呢。」

兩人並肩坐在廊下，看著早已凋謝的花枝，卻看出些別樣的喜氣來。

如今不算是她一頭熱，兩人有了同等的情意，相處起來倒隨意自在許多。沈箬雙手撐著，把腿微微抬起。

宋衡一手護在後頭，不似先前那般冷若冰霜，眸子裡染了些暖意。他笑道：「是有些突然了，今早出門前，還怕妳不肯收，惴惴許久。」

「原來堂堂臨江侯也會惴惴？」沈箬微微揚起臉，說笑道。

宋衡突然轉過臉望著她，鄭重其事地點點頭。「既抱了希望，自然害怕落空。人之常情，我也不能免俗。」

即便見面多次，沈箬依舊免不了為這張臉著迷，甚至沒有多去細究話中深情，只是覺得上蒼厚愛於她。

故而元寶老遠捧著什物過來時，瞧見兩人舉止親暱，卻不說話。她重重咳了一聲，驚醒一雙夢中的鴛鴦，這才走近。

「侯爺、姑娘，卜算的日子出來了，今年的好日子一個在三日後，另一個在八月二十。」她把灑金紅紙遞過去。

沈箬琢磨著八月二十甚好，本是原定的婚期，這下合過黃曆大吉大利，最好不過。誰知宋衡隨手接了過去，道：「就定在三日後吧。」

三日？

婚慶之事須得多方籌備，單是請來杭、揚兩地長輩奔赴長安，三日工夫遠遠不夠。何況還要操辦婚服、酒席，沈箬頭一回覺得他有些頭腦不清醒。

「三日會不會太過趕了些？」元寶替自家姑娘問出口。

短時間操辦婚事，必然會有各處遺漏，到時候必然委屈沈箬。

宋衡揮手讓元寶退下，一躍下了迴廊，正落在綿軟草地上。他伸手半摟著沈箬落地，兩人執手走了幾步。

「自妳來後，我便怕時時處處委屈妳，故而總遷就妳許多。」如今有了名分，宋衡不再如從前一般只是虛握著，他把沈箬的手包在手心裡，滿是歉疚道：「我也知婚姻大事對女兒家最是重要，本不該拿捏著這件事來做筏子。」

宋衡從懷中取出一枚墜子，被人潤養得極好。他把墜子交到沈箬手中，又道：「妳放心，雖只三日，我也不會讓妳輸旁人半分。這樁婚事，是我真心求的。」

不過半日工夫，他說了兩回真心。沈箬雖覺得有些不妥，卻也察覺宋衡話中似乎有別的意思。她不覺得宋衡在哄騙她，只覺得或許遇上了什麼事，逼著他出此下策。

「我想知道出什麼事了。」

宋衡輕笑了一聲。「我總得讓人拿著個把柄吧，這麼多年拿不住，如今不如送一個『耽溺美色』給他們。」

雜草透過衣裙撓在沈箬小腿上，她噗哧一聲笑了出來。「你是要做那烽火戲諸侯的幽王啊，那我倒是勉強做一做一笑千金的褒姒可好？」

沈箬肯這麼說，自然是應了三日後的大婚，此刻還拿這種玩笑話來逗宋衡。

宋衡原本緊蹙著的眉頭忽然舒展開來，跟著沈箬一同笑起來，面對著彼此的臉笑得腹疼不已。難怪昔年周幽王肯烽火戲諸侯，若是他，此時頭腦不清醒的時候也願意做些什麼逗她開懷。

婚期甫一定下，滿朝譁然，胡御史帶頭參奏，直指沈箬身上嫌疑未清，還揹負著殺人的罪名。

那日朝上相安無事，直至眾人下了朝，宋衡攔著胡御史在宣政殿前好生譏諷。可憐胡御史一大把年紀，喪女不說，還連帶著被宋衡推著摔了一跤，少了兩顆牙。柳中書看不過眼，厲聲喊著禁衛前來拉人。

這事雖由趙翮調停，兩方依舊不歡而散。

此事一過，第二日胡御史拖著病體照常上朝，依舊勤勤懇懇參奏宋衡，此番卻換了罪名。

不去指摘沈箬，反而怒斥宋衡罔顧宵禁，帶頭破壞法紀，甚至與女子私會，做出無恥下賤之事。宋衡不理會他滿口漏風之言，只是冷哼一聲，並不多做解釋，連趙翮也只是隨口斥了兩句，重拿輕放了。

滿朝文武瞧著他如今萬事得意的模樣，心裡恨得緊，嘴上卻不得不道一聲恭喜。尤其是那位徐大人，新近喪妻，面色如柴，卻還要強打起精神隨同僚前來道賀。

畢竟胡弄雲那樁案子如今無處可查，如同懸案般掛在大理寺，唯一有點嫌疑的人還被宋衡保護著。

「賀喜臨江侯得覓佳妻。」不過三兩日，徐眠便消瘦許多。

宋衡還了一禮，很是客氣地勸他節哀。「多謝徐大人。徐大人遭此大禍，也該節哀才是，免叫先夫人掛念。」

提及胡弄雲的時候，徐眠臉色有一瞬僵硬，不過很快被他掩飾過去，低頭幽幽嘆息。「內子福薄，遭此毒手，也怪眠不曾時時伴護左右。比不得侯爺深情，處處思慮周到。」

「自然，徐大人如何與本侯相比。」宋衡很是自然地將這些話當作誇獎，順著桿子往上爬。「不過她是個有福的，命中帶福源。」

這個她自然是指沈箬，時時處處不忘刺激徐眠。宋衡冷靜地看著他表演，把一張情深義重的臉皮戴得嚴絲合縫，甚至連自己都要騙過去。

所謂話不投機半句多，祝福的人不真心，接受祝福的人不甘心，做個逢場表演也足夠噁心。徐眠藉口有事匆匆離去，連腳步都是憂思之後的蹣跚不定。

宋衡透過人群遠遠望了眼，覺得這人屬實有些虛偽，卻騙過許多人，不去唱戲可真是屈才。

被人圍著恭維許久，直到同僚將溢美之詞言盡，這才肯放他離開。宋衡想了想，難得拋下一眾公務，去府中四下察看婚事操辦進度。

嗩吶聲響過半座城，驚醒尚在夢中的睡客，沿途滿是趕來蹭喜氣的人。

白馬紅衣過長街，尤其勝過當年新科高中。

雖說從納徵到過門，只花了短短三日工夫，可該有的一應俱全，可見兩家人同氣連枝，攥著勁兒成就此番好事。

滿堂都是豔紅的喜氣，沈箬被人扶著出來的時候，瞧見鋪了一地的鞭炮碎紙。面前遮著一柄扇，她任人擺布著出了院門。

「姑姑，我送妳出閣。」

如此大事，沒有長輩在身側教導送嫁，即便聲勢再浩大，在宋衡心中，總歸委屈了她。

好在這幾日沈綽養足了精神頭，又加上太醫一帖補藥，也能撐著做娘家人送嫁。

沈箬鼻頭一酸，將將要泛出淚來，卻又聽身旁的沈綽強打精神同她玩笑。

「小姑父今日可是更勝往日，想來姑姑今夜定然喜歡得不得了。」

他挨著沈箬送嫁，說的話也只有身邊的元寶和銅錢聽得清楚，這種顯然帶了調笑的話，逗得兩個婢子掩唇一笑，卻還是引著往外頭走。

沈箬手裡捏著扇，又要裝作一副端莊模樣，些微委屈頓時消散，只化成一聲輕哼。

雖說沒有長輩親臨，其他禮節倒是一應俱全，甚至還有聖上賜下白馬彩轎，一路吹吹打打，豔羨旁人。

奈何這乘彩轎炫耀之意太過，兩邊用的都是鮫綃，裡頭的人稍微有些動作，外頭便瞧得一清二楚。故而巡遊滿城，沈箬只得挺直了背，忍著不去偷看新郎官。

而後又有跨火、拜堂一眾禮，上有皇帝坐鎮主婚，下有文武百官，沈箬僵著身子，連側目都不敢，同戲臺上的戲子一般成了禮，被送去洞房。

沈箬坐在喜床上，心中不甚緊張。之前雖說黏著人不放，瞧著是個沒皮沒臉的姑娘，實則到了這時候，誰還沒有些少女情懷了？

偏偏還有宮裡來的教導嬤嬤，語氣曖昧地講了些接下來的事，連房裡燃著的紅燭都開始旖旎起來。

好在如此窘迫的氣氛維持到宋衡回來的那一刻，全然被打碎，僕婦皆被打發去門口守著。

「累不累？」

宋衡難得地被灌了幾杯酒，向來自傲的清醒也在腳步凌亂下潰不成軍，可他還記得問沈箬一句。

酒氣在身前瀰漫開來，沈箬搖搖頭。「不累。」

「好。」

兩個人突如其來的手足無措，倒是讓外頭擠在一起偷聽牆根的人心急起來。敢做這種事的人，不過就那麼幾個。帶頭的自然是當朝天子，撩著衣襬自稱關心臣子，還一手抓著薛幼陵，另一手摟著沈綽，貓在牆根下。

陪伴的內侍敢怒不敢言，只好別開頭去當作沒瞧見，至於門外的僕婦，誰敢得罪天子，各自眼觀鼻。

趙翮都快把耳朵貼到窗子上了，用嘴型問薛幼陵：怎麼什麼都聽不見？

薛幼陵搖搖頭，同樣用嘴型回道：或許九哥害臊？

他們如此靜聽了大半個時辰，只覺得房中的人莫不是睡下了，怎麼半點聲音也無？直蹲得腳都麻了，這才了無興致地各自散去，懵然不知房中早已空無一人。

宋衡照著禮吟了卻扇詩，只一抹明晃晃的紅撞入眼中，笑盈盈地把扇子遞給他，玉面上不自覺也沾染了些緋色。

「飲合巹酒吧。」他屬實慶幸，府裡的牆磚隔音效果甚好，免得將自己磕磕絆絆的話傳到外頭。

同樣失神的不只他一人，沈箬帶著滿心歡喜卻扇，見到一張恍若謫仙的臉，換了張揚的紅衣，臉上帶著不知是否因醉酒而起的紅暈請她飲酒，心中只感嘆一聲，酒當真是個好東西。

酒香在唇齒間化開，一應俗禮才算圓滿。

宋衡擱下酒杯，伸手替她解下頭上厚重的髮冠，由著髮髻鬆鬆垮垮垂落著。

「今夜月色正好。」

照著教導嬤嬤的話，接下來的場景該是讓人臉紅心跳。沈箬臉面驟然紅了大片，支支吾吾不說話，目光卻落在宋衡來時被扯開一些的腰帶上。

既然是夫妻，總歸是免不了的。

她深吸了口氣，伸手朝腰帶摸去，卻聽身邊的人如此說道：「我帶妳去瞧瞧府裡。」

手僵在半空，宋衡卻已站了起來，若有所思地盯著她伸出來的手，很是自然地握在手心，往另一側窗戶走。

「門外有人。」

宋衡把她從窗子裡抱出來的時候，還貼心地解釋了一句。

婚服寬大拖地，行走起來很是不便。即便宋衡替她捧著後頭衣襬，依舊有些邁不開腿。

沈箬不明所以，即便要遊覽侯府，也不急在這一時吧，哪怕換了輕便的衣物過來，也好過眼下這樣招蟲。

然而不過行了幾步，盛景入目，她乍然明白過來。

「如今不是開花的時候，不過還是想藉此博妳一笑。」

先前移來的桐花早過花時，綠蔭濃得化不開，然而只是三日工夫，滿樹皆是瑩白，夾著大紅綢緞，彷彿置身四月裡，春色正好。

沈箬抬頭望著，笑得燦爛。「你是怎麼做到的？」

宋衡從懷中取出一枚絹花，正是那日移桐花時從沈箬手裡得來的。他把絹花簪在沈箬鬢間，道：「花開有時，我無法勝天，只能借絹花造出些景來。妳嫁給我，本就什麼都沒有，我也只能拿這些來哄哄妳了。」

「宋衡，我不委屈。」沈箬很認真地望著他的眼睛，這些都是她求來的，也只有宋衡會覺得她委屈。

「我怕妳委屈。」宋衡攬著她的腰，往樹下的鞦韆架走去。

鞦韆架正好容她一人坐下，宋衡在後頭輕輕推著。「我將後頭三日的事都推了，妳想想可有什麼想做的，我陪著妳。」

舊例有婚後休沐三日，不過宋衡公務繁忙，平日連過年都要泡在事務裡的人，這三日怕是難得。

「三日工夫，會不會出什麼岔子？」

「會。」

沈箬陡然一驚，回身攀著鞦韆繩，望向宋衡。見他神色不似作假，又突然釋然。是啊，他定會未雨綢繆，自然算計得比自己多。

那麼到底會出什麼岔子，又或者宋衡希望出什麼岔子，這就是沈箬不知道的地方了。

「後頭或許會有些驚險，我也沒有十成十的把握，不過妳放心，我安排好了後路，不會讓妳身陷其中。」

他說得越是平心靜氣，在沈箬心裡掀起的波瀾就越大。究竟是在布一個如何大的局，連他一貫自傲的人都會說出後路兩個字？

甚至需要一場婚事，來推翻原本所有的固有印象。

沈箬攥緊了鞦韆繩，樹上有些生得不牢的絹花落在她懷裡。

「妳不必怕，我早安排好後路，也是因為如今有妳在身側，難免比從前小心謹慎些。」宋衡俯下身子，貼近沈箬，說著最親暱的情話。「連花都親近妳。」

他捻起絹花，薄唇無意間擦過沈箬臉頰，似乎要比絹花更親近才肯罷休。

蜻蜓點水的一個吻，也是夫妻間最開始的親密接觸。沈箬腦中似乎有個炮仗瞬間被點著，轟地一聲，滿天都是光亮。

任何有關未來的事，都被拋諸腦後，她聞著宋衡身上久未散去的酒氣，只一個念頭。

酒氣不好聞，但宋衡身上的酒氣很香醇。

整座臨江侯府作了一場好夢，難得地沒有在天擦亮時備車出行，連灑掃的僕婦都比往日晚了幾刻鐘才姍姍來遲。

沈箬枕在宋衡膝上，由著人替她擦乾髮梢，閒看廊下雨水如注。

「今年雨水似乎特別多，不知道田間收成如何，可別同去年一般又起澇。」

「妳倒是比我還要憂心。」

「自然，小女子不才，名下還有幾畝薄田，自然要時時刻刻關注。」

宋衡抬手在她腦門上屈指一彈，很是不滿她把自己身家萬千說成如此窮苦，嘴裡倒是也順著同她開玩笑。「若日後小臣丟官回鄉，還賴姑娘收留了。」

多財的笑自己貧困，掌權的嫌自己卑弱，引得身旁伺候的元寶笑出聲來。

沈箬嘴裡唸著自然，伸手去撓宋衡腰間，意圖逗他發笑。誰知這一舉動沒惹來宋衡出聲，倒是引來了個客人。

「嘖，果真是蜜裡調油，有辱斯文，有辱斯文。」方子荊遠遠走來，做出副抬手捂臉的姿態，實則從指縫裡偷偷往這裡看。

昨日大婚，賓客眾多，如方子荊這般的，自然是湊著幫忙，甚至還跟著去迎親。

沈箬坐直身子，想著去接宋衡手裡的錦帕，後者卻只當作無事發生，兀自做著原先的事。

「怎麼，改學君子之道了？」

方子荊熟稔地接過遞來的茶盞，笑道：「御史臺那幾個，今日參你，頭一句就是有辱斯文，罵你淆亂周禮，無媒苟合。」說完才似意識到什麼，小心翼翼望向沈箬。「嫂嫂，我不是那個意思……」

「這碧螺春淡了些，我去換了。」

知曉他們有話商議，沈箬不動聲色尋了個藉口抽身，臨去時只聽得宋衡問了句。「出什麼事了？」

第三十七章

人影消失在盡頭，方子荊突然坐正身子。「也沒什麼大事，就是照常那一套花樣。不過徐眠這回沒有順著他丈人的心意參你，反倒藉著他亡妻那樁事，提出禁衛失責。」

「聖上怎麼說？」

「照著他的話，指責了金吾衛一番，意思意思罰了三個月俸祿，回去閉門思過。朝中新貴嘛，你也知道，該給的面子還是要給。」

皇城出了命案，死的還是高官之女，尋不到真凶，禁衛便該負這個責。宋衡屈起腿，支手撐著頭，並不感到意外，聽著方子荊繼續轉達。

「還有，昨日你大婚，城中戒備不緊，趙祈逃了。」

聽聞此話，宋衡難得地扭了扭身子，隱約來了些興趣。先前摩舍遇刺一事，牽扯出趙祈私下動作頻頻，頗有顛覆朝堂之意，為了保險起見，一直拘在城中，藉口靜養。

昨夜許是喜事臨門，看守的人鬆了些，這才給人逃出去的機會。這一逃，只怕齊王再無約束，與突厥聯手起兵也就在眼前了。

這算是天大的事了，幽州不戰而降，便是破了頭一道防線。方子荊下朝便趕過來，也是急著來同他商議對策。

沒想到對坐之人全無緊張之意，反倒換了個坐姿。方子荊很是詫異。「我說趙祈逃了，追查的人連個蹤跡都沒找到。」

聲音驟然加大，宋衡這才皺了皺眉頭。「我聽見了，人是我放的。」

方子荊險些掀了桌子，這莫不是胡鬧呢！常言縱虎容易，真的由著趙祈放歸山林，這不是促成了兩國交戰？然而看著宋衡臉色，又覺得還算認真，不像是失了心智的模樣，耐著性子問道：「你再說一遍？」

「趙祈是我放走的。」宋衡盤腿坐正。「你猜他隻身入長安，會沒有料到眼下種種？沒有三、五條後路，齊王敢把獨子放到我眼皮底下來？狡兔三窟，等的就是一個時機。」

言盡於此，方子荊卻琢磨出其中意味來，壓低聲音道：「所以你欲擒故縱，是想讓他把那群人咬出來？」

「咬人的是狗，趙祈能帶出來多少，最多做個引火的罷了。」

宋衡說到此處，便不再接著明說。趙祈雖說被他放走了，可也不能真就容他跑到幽州去，哄著他跑兩個城，再悄悄軟禁起來。突厥與齊王聯手也是這幾日的事，不過未曾確認獨子安危，還須忌憚三分，不至於太過囂張。

方子荊也不再說什麼，只是覺得宋衡接下來要做的事或許會讓他更為震驚，不明不白地問了句。「嫂嫂知道嗎？」

「差不多吧。」

他難得有了些猶疑，因著設計齊王一黨本不必如此為難，要緊的是長遠之計。方子荊沒有再多說些什麼，只是老神在在地拍拍他的肩膀。「至於嗎？」

若問至於嗎？倒是至於的。

雖說他如今手握大權，可終歸是個平白長起來的雜草，沒有朝中那般根基深厚的世家做後盾，能動手，但也落下個仗勢的罪名。宋衡費盡心機能做的，也只是在一眾世家手裡討些不輕不重的便宜，若想肅清，還須早日變法。然若要變法，必然觸及世家利益，屆時同站一側，怕是連皇帝都要被迫退讓。

變法這個念頭並非一日而成，先帝在時便有過此意，不過去得早，只留下宋衡勉強輔佐幼帝，坐穩帝位已然不易，更不必提其他。而如今諸事頻發，既是個滔天的浪，也是個再好不過的機會，藉此清洗朝中重臣，還權於上，才有之後順理成章的變法。

逆浪而上，破除世家之見，這才是宋衡最想做的一件事。

宋衡略略抬頭，方家也是大族世家，此事落定，只怕也要徹底站在對立面上了。

不見他說話，方子荊也不多追問，只留下份賀禮便要告辭。「昨日是以方府的名義送的，今日這份是我的名義送的，祝你和嫂嫂恩愛白首。你的事，若是有需要，隨時喊我。」

直到人影漸遠，沈箬才從迴廊裡探出頭來，捧著一疊蜜果子，舒舒服服地窩回到宋衡懷裡。

因為胡弄雲那事一出，這幾日蜜餞鋪子門可羅雀，鋪子裡的夥計閒著無事，變著法子製新的蜜餞。她手裡這一碟，正好是其中最清甜爽口的一份。

「午後去釣魚吧，正好綽兒精神好，帶著他與阿陵一同出去走走。」沈箬遞了一枚送到宋衡嘴邊，想著釣了魚夜裡正好烹魚羹，最美味不過。

宋衡點點頭。「好。」

三日工夫轉瞬即過，烹茶賞花的日子很快到頭，連帶著一同到頭的，還有表面上的平靜。

「公子，夫人，大理寺的人來了。」

不同於以往的謙卑恭敬，大理寺的人似憋著一口氣，很是得意地攜令來拿宋衡，硬生生被玉劍攔在門外。

房中似平日一般，任由熏香裹著呢喃。

「別動，這邊的眉畫得高了些。」

江鏤立在門邊，額上青筋跳了跳。今日一道摺子如平地驚雷，也不知如何避過宋衡耳目，列舉條條罪狀，直達天聽。

這其中為首的一條就是內亂，直指宋衡父母有違人倫，如此之人不配掌權；而後又有草菅人命之類的罪狀，尤其是那位大長公主，今日秘密回城，上呈檄文。百官以胡御史為首，請旨治罪宋衡，唯有江鏤與方子荊請旨徹查。

聲勢浩大的一場聲討，就在徐眠提議先拿人之下，勉強落下帷幕。而他江鏤，因為與宋衡的交惡，成為公平審理此案的第一人選。

江鏤對宋衡的敵意不言而喻，若有可能，他也不想接手此案，情感支配下難免有失偏頗。不過此刻人既已站在此處，那還是照著流程來。

「臨江侯，奉旨捉拿，請隨臣走一趟。」

宋衡正在裡頭替沈箬擦去舊痕，重新提筆描眉，聞言不耐煩道：「急什麼，人都在這裡，還能跑去哪裡不成？」

闖了侯府，不意味他們敢強行拿人。江鏤不發話，餘下的人也只能立在太陽下，等著裡頭兩尊佛描眉。

而裡頭的人，同樣不怎麼好過，主要是沈箬總皺著眉頭，兩道眉畫得歪七扭八。

在宋衡第三回拾起巾帕的時候，沈箬攥住了他的衣袖。「大理寺為何突然上門？」

宋衡抬起她的下巴仔細端詳片刻，漫不經心道：「妳別皺著眉頭，我本就是頭一回替人描眉，這下更難了。」

「宋衡！」

「別動。」宋衡思忖良久，才堪堪落筆。「眼下的事最要緊。」

看他認真的模樣，似乎畫眉是天下頭等要緊的事。沈箬鼓著臉瞪了他一眼，只換來個笑。

「妳別逗我笑，連筆都拿不穩了。」

沈箬了解他，打定主意的事，誰都改不了，譬如他說了要畫眉，便定要畫出最襯她的眉來，也只有委屈大理寺的人多等等了。

只是畫眉終有盡頭，宋衡擱筆捧鏡過來，得了她滿意之後，這才朝門外走去。

「江大人久等。」

被日頭一曬，江鏤面上起了細小的紅疹，卻還是站得筆直。「侯爺，請吧。」

宋衡若有這般容易遷就，那便不叫宋衡了。「本侯是親賜的臨江侯，江大人貿然上門，總要有個理由吧？」

「奉旨而為。」江鏤早料到拿人不易，特意請了聖旨才肯接手此案，他把聖旨往前一遞。「施枷。」

大理寺的人舉著枷鎖上前，卻被宋衡一眼嚇退。多年積威，一時間竟無人敢動手。

「江大人，區區枷鎖怕是困不住本侯。」

宋衡也不是非要與江鏤對著幹，這小子雖說執拗，可卻是個難得的聰明人。如此作為的原因，不過是因為他本就是個霸道的人。

輕易束手就擒的，永遠不會是宋衡。所以即便他亟待著往大理寺去，面上還是要做出副不依不饒的架勢。

好在江鏤確然是個聰明人，揮退眾人，改了口氣。「侯爺說得是，不過你我同朝為官，以侯爺光風霽月的人品，這等抗旨不尊的事，想來侯爺也不屑做。」

光風霽月四個字說出口，連宋衡都不禁為他拊掌叫好，這等溜鬚拍馬的詞，竟然有一日會從江鏤嘴裡說出來。

不過也只微微揚了揚嘴角，宋衡回過身去，將沈箬往懷裡摟了摟，訴家常般交代了幾句。

「我不過去說幾句話，妳不必憂心太過，別誤了三餐時候。」

下巴在沈箬頭頂蹭了蹭，細軟的觸感讓他有些流連。「若是覺得無趣，就讓人陪妳出去走走，阿陵和綽兒也帶著，城南有我置辦的莊子，可供一覽。還有，書房裡有幾本新的遊記，就擺在櫃上。」

沈箬只是覺得奇怪，凡事交代得一應俱全，似乎為她安排好後頭的日常。來不及細想，她只得把所有的話細細記下，等等再去琢磨。

宋衡總算將要說的話盡數講完，轉身又是先前那副不可一世的模樣，衝著江鏤一揚下巴。「江大人，帶路吧。」

大理寺執掌刑獄訴斷，對於來人並不甚客氣，領著閒庭信步的宋衡筆直進了獄中，而後面無表情地落了鎖。

「委屈臨江侯，事總要一件件地查，真假冤屈還請侯爺耐心等候。」

江鏤說著這話的時候，有三分痛快。雖說當年白家案子無可翻供，不過宋衡下手狠辣，殘害璇璣性命，他們兩個也算得上仇人。

獄中鋪了薄薄一層茅草，以供入夜睡覺之用，免得青石地膈著人生疼。宋衡掀袍坐下，遙遙衝著江鏤喊道：「舉證責任之所在，即敗訴之所在。江大人做了這麼些年的大理寺卿，連這幾個字都不明白？」

數年來參他的摺子數不勝數，疊起來或能高過房梁，卻悉數被壓下來，除去帝王手筆，不外乎找不到實證。

江鏤自然明白這個道理，半蹲下來與宋衡視線平齊，強迫自己還算波瀾不驚地道：「臨江侯說得是，不過昨夜太后驟然咳血，經太醫院手，確為中毒之兆。太后近前絲蘿姑姑告發，曾夜與臨江侯夫婦二人手談。事關重大，也只能暫行拘禁之事。臨江侯不必太過心急，若於心無愧，自能安枕。」

「就怕有人存心，江大人只窺得一斑。」宋衡朝他一挑眉。「況且本侯又是出於何種原因下這個手？」

太后中毒自然不是他的手筆，如今看來，不過是想藉此囚人，想來這幾日就該有大動作了。如此反而應證了朝中人心不定，甚至都可伸手到後宮之中。

不過江鏤不知這些謀劃，只當宋衡依舊囂張，自覺無話可說。他站起身來，吩咐身邊的人多上幾道鎖，正要轉身離開，卻聽身後宋衡吐出句諷刺至極的話。

「昔年白氏入獄時，本侯可是上了整整五道鎖。」

江鏤身子一僵，顯是刻意壓抑著憤慨，宋衡這是觸到了他心中底線。若非當年白璇璣死於非命，江鏤也不會成如今這個模樣，私心裡恨著宋衡，卻又不得不承認他的經天緯地之才。

原本，他們也曾有過些微交情。

江鏤攥著拳，痳木著轉過身來，死死盯著宋衡。「成全臨江侯，上鎖。」

宋衡見他這副模樣，悠然地從地上拾起一根茅草，施施走到他面前。「可惜白氏韶華正當時，卻落得那般下場，本侯倒有些愧疚。前些日子途經壽縣，本侯前去白氏宗祠拜會一二，正好見到那白家小子。」他伸手在自己胸下的位置比了比。「都這麼高了，本侯聽說，江大人可是費了不少心思。」

「宋懸章！」

江鏤紅了眼，伸手越過木欄，一把揪住宋衡衣襟，陡然拉近兩人的距離。「你究竟想做什麼！」

「本侯什麼都想做，不過如今什麼都做不成。」宋衡沒有還手，只是看著江鏤的眼道：「人在獄中，還能做什麼，不過就是和江大人閒聊舊事罷了。奈何與江大人交情爾爾，能說的也就白家的事了……」

話音未落，江鏤一拳落在宋衡右頰，強行止了他的話頭。

兩邊陪著來的獄官方知不好，簇擁著上來勸架。獄中動刑是常事，可如現下這般為私事扭打，傳出去到底不好聽。尤其面前還是聖上近前紅人，即便一時失勢，焉知不會重登青雲路？他們大人的官位，能保還是保一保得好。

不過宋衡不是個肯吃虧的，挨了一拳自然要討回來，兩個人隔著木欄，就此打得熱火朝天，連帶著勸架的獄官也挨了不少悶拳，自覺地退了開去。

「江璆然，腦子不過爾爾，連拳腳功夫都如此差勁，難怪這些年也只是個大理寺卿。」他特意加重「大理寺卿」四個字，似乎透了些什麼旁的消息出來。

江鏤聞言，手中頓了頓。「臣愚鈍。」而後趁其不備，又是一拳落下。

這場架就此打得一發不可收拾，兩人互扯著衣襟，誰也不肯退讓半步。江鏤到底瘦弱，先前一場病落了根，自然不是宋衡的對手，被迫擠在欄杆上，勉強吐出幾個字。

自然，這些話聲音不大，正好被獄中其他聲音蓋過，只容得身側宋衡聽清一二。

「你究竟在謀劃什麼？」

宋衡微微鬆了手，好讓江鏤脹紅的一張臉得以舒緩。他只是緩緩吐出兩個字。「你猜。」

「你是嫌如今還不夠亂？」

「何時太平過？」

只是簡單耳語幾句，兩人便分了開來。宋衡臉上同一個位置挨了兩拳，痠疼著很是不好受，低低吐出一句「無趣」，復又坐回到原先的位置上，彷彿一切並未發生過，只是看向江鏤的眼神多了些別樣的神情。

江鏤這是明白了。

「好生看管，不許任何人探視。」江鏤整整衣衫，背過身子只問了一句。「侯爺耐心住幾日就是，若有旁的吩咐，招呼身邊人即可。」

明白歸明白，不意味著他要助宋衡成事，每件事如何做，江鏤有自己的考量，不必旁人教導。

宋衡本只是隨意試試江鏤的底，沒打算把自己的寶押在一個算不上有多少情分的人身上。這番沒頭沒尾的話，不過是看在江鏤還有些風骨，能省些麻煩是一些罷了。

「煩勞大人，派人去府裡通報一聲，就說我一切無虞，讓我夫人不必過分憂心，凡事照常就好。」

他如今心心念念的，也就一個沈箬了。

江鏤聞言，揮手遣人去報，自己則微微側過頭，輕嘲一聲。「原來臨江侯也有這麼一日，為情所困。」

「人之常情。」

宋衡一案事關重大，其中還涉及琅琊舊地宋氏一族的醜聞，車馬來回也須耗費些時日。一來一回耽擱數日，朝中諸事雖有些亂子，大約還是穩得住，尤其是那位新貴徐眠，喪妻後反倒越發勤勉，時常出入宮闈，頂替臨江侯成了聖上眼前的紅人。

不時有傳聞，臨江侯此劫怕是難逃。

不過外頭謠言傳得凶，沈箬也只是命人緊閉門戶，終日坐在書房裡看他留下的遊記。

那日宋衡被帶往大理寺，她便一頭泡在書房裡，企圖從此處尋找一些他留下的蹤跡，奈何那些冊子果真只是簡單不過的遊記，供她閒暇解悶罷了。

「夫人，方侍郎來了。」

沈箬從書房裡出來的時候，有些無法適應強烈的光照，微微晃了晃神。已經五日了，若非方子荊來訪，只怕不到夜裡，她不會出這個門。

方子荊面色冷凝，一看便是帶了不好的消息來。「嫂嫂，齊王反了，今日朝上得了消息，聖上當即嘔了血。」

聖上正當少年，也並非先天不足之人，只是為了齊王謀反這一消息便急得嘔血，難免有些說不通。

沈箬閉戶日久，不知一時間竟發生如此多的變故，暗自懷疑這些是否也在宋衡算計中。

「如今是徐眠接手大小事宜。」方子荊皺眉，這才是他來此的目的。「我去過大理寺，不過有人動作比我更快，我連人都見不著。」

邊關起戰事，帝王嘔血，眼看還有朝中內亂之勢，十足是要變天的模樣。

沈箬眼皮一跳，果然等的就是宋衡入獄這個時機，潛藏著的一應顯露出來。

她靜靜聽方子荊繼續說。

「我父親藉口母親病重，稱病不上朝，滿朝文武也有許多尋了藉口，徐眠掌握朝政比我預想得快。」他已然是無法，這才病急亂投醫，尋到沈箬這裡來，期望這一切尚在宋衡掌握之內。「只怕再過些時候，徐眠連兵權都要一併收去，到時他的忠心也就不重要了，若是想做些什麼，誰都攔不住了。」

昔日就算宋衡大權在握，兵權也是放在別人手裡的。一則為著君臣無猜忌，再來也是為了免去自己因權柄在握，而生出不該有的心。

人心繁複，只靠忠心兩個字，怕是難以為繼。故而多年下來，宋衡手裡能驅使的，不過就是自己帶出來的府兵。這些人對上禁軍，還真是不夠看。

沈箬身上冒出冷汗。不知道宋衡的安排，才是最可怕的事。萬一此事已然脫離預期，只有他們還傻傻地以為一切盡在掌握，平白看著這些事發生。

「你有何打算？」

方子荊略一沈吟。「想請嫂嫂以夫妻名義，想法子與九哥見上一面，或是傳些消息進去，裡外通個氣，也好早做準備。」

於商人而言，凡事能以錢財解決的，都算不上什麼大事。

常言有錢能使鬼推磨，這麼些年順風順水，一時讓沈箬忘了在權勢面前，這些全然算不上什麼。

「宋衡重罪在身，無詔不可私見。」

故而當她被推搡著跌回元寶懷裡的時候，有些恍惚。

拿來用作「人情」的錢袋子被隨手丟在腳邊，隨之而來的是一陣諷刺。「這位夫人平素在哪個鄉里做慣了這種事，怕不是忘了如今在長安，這種野路子就別拿來丟人現眼了。」

沈箬前前後後也與大理寺打過幾次交道，此刻定了心神，覺察出些不對來。

大理寺的人態度算不上極好，就是些公事公辦的愣頭，也是隨了江鏤，各個都是刺頭。不過只一點，言語間絕不會如今日這般失了分寸。

看碟下菜，諷刺她出身商戶。難怪方子荊見不到人，想來應是大理寺的人裡外換了一撥。

「諸位大人連日操勞，這些不過是請各位喝杯水酒罷了。」沈箬把手攏回腹前，斂了笑意。「我夫君前幾日應下，今日為我賀壽，誰知俗事絆身。既然今日不是時候，那也只好讓他日後補齊。」

她今日來，找的是討要生辰賀禮這個由頭，不想那些人還真就不要臉至此，將宋衡徹底隔絕於世。

既然見不到人，提來的一籃蜜果子自然也不會順利送到宋衡手裡，沒得被這些人浪費。沈箬說了兩句漂亮話，刻意將那些諷刺言語和指指點點拋諸腦後。只要她不在意，那些風言風語就礙不到她頭上。

只是不曾想到，總有些人心裡變態，偏偏要杵著你鼻子罵，譬如先前被發配出去的大長公主。

「沈箬，別來無恙啊。」

沈箬應聲回身，只見身後一輛青皮馬車，正如趙驚鴻離城時一般，不過同那日相反，得意與落魄換了邊。

馬車裡扶出個嬌滴滴的美人來，懷裡還抱著個斷奶的娃娃，應著趙驚鴻的聲音，適時號哭起來。

「整日就知道哭。」趙驚鴻顯然無甚耐心，把奶娃娃隨手一拋，猛地撞入婢子懷裡。重得自由讓她得意許多，悠悠走到沈箬跟前，摸下鬢間一枚素銀簪。「妳倒是有本事，還真得了他青眼。看在妳那個姪兒的面子上，賞妳了。」

沈箬懷裡平白多了一枚素銀簪，正如這位大長公主回來得突然一般，讓人猝不及防。她錯愕地抬頭望去，趙驚鴻身上套著修行的道服，頭髮攏在頂上，沒了素銀簪，隨意垂下幾縷髮絲。

不過轉念一想，如今朝中算是亂了套，宋衡人在獄中，放在趙驚鴻身上的心思自然也少了，難怪人是回來了，卻不如從前一般穿著明豔，可見是急著回城。

沈箬把簪子攏回袖中，按著規矩施了禮。「謝殿下賞。」

趙驚鴻是個富貴慣了的，曾在宋衡手裡吃了虧，過上許久清貧日子，自然是要討回來的。她不急著離開，伸手去牽沈箬。「本宮說過的，來日方長，妳瞧瞧，可不是到時候了？」

大理寺門前看熱鬧的人不多，瞧見那些凶神惡煞的守衛，連躲都來不及，哪裡會湊上來？看著平心靜氣的話，實則暗流湧動。

「宋衡這個人，做事太絕，到了這個時候，誰都巴不得踩上一腳。」趙驚鴻執起她的手，做出十分親暱的舉動來，領著她回身走到大理寺門前，復而貼在沈箬耳邊，紅唇吐出幾個字來。「本宮亦是如此呢。」

「府中還有些事要處置，殿下自便。」

沈箬不是愚笨之人，只一細想，便知趙驚鴻能堂而皇之地出現在這裡，必然是宮裡頭的意思。而看著那群守衛奉承的姿態，怕是那位新貴徐大人的手筆。

趙驚鴻卻不肯如此輕易放過她，手上用了些力氣。「沈家丫頭，妳這個人無趣，不過府裡頭的姪兒還有些意思。」她眉眼一動，帶了些風情。「想見宋衡，不是難事。」

此情此景象極了一樁買賣，只是買家有情，賣家無意。

沈箬只裝作不知，斂眉一笑。「不過就說幾句話罷了，哪就這麼耐不住心思要見他。」

趙驚鴻只格格笑了聲，如今形勢，誰還不明白，她想逞強，那就由她去，總有哭著來求饒的一天。

買賣談不下去，趙驚鴻也無意放人，適時還有嬰兒啼哭聲，也不知是餓了還是尿了，婢子細聲哄著，反倒惹得趙驚鴻越發不耐。

「讓他閉嘴！」

「臣江鏤參見大長公主殿下。」

江鏤疾步走出來，行雲流水般見了禮。

趙驚鴻鳳眸一抬，一見著這身青衫便覺得頭疼。雖說不及與宋衡那般深的仇怨，可到底有個心愛的面首折在江鏤手裡，心裡多少有些不舒服。

不過伸手不打笑臉人，說不準江鏤通透，以後還是可用之人，江家也還算有些地位。心思百轉千迴，一瞬便帶了些笑。「江大人請起，本宮不過與熟人說笑兩句。」

「是。」江鏤側身站到一邊，似乎不曾瞧見沈箬。「殿下舟車勞頓，臣命人送殿下回宮。」

趙驚鴻擺擺手。「聽聞宋衡入獄，案卷上有些地方缺些證據。本宮為社稷計，倒是有些東西要請江大人過目。」

參奏宋衡的摺子上，還提到遣送大長公主出城清修一事。當時無人敢言，如今卻成了其中一條重罪。皇室為君，不敬君者為不忠。

江鏤依舊是那副淡然的模樣，恭請趙驚鴻入內。「有勞殿下，外頭日頭曬人，還請殿下入內細說。」

看宋衡被定罪，可比譏諷沈箬來得有意思，趙驚鴻驀地鬆開手，昂首入了大理寺。

「江大人！」

沈箬腦中陡然空白，只來得及驚呼一聲，引來江鏤回身，抬著眼皮，懶懶道：「夫人，府衙重地，不容大聲喧譁，請吧。」

隨即便有人上前驅趕，好在還有玉筆跟著，除了嘴裡說得難聽些，倒也不敢真動手腳。沈箬被圍在人群裡，望著趙驚鴻站在臺階上，遙遙一瞥，似乎在瞧什麼不中用的什物一般，旋即回身，與江鏤說笑著入內。

沈箬頭一回這般無力，她所擁有的不過是錢財，除卻此物，一無所長。在面對絕對劣勢的情況下，甚至連解決辦法的思路都無。

茫然地被元寶扶回馬車上，聽著車輪駛過青石板發出的清脆聲，沈箬突然脫了力。直到回轉宋府，照例去了趟沈綽的院中，一聲藥碗落地的聲音，驚得她恍然回神。

「元寶，去請方侍郎過府。」

沈綽如今正在緊要關頭，熬過去了便是熬過去，她如今這副模樣，不能被兩個小的瞧見，萬一讓他們心裡慌了，還要分神來關心沈綽。

如今她已是分身乏術。

沈箬囑咐緊閉院門，要玉劍好生守著。「他們問起來，只說侯爺有事耽擱，過幾日便回來。還有，若是要出府，一概來問過我。」

說完這些，她遙遙往書房去，煮了一壺茶靜候方子荊前來，卻忽略院牆之下，一抹赤色衣裙，囫圇聽走半句話。

書房裡燃著半爐香，是沈箬從前最喜愛的一種，甜膩得很，不過如今卻厭惡極了。難怪宋衡思考的時候不願意焚香，太過安逸的生活反倒讓思緒生岔。

方子荊趕到的時候，瞧見她端坐案前，正對著一支素銀簪發愣。

「嫂嫂，見到人了？」

沈箬沒有抬頭，微微搖頭，鬢上的步搖跟著晃了晃。很快，她問起別的話。「大長公主回來了，你可知道？」

方子荊人在朝中，消息自然比她要靈通些。「我也是今日才知。嫂嫂，我不瞞妳，情況越發不好了，聖上今日連朝都上不了了，太醫院束手無策，若是再見不了九哥，我怕……」

他抬手朝上指了指，面上表情凝重，想來是要變天的意思。

「大理寺的人上下換過，都是些生面孔，油鹽不進。」沈箬深吸一口氣，忽然想起徐眠。「總不能存了改朝換代的意思，如何服眾？」

按照方子荊的消息看來，徐眠應當是握住了禁軍一脈，這才輕而易舉將各處換做自己的人。可尚有三軍，並不聽令於他，如何螳臂當車？

方子荊微不可查地搖搖頭。「大長公主回朝，正是因為身邊尚有皇室血脈。」

掌控嬰兒為帝，遠遠易過自己為帝。沈箬陡然一驚，今日見到的那個嬰孩，便是所謂的皇室血脈？

可聖上尚且年幼，後宮空置，一無所出。推算時日，也不該是大長公主所出，哪來的什麼皇室血脈？

兩人視線相交，許多話不言而喻。

「嫂嫂，如今兵權尚在我父親手中，也還算不上無路可走。不過徐眠既然有意籌劃這些，遲早都是要向方家下手的。」他知曉此事不易，卻還是忍不住催促道：「嫂嫂，不能再拖了，突厥起兵，若是大軍開拔，城中無人能與之抗衡。九哥那裡，妳還要多費心思。」

第三十八章

沈箬頭疼得很，大家同為商賈出身，怎麼偏偏徐眠本事通天，短短數日便坐到高位，她卻連想見個人都沒法子。

「你讓我再想想。」

徐眠如今怕是忌憚宋衡得很，怎麼會輕而易舉讓人見著面，巴不得把人定了罪，早早了結才算完事。

書房裡一時間靜了下來，方子荊雖也心急，可到底知曉這事無法催促，只得抱希望於宋衡，先前做下的準備還能應付這一遭。

「我也回去想想法子，讓父親出面作保。」他想著家中父親頑固，但也還是個深明大義之人，如今怎麼會稱病在家。心中掛著疑慮，嘴裡還是說著寬慰的話。「嫂嫂也別急，說不準懸章自己有什麼脫困的法子，只是我們瞎操心罷了。」

說罷，他起身告辭，推門往外走時，正遇上薛幼陵攙著沈綽往這裡來。三個人簡單打了招呼，便各自奔赴各自的去處。

沈綽藥癮過了，此刻瞧著還算正常，倚在門邊，淡淡道：「姑姑，我有法子讓妳見到小姑父。」

沈箬微微抬頭，瞧著他目中似無物，愣怔著說話。

「姑姑寬心等等就是了。」

他似乎只是來說這一句話，多的無論如何也不肯再言。未等沈箬回神，他已然抬腿邁了出去，深深望著薛幼陵，似不知禮數一般，牢牢攥了一把。

很快又鬆開手，跛著腳孤身回了客院。

他們兩人一前一後離去，背影落在沈箬眼裡，像極了依戀著的燕。沈箬如今尚能維持冷靜，不過是因為宋衡曾經允諾過她，雖非十成十，卻也留好了後路。故而哪怕如今連人都見不到，她依舊全心信賴著。

可若是兩個小的再鬧出些什麼事來，怕是當真要沈箬再難承受更多。她伸手招來玉筆，囑咐再多添些人手看好薛幼陵和沈綽，免得旁生枝節，讓如今的情況雪上加霜。

日子一天天過去，沈箬左右試了許多法子，無一有用。起初還能靠近大理寺，後來去的次數多了，人還沒挨近，那些人便囂張著開口。

別說是她，連隻蒼蠅都飛不進去。連每日往裡頭送飯菜的老漢，如今都只能把飯菜交給守衛，等在門口取桶。

沈箬日日坐在鞦韆架下，三餐變成兩餐，顯而易見地瘦了下來。

「姑娘，鎮國公府出事了。」

她正暗自慶幸這幾日不曾出些什麼大事，便乍然來了消息。

「昨日夜裡，鎮國公夫人去了，府裡忙活身後事，誰知一眼不見，鎮國公在後院自縊，跟著一同去了。」

還是動手了。

沈箬抬手按了按胸口，前些日子還聽聞鎮國公夫人身子康健了些，眼能視物，就是還不怎麼好說話，為何突然便沒了？

何況還有鎮國公，昔日征戰沙場，還算錚錚鐵骨，如今大敵當前，怎麼自我了斷了性命？沈箬抓著元寶的手，忙著追問。「怎麼如此突然？方侍郎呢？」

鎮國公亡故，兵權十有八九是要落在方子荊頭上的，如此一來，徐眠必然會對他下手。元寶皺著眉頭。「方侍郎不見蹤影，江家的人正到處追查他的下落。聽人說，國公夫婦的事，與他有些關係。」

方家只方子荊一個獨子，女兒嫁去江家，兩家來往還算親密。如今出了這樣的事，府中無人料理，也難怪江家過來替著打理。

可這些說得通，別的就說不通了。照這個意思看，是在說方子荊謀害雙親性命，如今又叛逃不見？沈箬是知道方子荊的，有時雖說說話不靠譜些，可確實是個忠孝仁義的人。這種事，任她如何想，都像是特意扣在方子荊身上一般，所為何事，左不過就是兵權罷了。

沈箬匆匆往房中去，換了身素淨些的服飾，吩咐下人備了些蠟燭紙錢，又提了些禮，急著往國公府去。此前雖無過多來往，可還算與方子荊有些交情，這一去，奠祭前人，也順帶探探方家出的這樁事。

國公府滿目素白，哭靈聲與嗩吶聲交錯傳來。沈箬報了家門，本以為還要費些工夫，沒想到無人阻攔，渾不在意宋衡如今身在囹圄，引著她入內上香。

靈堂前，白幡遮去後頭並排擺著的兩副棺槨，女子哭得柔腸百轉，險些哭暈過去，一頭撞上棺槨。幸得身邊男子動作還算快，嘴裡喊著「阿楚」，長臂一攬，摟住了妻子。

沈箬上了一炷清香，正瞧見男人扶著妻子出來，滿面淚痕。

雙親一夕俱亡，任誰都受不了這般打擊。沈箬讓開一條路來，好讓江家大公子把人送回房裡去。

方府上下忙做一團，但凡提起方子荊，一應皆說不知。沈箬問了兩個婢子，半點話套不出來，反倒礙著她們做事，平白受了兩個白眼。攪擾先人，總歸不好，沈箬問不出來，也不再胡攪蠻纏，想著回府裡派些人出去，一同幫著找一找。

還未等她回身，後頭便傳來了熟悉的聲音。

「鎮國公一生戎馬，老來卻不得安享晚年，本宮心中鬱鬱。」趙驚鴻早換過裝扮，如今又是那位不可一世的大長公主。今日為了應景，特意只配了玉簪，甚是遺憾地朝裡頭走來，身邊還跟著個身形婀娜的婢子，輕紗覆面，不敢以真實樣貌示人。

不過兩三步，再一回首，她便瞧見了沈箬。「倒是巧了，宋夫人也在。聽聞老國公在時，可是曾斥責過宋衡的，夫人這是來瞧熱鬧了？本宮可是有話直說，這等有損陰德的事，夫人還是少做為妙。」

「敬聽殿下教誨。」果然是冤家聚頭，沈箬見了禮。「臣婦乍聞噩耗，感念國公夫人仁厚，特意來上炷香罷了。」

老國公怒斥過宋衡不假，可也曾直指趙驚鴻寡廉鮮恥。如今她倒是越在人上，不真不假地訓斥幾句，還真以為旁人都是傻子了。

趙驚鴻嗤笑了一聲，接過遞來的香，嘴裡唸叨著些好走之類的話，難得地俯身拜了拜，復又將香遞給身邊的婢子。

一派動作下來，江家大公子才匆匆趕來，拱手道：「臣不知殿下駕臨，有失遠迎。」

「府中事務繁忙，江大人費心了。」趙驚鴻自回城後，人前總裝得一副恭敬體恤的模樣，此時虛扶了一把。「聖上如今在病中，卻仍掛念老國公身後事，要本宮親自前來看看。」

江青竹嘴裡直呼不敢，頗得趙驚鴻滿意，她遞了個眼神給婢子。那婢子乖覺，很快從外頭領進一應婦人與侍衛，列隊在前院站開。

「江家仁厚，幫著操持這些事，不過兩府往來，總歸有些照顧不到的地方，這些人幫襯著點，本宮與聖上也好寬心。你們幾個，好生照料著，別讓鎮國公英靈不安。」

僕婦應聲稱是，各自去替了方府下人，往來之前，並無異動。

這是要往府裡頭安插人手了。沈箬暗不作聲地朝江青竹望了一眼，後者果然神色一變，將將要開口推辭，卻被趙驚鴻堵了回來。「江大人放心，這也是聖上的意思，別讓府裡有的人渾水摸魚，到時若是出了什麼岔子，反倒不好了。」

江青竹無話可說，只得低頭謝恩。

「大人這麼想便好了。」趙驚鴻得償所願，也沒了什麼心思挖苦沈箬，輕巧瞥了眼。「宋夫人的香可上完了？本宮還有事，也不與妳閒話了，日後等有機會，再與夫人好好說說話。」

沈箬跟著府中人俯身送行，再一起身，正巧碰上那婢子回身探向靈堂的一眼，似乎在尋找些什麼。目光一接觸，那人鎮定自若地收回眼神，微微頷首，似乎先前一切只是沈箬瞧錯了一般。

趙驚鴻如風般匆匆而來，又匆匆而去，門外長嘶一聲，便不見了蹤影。

沈箬回身與江青竹告辭。「江大人……」

話音未落，便聽得女子哭笑聲由遠及近，腳步聲凌亂，還有簪釵落地發出的清脆聲響。夾著婢子連連驚呼「夫人」，下一瞬，便有個人影重重撞向沈箬。

地上有石子掉落，沈箬後背撞上去的時候，鑽心的疼痛，逼得她落了兩滴淚。還不等她反應，身上的人便抱著她低低哭泣起來，不可分辨的話裡，只依稀聽見幾聲「父親、母親」。

很快地，身上的重負被人挪開，沈箬也被攙扶著從地上站起來，這才看清抱著她的是什麼人。

江青竹摟著自家夫人，手在背後撫過，朝沈箬致歉。「內子陡然失去雙親，得罪夫人。」方楚伏在江青竹懷裡，聳著肩抽泣兩聲。

沈箬不是什麼小肚雞腸的人，也能體諒她如今處境，擺擺手只當無事。「大人言重，夫人身體要緊。」

如此一番小插曲，倒是不曾礙到什麼。婢子扶著不大清醒的方楚往後院走去，沈箬也自然坐回到來時的馬車上，原路返回。

直到後頭哀樂聲漸小，與方府隔了段距離，沈箬才把攥緊的右手從袖中伸出來，靜靜攤開，其中藏了一條甚少人知的布條。

布條被人隨意扯下，邊上的縫線探著頭往外，像是被主人棄置的廢物一般，就這般靜靜臥在沈箬手心。

不枉她來這一遭。

沈箬慢條斯理地解開，女兒家娟秀的筆跡躍然於上，只幾個字些微模糊了，不過不妨礙閱讀。

子時三刻，候夫人一見。

其下還附了長安城地圖，一角細細畫了紅圈，應當就是約定相見的位置。

「姑娘……」

沈箬抬手，截斷元寶的話頭。「我有些不舒服，回府後別讓人打擾我。」

花費這般大的工夫，甚至不惜扮癡也要把布團遞給她，約定秘密相見，怎好辜負方楚費的這一番手段。

她把布團攥回手心，閉目靠著車壁出神。何況方楚特意騙過大長公主的耳目，至少不該是得了那些人授意。

如今已是一無所有，倒不如應她所言去見一見，說不準還有柳暗花明的一日。

天色漸暗，更聲響過幾遍，驚起一陣雀鳥，便到了宵禁時候。

沈箬棄了馬車不用，鮮少地換了暗色衣衫，隱匿在夜色裡朝城南而去。

此處地僻，樹枝掩映著一處破廟，門外殘破的佛像東倒西歪，無人供奉，沒了香火，陡然生出些淒涼來。沈箬膽子不算大，腳下正巧踩過一根樹枝，發出吱呀一聲，呼吸一滯，不自覺捏緊了元寶的手。

夜裡風聲呼嘯而過，猶如百鬼夜哭。她不明白，方楚為何選在此處相見？

待入了殿中，氣氛越發詭譎起來。香爐歪倒一邊，兩邊羅漢高大聳立，猙獰著朝正中望著，叫一切晦暗無所遁形。

「姑娘，走吧。」

沈箬想著新婚那日，宋衡火紅張揚的模樣，突然就不怕了。她把元寶往身後帶了帶，復又往裡走上兩步，對著正中佛像，雙手合十拜過。

正在潛心之時，忽聽得有女子聲音自佛像後頭傳來。「勞夫人相見。」

沈箬抬頭，這才發覺佛像兩旁有小路可通向後頭，低頭經過蛛網，後頭別有一方小天地。

微明燭火裡，方楚身後有團隱隱動著的什物。待到燭火湊近，沈箬這才驚覺，正是不見蹤影的方子荊，被人五花大綁著。

「曾與夫人有一面之緣，貿然相邀，還請夫人見諒。」

方楚臉上神色複雜，俯身點燃方子荊身旁的蠟燭，顯出他如今落魄來。

這一眼，沈箬雖猜不到用意，可也知曉安全得很，只把元寶推去門口守著。

方楚見她如此，苦笑一聲，起身把燭火擱在手邊的蓮臺上。「家中災禍橫生，雙親橫死，如夫人所見，小弟逃竄，被我的人攔在此處。」

鎮國公夫婦之死，外人看來不過是意外，可其中種種，唯有親近之人才知曉。乍聽方楚毫不避諱地說起「橫死」，可見果然有隱情。

沈箬沒有追問詳情，畢竟死者已逝，免得觸及方楚心事，她直截了當問道：「江夫人深夜相邀，所為何事？」

方楚沒有回答，轉而取出方子荊口中的巾帕，讓他無所限制地直言。混亂顛倒的詞句裡，方子荊只重複一件事。

為子不孝，氣死母親，逼死父親。

偌大殿中，只聽得他一人重複唸著這些話，沈箬渾身起了雞皮疙瘩，轉而去看方楚。後者面色不改，臉頰上兩道淚痕肆意縱橫，直到一滴淚落在地面上，她猝不及防地抬起一腳，正中方子荊心窩處。

沈箬從袖中掏出一方隨處可見的繡帕，遞給方楚。「夫人。」

「他沒用。」方楚憤憤，把巾帕復又塞了回去，這才回身對沈箬道：「今日夫人也見到了，大長公主不放心江、方兩家，為的不過是父親留下的兵符。府中尋不到，接下來便是坐實小弟罪名，畢竟他是父親去時唯一見過的人，兵符在他身上太過正常。」

方楚一拂衣袖，畢恭畢敬朝沈箬深深揖了下去。「勞夫人送小弟出城。」

前後態度相去甚多，沈箬一時間沒有反應過來，不過也只一瞬，她慌忙側身去扶方楚。「夫人不必如此，方侍郎平日待人寬厚，若有所需之處，沈箬自不推辭。只是如今侯爺身陷囹圄，盯著的人不少，怕是要想些法子。」

人情、利益，種種計較，方子荊都務必得保下來，只是如何保，還須好好想想。

她的遲疑落在方楚眼裡卻成了畏懼退縮。方楚直起身子，從袖中取出一卷冊子，翻至第一頁，送至沈箬面前。「大理寺如今有了實證，臨江侯身世不詳，革職削爵已是板上釘釘的事，若是餘下數罪並罰，怕是連命都保不住。夫人知曉，江家二公子在大理寺還算說一不二，許多事只要他願意周旋，倒也不算是全無法子。」

「江大人剛直不阿，再者，單是為了白家的事，他也不會出面吧。」沈箬將冊子推了回去，繞過方楚走到方子荊身邊，照往常般喊了他一聲，卻得不到半點反應。

方楚一時大驚。「妳……」

沈箬扶起被方子荊一腳踢倒的燭臺，心裡有了盤算，細聲細氣道：「夫人不必急著動怒，這幾日府中事宜多，免得傷了身子；至於法子，不必求我，江家眼下就有一條最好的路。」

她憶起堂中擺著的那兩具棺槨，為顯示國公一生尊榮，特意選了寬敞高大的楠木棺材。沈箬緩緩走回方楚身邊，壓低聲音在耳邊出謀劃策。「鎮國公出城長眠，即便是盤查，我想也無人有這個膽子開棺。」

方楚眼睛一亮，把人藏在棺中偷運出城，等屆時天黑，再把人救出來，也算是神不知、鬼不覺。只不過，如此一來，必然攪得亡者英靈不安，還要國公夫婦承受破墳之苦。

此法保險，但也太過大膽。

「說句實話，敬畏逝者之人，不只妳我。夫人應當比我明白，如今是什麼情況。」沈箬能想出這個法子，也是因為從前年幼，跟著兄長外出見識過一回。

方楚明白她的意思，卻依舊有些猶豫，半晌才在兩者中抉擇，保住生者為上。

「不過到時候，小侍郎在棺中，還須屏氣凝神，免得出了岔子。」

方楚點頭，神情複雜地望了方子荊一眼，咬牙切齒道：「無事，屆時將他打暈便好。」

兩個人當著方子荊的面，商定了一齣金蟬脫殼，全然不把地上那位當作活人來看。

「夫人見了小弟，竟也不懷疑我方家的事？」方楚此時面色緩和許多，舉著蠟燭與沈箬往外走。「畢竟，連他自己都如此說了。」

沈箬跟在方楚身後，攏著衣袖。「我信不信，其實並不十分重要，我只知道，把他放出去，我夫君便多一分保障。至於這些人命相關的事，日後安穩下來，自然有人追究。倒是想問夫人一句，為何偏偏選了我？」

她嫁入臨江侯府不過數日，和這些高官夫人幾無往來。至於方楚，除卻有過幾面之緣，更說不上什麼交情，她敢把這樣的事全盤托出，倒是讓沈箬好奇理由。

「與妳的理由差不了多少。」方楚停在佛像前，原地跪下。「小弟和臨江侯的交情不淺，我自然信他的眼光。我也信他，斷做不出殺父弒母的事來。」

來時的恐懼已被壓了下去，此刻的佛像在燭火映照下，顯得慈眉善目起來。方楚朝佛像磕了三個頭，算是把自己的胞弟託付給佛祖。

隨即，她很快站了起來，拖著衣裙往外走。沈箬靜靜看著她的動作，臨走之際，回身朝殿中望了一眼，旋即嘆了口氣，跟著一同走到外頭。

方楚遙遙朝著拐角指了指，沈箬這才看清牆根陰影裡藏著個人，此刻抬腿往這裡來。

「臨江侯的事，我會讓夫君想些辦法。」方楚微微頓了頓，望著來人，神色柔和起來。「終歸離經叛道，比大逆不道要好上許多。」

說罷，她同沈箬告別，步下臺階迎入來人懷中，相依相偎著走遠了。

沈箬頓在原地思忖，這離經叛道說的是宋衡，大逆不道自然指的是徐眠和大長公主那一脈。這麼一比，宋衡確實勝過不止一、兩點。看起來江家似乎置身事外，暗地裡倒是站在了宋衡這一邊。

從前朝堂之上紅著眼參奏的人，如今倒是念起宋衡的好來。沈箬瞧著江家大公子摟著妻子不見人影，全程一聲不吭，應當也是知曉方子荊在此處的事，也還算是仁義了。

她扶上元寶的手，按照原路悄然回到府中。房中暗著，卻催生不出半點睡意。沈箬坐在床沿，仰頭望著帳上繫著的香囊，裡頭藏著兩人一縷髮絲，纏成結，意為結髮。

瞧久了，她忽地笑出了聲，心中突然通透起來。日子越來越久，能夠無罪出獄已成了妄想，既是如此，不管如何，只要保住宋衡一條性命，即便是流放，大不了她一路追隨而去。

她還有家財，即便是拿錢砸，也要砸出一條生路來。

沈家財力豐厚，可也架不住對方不收。流水的禮分次往各位官家送去，盡數被人擋了回來，這個關頭，誰也不肯出頭，平白攬事上身。

沈箬瞧著上午才送去柳中書府裡的白玉佛像，此刻又被人原封不動抬了回來，順帶附送中書大人的一句話。

「無功不受祿。」

百官之首尚且龜縮家中不出，似乎先前長跪宣政殿的骨氣從未存在過，更不必提餘下官員各自找藉口。

沈箬吩咐人把玉佛抬去庫房，手微微一擺，玉鐲順勢滑至小臂，越發襯得她消瘦起來。這幾日該去的人家都去了，好心些的偷偷勸她一句，如今徐眠背後靠著胡家，手裡又有禁軍，無人敢為宋衡出頭。

她嘆了口氣，心中堵得厲害，手中還攥著一錠打算賞人的元寶，此刻事辦不成，瞧著此物越發來氣，狠命一擲，正中往裡頭來的玉劍，紅著額角不敢喊痛。

「夫人，大理寺來人，說是可請夫人與公子見上一面。」他話裡是掩不住的喜悅。峰迴路轉，大約正是如此。

沈箬猝不及防，腳下生風地朝外頭走，心中又覺得怪異，她的禮都不曾送出去，莫非是宋衡自己想的法子？

喜悅蓋過這些念頭，她跟著大理寺的人一路而去，行至半途才覺不妥，此路並非往大理寺而去，卻是直奔通化門。她想回身去問玉劍，只見他面色不似尋常，喜色之中分明夾著些愧意。

「你……」

「夫人，到了。」

玉劍搶先跳下馬車，直直朝著城門口的一處茶攤走去。

沈筈在後頭跟著，只是湊近三兩步，便恍然明白過來。茶攤中，她的姪兒陪坐在趙鷩鴻身側，抬手奉茶，面上帶著些笑意，那派溫潤如玉的模樣，恍惚有了些江鏤的意味。

趙驚鴻笑盈盈地接過沈綽遞來的茶，低頭喚他一聲「檀郎」，得來沈綽一句回應，引得她嬌笑一聲。直至沈箬走近，她才意興闌珊地擱下茶盞，挑眉道：「沈箬，聽聞妳這幾日來往奔波，費盡心思，如今連親姪兒都利用上了，委實是鶼鰈情深啊！」

這話諷刺極了，素來便有進獻美人換取富貴，沒想到有一日輪到了自己頭上。沈箬的目光環視一圈，那幾人盡數避了開來，如何還有不明白的？分明是他們瞞著自己，暗自做下了這等「以色侍人」之事，難怪這兩日每每靠近他的院子，薛幼陵總推說他睡下了。

「不過，妳這姪兒甚是討喜，瞧在他的面子上，便如妳所願。」趙驚鴻一抬手，便有鐵鍊拖地的聲音自後而來。「你們夫妻見上一面，便讓他上路吧。」

幾個魁梧的禁衛握著去鞘的彎刀，押著宋衡往這裡來。許是怕他有所行動，手腳皆用小臂粗的鐵鍊鎖住，逼著他垂下手。

沈箬只是瞧見他第一眼，眼中的淚便止不住了。數日未見，牢中度日如年，他清瘦得不成樣，兩頰微微凹陷，只是雙目依舊澄亮，脊背一如往日，挺得筆直。

「殿下，姑姑許是有話要說，可否允他們坐著喝碗茶？」

趙驚鴻被沈綽哄得很是開心，爽快應了。「你既說了，那便喝上一碗吧。」

「謝殿下愛惜。」

沈箬甚至不知自己是如何行至宋衡面前，踩著沈綽的尊嚴完成心中所念，淚眼矇矓與宋衡並肩坐下，頂著眾人的目光，抬手撫上他的臉。好在他不曾受過什麼刑，此刻笑得繾綣，就著鐵鍊握著沈箬的手。

「瘦了些。」宋衡不似階下囚，言語間只是些尋常不過的話。「可別哭鼻子了，我身上沒帶帕子，衣裳也髒，沒法替妳擦眼淚。」

這話像是哄孩童一般，逗得沈箬破涕為笑，把頭埋進宋衡肩頭，掛著濃重的鼻音道：「宋衡，我想你了。」

「我知道。」頸側被髮絲拂過，微微有些發癢，宋衡全然不顧，只是回應著她。「我也是。」

宋衡在她髮間深深吸了一口氣，桂花頭油的味道如記憶中一般無二。身在獄中，除卻與江鏤秘密商議外頭形勢外，更多的便是惦念新婚妻子可還一切安好。

「宋衡，鎮國公去了，子荊丟了……」

外頭大小事宜，多少都有江鏤想法子告知於他，也早有應對之法，此刻無事重過沈箬。他抬手去攬沈箬，鐵鍊發出響亮刺耳的摩擦聲，險些蓋過說話的聲音。「不提這些事，讓我好好抱一抱妳。」

沈箬一怔，卻沒有再說話，靜默著往裡坐了坐，整個人撲在宋衡懷裡。

「今日過後，凡事只須顧著自己，須知柳暗花明，縱使山高路遠，總會有相見之日。」

「什麼？」沈箬沒聽清，開口問道。

趙驚鴻也曾經歷過如此訣別場景，如今卻半點無惻隱之心，側轉身子過來，將判決宣告。「宋衡罪大惡極，屠戮朝廷命官，藐視國威，念其有功於前朝，免其死罪，流放三千里，無詔不得回。」

沈箬大約也猜到了這樣的結局，無人奔走，多的是要他性命的人，能如此已是萬幸。她沒有抬頭，依舊埋在宋衡懷裡。「我陪你去。」

「無名無分，妳跟著去做什麼，有的是好去處。」趙驚鴻從袖中掏出一張紙來，朝沈箬這裡拋來，輕飄飄地落在地上。「沈誠尚在，宋衡族兄亦在，你二人既無父母之命，這門婚事自然是不成的。聖上念在沈家賑濟揚州災民一事上，特意廢除此樁婚事，免去累及沈家，依舊允妳住在永寧坊裡。沈箬，還不謝恩？」

白紙黑字寫得清清楚楚，甚至加蓋聖上璽印。如此幾句話，便作廢了兩個人的婚事。在場之人心中大多明白，聖上如今仍在靜養，這封手書大概也是出自徐眠之手。

宋衡一目十行，粗略看了，諷道：「宋氏一族，二十餘年不曾往來，宋衡與孤兒無異。後得薛大儒教養成人，其恩遠勝親父。我二人婚事有老師與沈家訂立，親手換過生辰帖，供奉祖先，三書六禮不廢，何處有違大昭律法？」

就算他如今革職削爵，說起話來依舊囂張，句句踩著趙驚鴻，半句都不讓她回話。

宋衡親手撕了這紙文書，低頭望著沈箬，旁若無人道：「一路艱險，妳何必跟著我去？

妳替我去揚州看看老師，順便把阿陵送去老師膝下。若是有別處想去，就讓玉筆和玉劍陪著。」

趙驚鴻找不到反駁的話，只得咬著牙將先前做下的安排盡數說出。「揚州何等偏僻，哪有皇城養人？沈家仁厚，又有聖上親賜仁義，最當得起皇商。待此間事了，便該隨本宮入宮謝恩。」

沈家如此一塊肥肉，又值戰事將近，籌措軍備物資需要一大筆錢。如今國庫尚不算充盈，能有個地方拿錢，再好不過。再者，宋衡雖遭流放，可難保途中不會出什麼岔子，把沈箬捏在手裡，才是最保險的法子。

在場之人面色俱是一凜，唯獨宋衡抬手撫了撫沈箬髮髻，替她將絹花扶正，這才慢悠悠道：「沈家尚有沈誠當家做主，便是皇商謝恩，也不該沈箬入宮。」

「此事便不必你操心了，安心去就是。」趙驚鴻深知與他胡攪蠻纏，十個自己也不是對手，宋衡當年舌辯群儒的功力，半點都不曾減退，反倒越發直接刺骨。

日頭高升，通融的時辰已到，該送人上路了。沈箬眼看著人被帶走，手中只餘下鐵鍊的冰涼觸覺。她跟在後頭小跑兩步，趕了上去，從腰間解下隨身帶著的荷包，塞到宋衡手裡。

「你先去，我回去將事了結，便去追你。」

荷包裡只剩下十餘顆粽子糖，是平素應急用的，此時連帶著都給了宋衡。押送之人仔細查過，確認只是糖粒，也不再追究，帶著人出了通化門，再也不見蹤影。

沈箬呆愣愣立在原地，半晌才憶起來，要把沈綽帶離這個是非局裡。她回身在趙驚鴻面前屈膝。「今日多謝殿下開恩，允我夫妻一見，沈箬自當奉上厚禮。小姪不懂事，冒犯殿下，沈箬這便帶他回去，好生管教。」

她伸手去拉沈綽的手，卻被趙驚鴻拍落，耳邊只有一聲譏笑。「沈箬，妳這姪兒可比妳懂事多了。厚禮便免了，沈綽就留在本宮身邊，做個侍奉筆墨的。至於妳，回去好生準備著，不日便會有人帶妳入宮謝恩。」

言罷，也不再理會沈箬，反倒把手搭在沈綽手背上，帶著府兵朝自己馬車走去。臨上車時，復又想起什麼，回身望向沈箬，盡是一眼諷刺。

沈箬呆愣在原地，夫君與姪兒一個往東，一個西行，她卻半點辦法也無，甚至成了旁人拿來掣肘的籌碼。這些日子積攢下來的怨憤終究忍不了，喉口一甜，嘔出一口血來，昏昏沈沈倒在元寶懷裡。

第三十九章

「大人，得罪了。」

夜色四合，宋衡一行行至官道旁的一棵古樹下，此去皇城已有些距離。兩個奉命押解之人，解開他身上的鐵鍊，復又抱拳請罪。

宋衡藉著月色，往裡走了兩步，裡頭有他早先安排的一隊人候著，此刻見了人，轉手將一柄佩劍呈上。

「去守著，明日鎮國公下葬後，想辦法把方侍郎帶出來。」他腳尖一動，一腳踢在兩個黑衣男子身上。這兩個人一路隨行，想也知道是何人派來的。一出皇城便被拿下，此刻被捆著發不出聲響來。宋衡向來狠戾，只不過留著這兩個人尚有些用處。「從這兩人嘴裡套出話來，再給江璆然送過去。」

大理寺拷問手段不過爾爾，套話這種事，還是他做得順手。宋衡握著佩劍，回身折返，朝著梁州方向而去。

這幾日身在獄中，消息卻一點不少地傳了進來。江鏤這個人，雖說有時古板，不過也有古板的好處。一個素來與他不對盤的人，若是與他成了同盟，想來最能騙過上頭那些人。

也正是江鏤，藉審訊之名，將暗度陳倉玩得極好，當著趙驚鴻的面，該做的、不該做的都做了；甚至更不惜設計罪名，讓他以流放之名，潛出長安，號令三軍。

不過鎮國公身死之事，倒是遠在他們意料之外，尤其兵符不見蹤影，不得不讓他們轉變想法。宮中尚有太后與聖上，若貿然率軍闖入，只怕徐眠心狠，做出玉石俱焚的事來。

玉扇一早便守在城外，剛安排人手去鎮國公長眠之地部署，這才轉身追上宋衡。「公子，皆照吩咐辦了。夫人那裡可需要通個氣？」

他如今除了沈箬之外，再無掛念之人。

雖說宮中有些混亂，可早在齊王欲反之時，他便在宮中布下一支禁軍，各自編入不同隊伍，防的就是有朝一日應對驚變。屆時若有大亂，這幾個人自會成隊，護衛聖上周全。

宋衡按了按頭，只覺得沈箬不在身邊，甚是難安下心來。「讓玉劍儘早把人送出來，你去城門接應。」

他從沈箬方才給他的荷包裡，取出一顆粽子糖，由著它含在嘴裡慢慢融化，想著新婚那日，沈箬笑得正歡，方覺得漸漸安心下來。

萬事俱備，只欠東風，眼下只要心上人出來了，城內城外一應聯合，便可了結了此事。

沈箬在床上躺了三兩日，身體堪堪好轉時，宮中來了內侍和婢子十人，宣完冊封皇商的旨意後，半拉著人往宮中去了，隨行只帶著一個元寶。

沈箬迷迷糊糊入了宮，照著那內侍的指點，跪在殿外磕了頭，炎炎烈日之下，險些暈了過去。

還是徐眠從殿中出來，帶著一身涼意，立在沈箬面前，信手拈來幾句假話。「聖上聖體抱恙，有幾句話要臣轉達。時運不濟，今上纏綿病榻，無力侍奉太后，致太后憂思過甚。今念沈氏善解語，特命之往太后殿中一敘，稍解愁緒。」

說得好聽，不過是假借此種名義，將她長留宮中以作脅迫之用罷了。

徐眠說完，輕輕撫掌，朝身後垂首的婢子喊了句。「吟舟，妳陪沈姑娘去吧。」

吟舟？是韓吟舟？

她不是死在獄中，如今都該化作一具枯骨了？

沈箬恍惚抬頭，在灼目的白光裡，瞧著那位納四時色彩的女子朝自己走來，眼下紅痣一如往昔，笑著喊自己。「阿箬，許久未見，我陪妳過去。」

青天白日斷然不可能見鬼，沈箬下意識跌坐在地，冷汗冒了兩回，才顫著聲勉強開口。「竟然是妳？」

韓吟舟吩咐人架起沈箬，循著樹蔭朝太液池旁去。一路依水，不算太過酷熱難捱，只是沈箬對她的「死而復生」心有戚戚，推開宮婢的手，寧願走在烈日下，也不願太過挨近池水，生怕一個不留神，便被人推入池中餵魚。

奈何她的小心思大約是被看穿，韓吟舟覷了太液池一眼，嬌笑一聲。「阿箬，妳也太過膽小了些，如今還要靠妳制約宋衡，我還捨不得拿妳餵魚。」

說罷，便從宮人手中取過魚食，揚手撒了一把入水，引得魚群逐食，很是熱鬧。

沈箬卻平白打了個寒顫。「為何是妳？」

不知前因，只知後果，半天也只憋出這麼一句話。

「妳記不記得，妳我曾有一年同去廟宇，求得籤作何解？我命中富貴，是個遇難成祥的命。」

沈箬忽然記起，那是個招搖撞騙的假和尚，嘴裡顛三倒四說些有的沒的，指著沈箬說是鳳凰。這個理由糊弄孩童都嫌不夠，她韓吟舟可從不信這些。

韓吟舟瞇了瞇眼，走近沈箬，道：「騙妳的。宋衡這個人，治下太嚴，都快沒了人性。看著我的那個人，年過三十，就因為宋衡的緣故，斷了條腿，娶不上媳婦，偏生又是個色中餓鬼。我就那麼同他睡上一覺，也就捨不得我死了，命都不要地把我撈了出來……」

「夠了！」

「夠什麼？」韓吟舟伸手把沈箬捂住耳朵的手輕輕拿下，特意湊近了道：「這可半點都不虧，我跟過那麼多人，唯獨這一回，救了一條命，再值當不過。」

沈箬被迫聽完了這些，僵著一張臉，不知該如何應對。

韓吟舟見她如此臉色，不再繼續說下去，只是感嘆一句。「阿箬，妳兄嫂將妳護得太好，妳我終歸是不同的。」

說罷，便領著人改道去了蓬萊殿，不曾覲見太后，便將沈箬安置在偏殿。沈箬跪坐在案前，盯著黑白兩色棋子，咧嘴苦笑一聲。

她又何嘗不是一枚棋子，身陷棋局，又該如何自救。

好在雖是棋子，韓吟舟倒沒有太過限制她的行動，許是想著，她也做不出什麼翻天覆地的事，只是吩咐人隨身跟著。

沈箬一時間與宮外斷了聯繫，像極了籠中雀。

次日一早，太后宣召，命她前往太液池作陪，沈箬奉命前往。

還未走近，便聽得孩童哭啼聲，其聲洪亮，夾著趙驚鴻的說話聲。「這孩子本宮瞧著便歡喜，眉目與父皇頗似，日後必成大業。」

「皇帝病重，也輪不到一個來歷不明的野種。驚鴻，妳皇兄可從不曾虧待於妳。」

沈箬不敢出聲打擾，只是靜靜聽著姑嫂兩人鬥嘴。

趙驚鴻也不惱，笑道：「皇嫂，這來歷自然是明的。翮兒如今那副樣子，下頭又沒有一兒半女，難道真要趙氏江山旁落？只要皇嫂點點頭，自然就名正言順了。說來，這孩子還沒有姓名，今日不如請皇嫂起了，也算他的福氣。」

太后這些年養尊處優慣了，還沒有被人如此搶白過，語氣一時不好起來。「福氣？他也配？趙驚鴻，妳可記得，妳也姓趙，日後如何有顏面去見妳父兄？」

「皇兄不顧本宮意願，做出那種卑劣之事，可曾有一日後悔？」趙驚鴻把孩子遞給身邊宮人，隨意說起來。「何況如今也是無法之法，到底是趙家的子孫。依著皇嫂的意思，是要太昭改姓？讓本宮想想，改什麼好呢？嘖，不妨改姓宋，皇嫂覺得如何？只不過那時，您終歸是太皇太后，做不了中宮主位，連一宮寵妃都搆不上。」

「孽障！」太后動了大怒，揚手朝趙驚鴻臉上打去，正巧被人半道截下，只得憤憤瞪著。「如何敢這般誣衊哀家！」

趙驚鴻掩唇輕笑，從凳上起身。「皇嫂做得，如何說不得？那日送了宋夫人一杯酒，回來卻氣得嘔血，太后娘娘許是忘記了。」她突然朝沈箬這個方向喊了聲。「宋夫人，可還記得？」

沈箬避無可避，從樹蔭後頭走了出來，行至兩位貴人面前行禮，暗不作聲諷刺趙驚鴻道：「太后娘娘厚待民婦，並無殿下所言之事。殿下許是見識多了，這才以為太后娘娘亦是如此行事。」

妳趙驚鴻行事荒唐，便覺世人皆是如此。沈箬並非偏幫太后，只是見不得趙驚鴻好過，暗裡指責她兩句，討個嘴上便宜罷了。

趙驚鴻自然聽出了話外之意，也不甚在意，搖了搖手中團扇，慢悠悠道：「妳愛如何說便如何說吧，本宮做得，便不怕你們說。」

天氣悶熱，即使臨近太液池，也涼爽不到哪裡去，一邊嬰兒被熱得哭鬧不止，趙驚鴻也無暇多言。「皇嫂不肯便不肯吧，只不過日後日子難過了，別怪本宮沒給過機會。」

太后別開臉去，連哼氣都覺得多餘，直到趙驚鴻漸遠，這才扭過頭來，不偏不倚對上沈箬。「當初便該一盞酒了結了妳，何來今日這般多事。」

「若是如此，今日便無人陪著娘娘了。」同為繩上螞蚱，何人又比何人好呢？「不知太后召見，所為何事？」

太后覷了她一眼。「皇帝病重，妳隨哀家過去瞧瞧。」

傳言聖上病重，時有咳血，連朝都上不得，一應太醫皆是手足無措。沈箬也是從方子荊口中聽聞這些，卻不知具體如何。眼下太后有意召她同往，自然是前去應證的最好時機。只是徐眠如此防著，連透出去的消息都遮遮掩掩，當真會如此輕易地允她們入內探視？然至太和殿外，這些顧慮便盡數消散。徐眠不知去往何處，殿前看守的婢子，只是上前搜了沈箬的身，便悄然放行。

太后搭著她的手，做出一副親暱的舉動來，藉著低頭耳語的工夫，說了些話。「皇帝病後，便被挪來此處，精神常有不濟。」

殿中燃了香，似乎想掩蓋什麼氣味。沈箬在白煙裡朝龍榻行去，只見原先意氣風發的少年，如今死氣沈沈地臥在榻上，眼皮半搭著，恍惚還能認出人來。

「母后。」

太后旋身坐下，如尋常母子一般，替他換帕試溫。「今日可好些了？」

趙翮扯扯嘴角，連個弧度都撐不起來，微微側首看著沈箬。「這是哪家的姑娘，瞧著有些眼熟。」

人在病中，眼力自然不敵從前好，沈箬特意跪得近了些。「民婦沈箬參見皇上。」

「宋衡的夫人，我記得妳。」趙翮朝她招招手。「他雖做出那樣的事來，終歸還有些授書之誼。此物是他心愛之物，朕不知如何處置，如今歸還於妳，也算是徹底了斷此間恩怨。」

遞到沈箬手裡的是一枚翠玉扳指，上頭有一道裂紋，瞧著甚是不祥。沈箬接了過來，身邊便有婢子竊竊私語，很快退出去回稟徐眠。

趙翮一時說了太多話，此刻猛地咳嗽起來，血絲順著唇角滑落，灌了一口參湯才漸緩過來，無力地擺擺手道：「母后，朕乏了。」

倒比預想得好些，至少趙翮如今精神尚佳，認得清人，記得起事，也說得明白話。沈箬行至殿外，無意間攤手瞧了眼掌心的扳指，總覺得趙翮此舉，似乎別有用意。區區扳指，何至於不知如何處置的地步，非要交到她的手裡？

她正瞧得出神，乍見徐眠匆匆趕來，攔了去路。「聖上病重，恐過了病氣給太后。」話是如此說著，眼神卻牢牢盯著沈箬手中的扳指，唯恐兩頭通氣，不動聲色傳消息出去。大業在即，一絲一毫都差不得。徐眠皺眉，若是諸事順利，明日便能成事，只是開駐城外的三軍依舊是個麻煩，也不知兵符在何處。

沈箬特意攤著手，由他打量。「聖上厭棄舊臣，連帶此物一併厭了。玉上有痕，是為不祥，難怪聖上不喜。」

徐眠收回目光，輕笑一聲。「以金石包裹即可，不過既然歸還姑娘，還由姑娘做主。」

「縱得天下巧匠成物，也不過金鑲玉，如何能與完璧相比，不過是自欺欺人罷了。」沈箬收回扳指。「大人覺得呢？」

「總歸好過支離破碎。」徐眠拱手，讓出一條道來。「臣恭送太后。」

日頭下奔波許久，又與人前後對峙，沈箬滿身是汗地回到蓬萊殿，招來婢子打水洗臉，這才坐回到案前，費心鑽研這枚扳指。

她拿筆拓下裂縫，不過是天然而成的紋路，不成比劃，更不成字，直直一道。可若是要她信任此舉為無意所為，倒不如說是她不算聰慧，解不出其中奧秘。

就著燭火潛心鑽研，外頭蟬鳴不止，聽著著實鬧心。沈箬瞧得頭疼，眼前也暗了許多，忽聽得挨近竹林處的窗子，傳來三聲敲擊。

她舉著燭火，湊近窗子，便聽得有男子聲音傳來。「屬下奉命保護姑娘，請姑娘不必憂心，屬下必當護姑娘周全。」

奉命？

沈箬直覺此人許是破局關鍵，好在殿中的婢子被她遣去門口守著，無人盯梢。她低頭望了望手中的燭火，特意攏著走了兩圈，這才停在榻邊，一氣吹熄燭火，抹黑湊到窗邊。

「奉何人之名？」她壓低聲音，隔著窗子與外頭的人對話。

男子見屋中燭火熄滅，方安下心來道：「屬下奉臨江侯之命，誓死護衛扳指主人。」

竟是宋衡。

沈箬恍然大悟，為何偏要送一枚破碎的扳指，不過是因為殘破之物，不會招來旁人賊心，而偏生又是一枚翠玉扳指，也算襯得起身分，不至於讓人生疑。

可是趙翮把此物給了她，不管他知不知曉，沈箬都不可能心安理得地受了。

「我不必你護著，無論如何，都要護住聖上。」她靠在窗上，這是宋衡留給趙翮的唯一生路了，也是給大昭留的一條後路。「既是宋衡之人，便該聽命於我，無論如何都要護住聖上。」

男子猶疑，昔年受命之時，只說護衛玉扳指主人，故而他們這些年隱在宮苑之中，認了聖上為主。可今日聖上親手將扳指送了出去，按照命令，自然是要護衛這位了。

沈箬見他遲遲沒有答應，一時有些心急。「我是宋衡的夫人，如何還驅使不動你？」

「侯爺舊命，不可違抗。」

外頭忽然亮了起來，男子匆匆丟下一句話，閃身離去。

沈箬叫不住他，又聽得外頭婢子躁動起來，幾步坐回到榻邊，裝作初初轉醒的模樣，喚道：「出何事了？」

「姑娘，似乎是前朝出了些事，您安心睡下就是。」

果然，只躁動片刻，外頭復又靜了下來。沈箬知曉玉扳指的重要，捏著它和衣而眠，唯恐丟了這最後一個機會。

第二日晨起，天色微明，稱病休養的朝臣，難得齊聚一堂，各懷心思。不過其中想得最多的，大約也是迫於無奈。昨日內侍至各府，除卻送去一份禮外，還附送徐眠的意思，告老還鄉，抑或是上朝，二者擇其一。

如此一來，突如其來的病盡數好了，若載入史冊中，當為後世稱讚杏林奇蹟。

徐眠手一揮，便有內侍上前宣讀一早擬定的旨意。「朕重病，恐大限將至，然心憂大昭社稷後繼無人，幸得先帝曾有一脈流傳於世，如今身世昭明，特以叔姪為父子，是為太子。今有股肱徐眠，以為輔政。」

所謂身世，不過是他如何說，便如何寫。廷下有人察覺出不妥來，直言道：「聖上清明，何來旁嗣？若有污皇家血脈，如何擔此重罪？」

「大長公主曾得先帝託付，多有關照太子，亦有金絲襁褓為證。」徐眠出言。「張大人此言，多有誹謗之嫌，杖十。」

大事在即，他早已耐不住心思，今日招來群臣，不過就是想瞧瞧其中哪些人食古不化，一併了結。這位張大人，便是拿來殺雞儆猴。

「還有何人有異議？」

眾人緘默，恐他手中禁軍，文人風骨到了如今，也是無用。殿外傳來淒厲的喊聲，越發襯得殿中靜默。徐眠甚是滿意，正要開口，忽聽有一人朗聲開口。

「臣有本奏。」

他一抬眼，江鏤不知何時站到人群外，呈上奏本，昂首道：「臣江鏤，參奏徐眠倒行逆施，忤逆罔上，草菅人命。」

「拖下去。」

只是此番，必不會讓他如願。來人上前拖人，卻被兩個孔武有力的朝官攔下，硬闢出塊空來，任由江鏤言說。

徐眠定睛看去，那兩人曾是宋衡舊部，一心效忠宋衡，此刻倒是偏幫著江鏤。

「聖上病重，徐眠多有阻攔，臣等無一人面見聖上，此番託孤之言，更不知其真假，此為其一。

「徐胡氏身亡，隨身除卻沈氏巾帕，手中攥有金珠，與徐眠腰帶之上同為一物。」

胡御史偏幫女婿，只因女兒愛屋及烏，甚至將他當作親子看待。如今聽聞江鏤如此說來，恍然不知真相，只是顫著手追問徐眠。「他說的可是真的？」

徐眠不理會他，反倒步下臺階，對江鏤道：「江大人可真是天真，這些罪是與不是，如今還重要嗎？」

「徐眠，你既已認罪，便該乖乖伏法。」江鏤忽地抬頭，望向徐眠。「天理昭昭。」

徐眠陡然笑了起來，似乎很是瞧不起他這般以卵擊石。「江鏤，你大理寺便是如此斷案的？人證、物證，你有什麼？你如今憑什麼拿我？」

江鏤也跟著笑起來。「徐眠，無人能一手遮天，即便是從前的宋衡都做不到，更不必提你。」

第四十章

「宋衡妄圖顛倒朝廷，我與他自然是比不得。」徐眠一早便有準備，防著這些刺頭，手一揮，早有大批禁軍圍了上來。「江鏤欲與宋衡為伍，一併帶下去！」

雙拳難敵四手，何況朝上不得佩劍，江鏤被兩位大人一前一後護著，縱使被帶著連身形都不穩，反倒拔高了聲音，怒斥徐眠。

殿中登時亂做一團，胡御史一家吵著要徐眠給一個交代，柳中書倚在盤龍柱邊哭天搶地，更不必提餘下眾臣，各自四散做壁上觀。

禁軍雖有令，卻也不敢當真下死手，推搡間也堵不住文人一張嘴。徐眠著實頭疼，幾步上前，隨手抽來一把刀，錚錚兩聲後，旋即便落在江鏤頸側，駭得一時靜默下來。

「江大人，性命要緊啊！」

江鏤口中的聲音頓了頓，觸及頸側冰涼，忽地抬頭望向徐眠，復又朗聲道：「凡有忤逆者，論罪當誅！徐眠有負皇恩，罪大惡極！」

「你！」徐眠瞪紅了眼，高舉彎刀，就算血濺朝堂也不在意。

就在這時，自殿外飛來一枝羽箭，擦過江鏤髮頂，正中徐眠右眼。兵刃落地，徐眠吃痛退開兩步，聲嘶力竭地喊人動手。

禁軍不明所以，持刀回身，只見本該流放的宋衡持弓而來，身後不過了了十餘人。

徐眠拿僅剩的一隻眼瞧清楚，放肆笑了起來。「不過區區十人，何必平白送命！」

宋衡沒有說話，只是緩步行至江鏤身邊，輕笑一聲。「多謝你了。」

而後，便從身後取出第二枝羽箭，滿拉弓把，對準徐眠右肩位置，忽地鬆手，將原本掙扎著起身的人牢牢釘在原地。

徐眠滿面血污，拿一隻獨眼瞪著宋衡。雖不知他如何在禁軍眼皮底下潛入，不過實力懸殊，成敗還未可知。

事實卻並非如他預想一般，幾個膽大的禁軍揮刀上前，被幾招卸了力，各自捂著心肺躺倒地上，猝不及防一瞥，才見殿外人頭攢動，武器盔甲，皆為軍中所用。

「不可能！昨夜三軍開拔，怎麼可能會在此處！」勝算已無，徐眠兀自不信，一味拔高聲音，似是在掩蓋心中畏懼。「你沒有兵符，妄動三軍，此為叛國！」

宋衡總覺得他甚是愚笨，也不知先前那些掣肘他的法子是如何來的，嘆了口氣，要他死也死得明白。「三軍若是不開拔，你哪來的膽子做這些事？再者，你亦無兵符，如何調動三軍遠戍？」

今日之事，屬實萬幸。鎮國公死後，兵符不見蹤影，宋衡本以為是場惡戰，誰料救下方子荊，三軍陣中皆以其馬首是瞻。細問之下才知，鎮國公曾密令軍中，若有一日他身故，方子荊可免兵符而號令三軍。

只是這些事不必說得太過詳盡。

徐眠心有不甘，癲狂不似常人，被人拖下去的時候格格笑著，只留下一道長長的血痕。眾人莫敢言語，只是覺得風向變得如此之快，恐怕宋衡又要得勢。幾個膽子小的，想著從前拒沈箬於門外，為討徐眠歡心，更是不惜出言羞辱，此刻生怕宋衡挾私報復，撲通一聲跪倒在地。

宋衡應聲掃了一眼，嗤笑一聲。眼下他念著沈箬他們，留了人在此處善後，一掀衣袍朝殿外走去。

不過行了兩步，忽見蓬萊殿的方向火光沖天，濃煙滾滾，宋衡心頭不安，提氣朝那頭奔去。

殿外有濃煙往裡頭飄來，沈箬被綁在椅子上，被嗆得涕泗橫流。韓吟舟端坐在面前，擺了棋局，左右手各執黑白子，獨自一人玩得正歡。

直到殿前帷幔燃起，她才悠悠開口。「阿箬，妳瞧這白日焰火，可還好看？」

沈箬沒有開口，只覺得眼前之人所思所為皆非常人，面目也越發可憎起來，像極了傳言中的地府惡鬼。

黑子堵住白子氣口，順勢將局勢大轉，韓吟舟似乎很是開懷，復又道：「沈綽此刻應當是已經到趙噕身邊了。妳說說，妳何必把那好東西給他，如今自己怕是要沒命。」

手邊還擺著幾瓣殘破的玉料，看著成色與那日的玉扳指很是相像。沈箬慶幸，好在早一步將扳指送到沈綽懷裡，如今應當到了聖上身邊。

方才沈綽懷抱稚子跌跌撞撞奔來，滿身是血，若是她當時多問一句，恐怕眼下也要同她一道任人魚肉了。

「阿箬，妳怎麼不說話？」韓吟舟思忖良久，又落下一枚白子，盤活整局棋。「宋衡還要些工夫才能過來呢。」

大火越發旺盛，比之花燈那場更為盛大，火舌朝裡捲來，熱氣蒸騰得腦子有些發脹，雙目也被案上一把匕首刺得生疼。

凶多吉少。

她腦中閃過這個念頭，最初的驚懼已然消退，如今唯有許多眷戀，既巴望著再見宋衡一面，又恐他直面死別，倒不如化作枯骨，倒還好些。

沈箬抬眼，既已準備慷慨赴死，倒不如把許多不解之事問個明白。「這一切都是妳算計好的，連同宋衡入獄，是不是？」

「他當真是被我算計入獄的嗎？那些事也是他曾做過的，若非宋衡刻意放出些東西來，我如何有本事算計他？不過是聰明反被聰明誤罷了。」一局終了，到底還是白子占了上風，韓吟舟手裡攥著一枚黑子，眉梢盡是風情。「我是算計了些事，不過到底人心隔肚皮，出了這些紕漏，才至今日這步。」

她步步挨近沈箬，挑起她的下巴，挑眉道：「尤其是趙驚鴻這個沒腦子的東西，一顆心只撲在男人身上，臨死還要替沈綽擋劍，還以為自己是個什麼情深義重之人。若非她，宋衡何來流放，早該人頭落地了。」

難怪沈綽來時，滿身是血，卻不見傷口，原來沾染的是趙驚鴻的血。沈箬默唸了一聲多謝，啞著聲音問：「是妳做的？為何？為何？」

「為何？妳姪兒屬實有本事，哄得趙驚鴻將來龍去脈如實告知，我不殺他，如何成事？」韓吟舟笑了一聲。「不過如今也成不了什麼事了。」

沈箬正欲追問是何等來龍去脈逼得她下此毒手，又聽韓吟舟繼續道來。

「我知道妳想問什麼，不就是那小野種的身世？趙祈天性風流，到處拈花惹草，偏偏又不曉得把尾巴擦乾淨。從幽州一路而來，還真有個女人抱著孩子一路相隨。我想著奇貨可居，養在外面的，如今還真有用。

「小野種總歸比趙祈要好操控許多，所以順水推舟，就當是送個人情給宋衡。」

沈箬突然明白過來，難怪此前韓吟舟暗地裡傳信給他們，為的就是藉宋衡之手除去趙祈，她也好就此解脫。

並非偏幫，而是利益當先。

大火吞沒了殿門口的柱子，張揚著朝裡來，偏偏殿中兩個人不甚在意，談得盡興。沈箬很好奇，何種原由驅使得她如此作為，故而一問。「齊王世子認妳為義妹，想來待妳應當還算不錯，如何勞妳這般？」

「何為不錯？他不過是看中我的臉，以色拉攏，恰如南詔大巫，滿身惡瘡，這便是待我不薄。」韓吟舟語氣稀鬆平常，似乎所說的不過是旁人經歷，與她無關。「齊王世子義妹，說出去威風，實則又如何？他們兄妹二人何曾拿我當人過？我如此待他們再正常不過。」

說話間，大火已直奔殿中而來，沈箬幾乎被嗆得睜不開眼，吸了兩口濃煙，趴在一邊大口咳嗽。

韓吟舟反手握起案上的匕首，割斷縛著沈箬的布條，帶著她往更深處走。「趙如意那時也是如此，吸了兩口煙，便要死要活，給了她一條帷幔，還以為我當真肯救她，乖乖照著我布下的局去了。」

果不其然，趙如意亦是死在她手裡。沈箬手臂上還搭著那雙沾滿鮮血的手，此刻突然覺得噁心起來，劇烈抖動兩下，引來韓吟舟的不屑。「怎麼？怕了？宋衡手裡的人命可比我多，他握著妳，妳倒是一點都不覺得反感。」

「不一樣，你們不一樣！」沈箬掙扎著想脫身，韓吟舟如她所願，放開了手，只是外頭火光封路，哪裡還有地方可去？她被熱浪擋了回來，只依稀聽得外頭似乎有人來救火，幾盆水潑了上來，只發出滋滋的聲音，便沒了後續。

沈箬退後兩步，後背突然被什麼東西抵住，只聽得韓吟舟的聲音自後傳來。「有什麼不一樣？阿箬，此番是我輸了，未曾算計準人心，左右宋衡也不會留我，不如，妳陪我同往地獄。」

想來抵著她後背的，應當就是韓吟舟手中那一把短匕。沈箬瞪大了眼，不敢有什麼大動作，心裡暗自悔恨，未曾聽從薛大儒的話，小心提防韓吟舟。

「阿箬，想什麼呢？讓我猜一猜，妳是不是在罵我？瘋子、傻子，抑或是魔鬼？何必只是藏在心底，說出來啊！」

韓吟舟瘋魔般笑了起來，在火中更是淒厲。

「阿箬啊，倒不妨再同妳多說一些。我嫁的那個人，也是死在這柄匕首上。」她突然止了笑，似在回憶什麼往事，忽然又將手撫上小腹。「他不肯予我所想要的生活，那也只能去死了，他死後，我把腹中孩子陪葬。」

沈箬再也忍不住，一口嘔了出來。這些日子不知，原來竟是與這種惡鬼為伍。她正俯身吐著，韓吟舟忽地擒住她的手臂，迫使她與自己對視。「怎麼？覺得噁心？若非我棋差一招，如今妳便該俯身敬我一聲韓大人，如何輪得著妳如此惺惺作態？」

沈箬只覺得她屬實瘋魔得不像樣，連看一眼都不願意，硬生生閉著眼。只是耳邊聲音未止，一字一句清楚傳來。「此番是我輸了，未曾算計人心。他宋衡勝了又如何，我偏要他只得妳一抔白骨，抱憾終身。」

「人心從來都不是算計之物……」這一番折騰下來，沈箬已沒了力氣，慢慢癱坐在地上。「就算我死了又如何？世間惦念我者眾，將來史書上還能有一筆大義。可妳呢？連祭妳的人都不曾有。韓吟舟，我是生意人，向來算得精細，拿我換妳一個，不虧。」

「大義又如何？不過都是一場空，我不必旁人祭我，青史留名與遺臭萬年，我不在乎！」

殿外忽然起了大動靜，似乎有人欲往裡闖，四下響起說話聲，依稀間可聽到什麼「侯爺」、「大人」。沈箬卻只覺得頭腦發脹，管不了外面什麼情形，掙扎著問了最後一句話。「韓吟舟，妳到底圖什麼？」

「盛世之下，女子卻不可為官，何其不公？」韓吟舟到底是個女子，身體康健雖勝過沈箬，可多吸上幾口濃煙，也漸漸沒了力氣，匕首落地，她也一同跌坐在地。「我偏要做天下第一，封侯拜相，女子為何做不得？」

大昭雖開明，可女子地位到底不如男子，連沈箬這般拋頭露臉做生意，都要被人指責，更不必提為官一說。沈箬小聲道：「女子為官，從未有過……」

「從未有過，並非此生不存。我文治不輸男子，所做文章可為狀元之才……」

話至最後，已幾無聲響，沈箬勉強湊近，只聽得「不服」兩個字。

不服又如何？即便是宋衡，身為男子，有意改弦更張，都要受那些老臣指摘，舉步維艱。韓吟舟區區數月，便想就此革去舊制，豈非癡人說夢？

沈箬搖了搖頭，沒有再說什麼，只是眼睜睜看著韓吟舟舉起短匕，用盡最後一絲力氣朝自己撲來。

她合上雙目。

「妳去死吧！」

短匕刺破胸口的痛覺遲遲未來，反倒眼上被縛了黑布，撞進一個溫暖的懷抱裡，耳邊有熟悉的聲音傳來。「別怕，我在，我帶妳出去。」

在記憶裡，宋衡對她說過數次別怕，每一回，都讓她死裡逃生。

沈箬眼前一片漆黑，只聽得一聲女子痛呼，便被人打橫抱起，小心翼翼地護在懷裡。

「宋衡……」久違的害怕和委屈突然席捲而來，她伸手攥著宋衡的衣襟，抽噎起來。

「我害怕，我真的害怕……」

背後有橫梁墜落，宋衡硬生生受了，兩步穩住身形，細聲細氣地哄著她。「把眼睛閉上，我們回家了。」

殿中已被大火侵蝕，他生生闢出的路如今早已不見，四下躲著岌岌可危的梁柱，身上早已帶了不少傷。好在臨來時，玉扇朝他身上潑了水，此刻還勉強能走幾步。

「聖上沒事了，都沒事了。是我來得遲了，讓妳受這些苦，卿卿，我來接妳回家。」宋衡一步一步走得穩當，手卻不自覺微微顫抖，他害怕沈箬就此睡過去，不住地說話。「卿卿，我們去杭州、去揚州，去看十里風荷。

「什麼十年之約，都隨它去吧，我想好好活著，和妳一起。

「卿卿……」

活著。

我也想活著，我得活著。

沈箬猛地吐出一口氣，隱約間聽到宋衡在喊她的小名，要與她同看人世繁華。

「宋衡。」她把頭埋進宋衡懷裡，感受到周遭熱意，知曉如今還身在火場。「我不睡了，你小心一些，抱我回家。」

不能讓他再說話了，分神不說，還容易亂了陣腳。沈箬憋著一口氣，手裡緊緊攥著他的衣襟，刀山火海，她也要陪著他一起闖過去。

外頭不知裡面情形，只得提水一桶一桶澆著，為一條生路而努力。

宋衡又一次被大火逼了回來，一個閃身避開懸梁，卻被徹底隔絕在了死角。他把沈箬放下，解下外衣裹住她，確保不會露出一絲一毫，復又把人摟到懷裡。

「卿卿，屏住氣，別被嗆著了。」

沈箬點點頭，便覺得耳邊突然有了風，應當是宋衡無法，只能硬闖。熱浪接二連三襲來，宋衡的喘息聲越發明顯，腳步卻不停。

沈箬沒有出言阻攔，身在火場，早一刻脫身便多一分生機，宋衡想做什麼，自然有他的決斷。

自己終歸是信他的。

果不其然，不過一眨眼的工夫，便覺得周身不再灼熱難耐，迎面便是一盆水兜頭潑來。

直看到宋衡身著中衣，右臂、肩上一片模糊，眾人這才反應過來，爭搶著上前扶人。

「卿卿，我們出來了。」

沈箬聞言，只想扯出個笑來回應他，卻著實抵不過睏意，沈沈睡了過去。

待她醒轉過來，已是三日後。

身邊婢子驚呼。「夫人醒了、夫人醒了！」婢子並非她慣用的元寶和銅錢。

屏風外頭窸窣聲響過，很快便有人繞往此處來。沈箬眼上仍覆有布條，直到來人近了，把手伸了過來，熟悉的味道才讓她意識到，眼前的人是宋衡。

宋衡解下她眼上的布條，動作輕柔地替她上藥，這才又取了新的，重新繫好。

「卿卿，妳的眼睛被熏著了，得過上幾日才好。」宋衡把她扶了起來，又端藥來餵。

「太醫說妳不便移動，我陪著妳在宮裡住幾日。等妳好了，我們便回府裡去。」

原來是在宮裡。沈箬小口小口抿著藥，只覺得太過苦了些，眉頭皺得緊，扯了扯宋衡的衣袖撒嬌，引得那婢子輕笑了聲。

宋衡倒是沒有說什麼，只是下一刻送來的，並非湯藥，而是一粒甘甜的粽子糖。

沈箬含著糖，問道：「韓吟舟呢？」

「死了，我親手了結的。」

「那個小皇子，是趙祈的孩子。」沈箬急著把所知吐露出來，啞著嗓子讓人心疼。「還有徐眠抓住了嗎？聖上和太后如何？」

宋衡抬手，輕輕在她頭上撫過。「擒賊、安邦、治國，都定了。徐眠一應招認，鎮國公夫婦之死、胡弄雲之死，皆由其與韓吟舟合謀。子荊經此一事，領命遠戍邊關，迎擊突厥。」

「那趙祈呢？」

「在我手中，如今做個人質，防著齊王將幽州拱手相讓。」宋衡將這些事簡單說了，才又繼續餵藥。「夫人憂心國事，實乃奇女子也，為夫屬實自愧不如。」

兩人成婚不過十數日，還不曾在外人面前如此稱呼。沈箬推了推他的手，面上浮起了紅暈。

那婢子只當不曾聽見，照舊端藥遞物，心裡卻想著臨江侯愛妻如此，那位杜尚書的寵妻名頭，怕是要換人了。

「等我手中的事一了，我們便去江南走一走，去見見兄嫂，再給老師磕個頭。」宋衡眼中已無寒色，滿目皆是春意，全然不顧外頭批到一半的奏摺。「還要讓兄長準備些聘禮，去同老師提親。」

「聘禮？」沈箬臉上浮出喜色。「是綽兒和阿陵？」

宋衡放下藥碗，回身摟著她睡下。「嗯，難得他們歡喜。來年春闈，沈綽求得一官半職，金榜題名，洞房花燭，屬實再好不過。」

此番大難後，他雷厲風行地調換官員，拔除那些忝居高位的世家子弟，逐日推行新政。頭一條便是廢除舊制中的「身有疾不可出仕」，廣納天下良才。

而御史臺那些官員，初時尚有話說，在徐眠攀咬出一份往來關係後，各個緘默不語，算是應了這些舉動。

沈箬躺在榻上，突然想起一事。「你叫我卿卿？」

「嗯，沈禎卿。」宋衡轉過頭，很是自然地在她唇畔落下一吻，語氣旖旎。「卿卿、卿卿、卿卿……」

在榻上躺了半個月，方得太醫允准，可下榻行走。沈箬被宋衡牢牢捂在殿內，誰來都不讓見，連太后都被擋了回去。

這回可以見人的消息一傳出，便有人巴望著見上一面，也好和臨江侯攀些關係。奈何他們在侯府門前等了大半日，伸長脖子也等不到人，反倒盼來一個消息。

——臨江侯攜妻同遊江南，歸期未定。

馬車轆轆出了城，沈箬倚在宋衡身上，慵懶地打了個呵欠。「我們這回去幾日？十日？半月？」

宋衡手中雕著一方印章，「沈」字只差一筆，此刻擱下刻刀，笑盈盈地望著沈箬。「左右有江璆然在，一切只看妳高興。」

「那倒是甚好，到時讓你嚐嚐沈府裡的點心，怕是你都不願意回來。」

杭州風景明麗，十里荷塘裡，常有一男一女攜手而往，於荷塘之畔鋪紙作畫，自與景成畫，引得遊人競相仿效。

宋衡落筆，成就畫中雙人相依。他只悔一件事，未曾早早將沈箬納入羽翼之下，平白蹉跎時日。

畫旁提了一行字：春色常在，卿與吾同。

——全書完

2021年1月出版

安太座

文創風 914～915

眾人皆知過年安太歲為的是祈求來年平安、事事順利，
殊不知，安太座對一個男人來說，重要性可是不相上下的，
這部分，她就不得不稱讚一下自己的夫君了，
畢竟他可是把整個人都給了她，娘子說的話對他而言那就是聖旨，
因此即便他對經商一竅不通，是世人眼中的敗家子，那又如何？

芙蓉不及美人妝，水殿風來珠翠香／月小檀

棠槿嫿已經快兩天沒有吃過東西了，此前她何曾遭受過這種罪？
好不容易夫君得了個饅頭給她，結果她卻因狼吞虎嚥，活活給噎死了 ?!
死前一刻，腦中唯一的想法便是，她絕對不要再嫁給這不可靠的傢伙！
豈料上天雖然再給了她一次機會，但她只重生回到幾個月前而已啊！
生為富商的獨生女，嫁的又是富商獨子，她理應三輩子也吃喝不完才是，
偏偏她的夫君穆子訓打小嬌生慣養，公婆又太過溺愛，事事順著他，
於是公公驟逝後，不懂經商、甚至連帳本都看不懂的他，漸把家產敗光，
老實說，重生後的她不是沒想過離開他，再找個家境好點的男人嫁掉，
但嫁給他這麼多年來，他對她是真的好，就連沒有子嗣，他也毫無怨言，
有情郎難得，她既不忍離了他，看來養家活口的擔子只能自己挑起來了！
幸好她讓下田他就扛起鋤頭，叫他考功名他二話不說立即發奮苦讀，
況且眼下不是還有她嗎？她腦子轉得快，深知自古以來女人的錢最好賺，
於是，她開了間專賣胭脂水粉的店鋪「美人妝」，生意果然大好，
所以夫君只要繼續疼她、寵她、尊重她，其他鶯鶯燕燕皆不入眼她便足矣，
至於重振家業這種小事就交給她吧，她定會讓所有冷嘲熱諷的人閉上嘴！

2020年12月出版

廚娘的美味人生

文創風 912～913

一點甜蜜，一點酸澀，
適量笑容，少許淚水，
佐以很多幸福，
烹製出屬於他們的美味人生——

有愛美食不孤單／梅南衫

如果人生能重來，何葉想回到父母發生意外前，
但一陣暈眩後睜開眼，人生是重來了，卻不是自己的人生。
她還是叫何葉，卻成為業朝當代第一酒樓大廚的女兒，
不過整天待在房裡繡花、看話本，人生也太過無趣，
為了爭取到酒樓工作的機會，她先是開發以水果入菜的創意料理，
又提議酒樓舉辦廚藝競賽，開放顧客評分，刺激消費，
但父親不肯讓她參賽，何葉決定女扮男裝，偷偷報名，
沒想到那個幾乎天天到酒樓報到的貴公子江出雲，
一眼就看出她的彆腳偽裝，可他不但沒有拆穿，
還幫她向父親說項，讓她順利成為酒樓學徒。
本以為幫著父親研發新菜色，隨著父親受邀四處辦筵席，
就是她小廚娘生活的全部了，
沒想到奉旨進宮籌辦御宴，竟捲入宮廷鬥爭中——

2020年12月出版

傳家寶妻

文創風 909～911

那年茶樓下，他的一笑值千金，
笑得她從此心海生波，再難相忘……

一笑傾心　弄巧成福／秋水痕

一次戀愛都沒談過就穿到古代當閨秀，小粉領楊寶娘無言極了，
雖然如今有個女兒控的太傅親爹，位高權大銀兩多，可以讓她在京城橫著走，
但高門水深，自家父親的後院不寧，她身為嫡女也別想耳根清靜，簡直心累，
幸好庶妹們與她和睦相處，一同上學玩樂，算是宅門日子裡的小確幸！
原以為千金生活不過如此，沒想到，竟有飛來豔福的一天──
一場偶遇，晉國公之子趙傳煒對她傾心一笑，從此和她結下……不解之緣 ?!
應酬赴宴能遇到，逛街買糖葫蘆也能遇到，去莊子玩才發現，兩家居然是鄰居，
這且不算，連她出門遇險亦是趙傳煒解的圍，要說他對她無意，鬼都不信！
她的心即將失守了，上輩子來不及綻放的桃花，這輩子該不會要花開燦爛啦～～
可兩家之間有些算不清的陳年老帳該如何是好，她和他，真有可能牽上紅線嗎？

2020年12月出版

將門俗女

文創風 906~908

身為女子，論琴棋書畫是樣樣鬆，但文韜武略可樣樣通，
她上馬能安邦定國、下馬能生財治家，偏看上當朝最不受寵的皇子，
上趕著當他的伴讀還不夠，還想要再一次做他的妻……

將門出虎女，伴君點江山／輕舟已過

歷經國公府遭人構陷、與愛人訣別於天牢的悲劇，
她沈成嵐重生歸來，雖練就了一雙洞燭機先的火眼金睛，
可要命的是，她一個八歲娃也早早就懂得兒女情長，
甚至不惜冒名頂替兄長，以假代真入宮參選皇子伴讀，
就為了這爹不疼、娘不愛、手頭還有點窮酸的三皇子！
明知跟著他混得連肉都吃不上，甚至為伊消得人憔悴了，
她仍是把吃苦當作吃補，一心想與他再續前緣、陪他建功立業，
沒承想兜兜轉轉繞了這麼一大圈，偏漏算了三殿下也再世為人？
更沒想到的是，前世他奪得了天下，讓沈家一門沈冤得雪，
卻因為失去了她，終其一生孤獨，只覺高處不勝寒……
大概是老天垂憐苦情人，給他們機會走出不同以往的路，
他自認對得起朝堂卻唯獨負了她，這輩子就只想守著她，
她出身將門世家也懂得投桃報李，一許諾更是豪氣干雲——
「好，這一次你守著我，我替你守著這江山。」

2020年12月出版

洪福齊天

文創風 904～905

夢中的情景讓齊昭痛徹心扉，
卻怎麼樣都醒不過來，
幸好，這一世，還能轉圜……

再活一次 還是要天涯海角遇到妳／遲意

齊昭，京城順安王府的第五子，由順安王最寵愛的侍妾所生，
卻屢遭忌憚，最後落得娘死爹疏遠、被害扔出宮的下場。
他活了兩世，上一世在冰天雪地中被福妞所救，
他心悅福妞，卻礙於義父、義母的顧慮，只能以姊弟相稱。
經過五年的休養生息，他回京扳倒從前害他的人，登上皇位，
當他帶著大隊人馬來接福妞一家時，
卻得知義父、義母染病雙亡，奶奶做主將福妞嫁給地主兒子，
竟又被妒恨的小妾按入水井中淹死，死後也沒把屍體撈上來……
摯愛已殞，再無希冀，他一生未娶，孤獨終老，
雖日日受萬人朝拜，卻帶著巨大的遺憾撒手人寰……
重活一世，他在冰天雪地中等到了他的福妞，
只是，這一世的福妞境遇完全不同，
他能擺脫姊弟的桎梏、化解奪嫡的凶險，護福妞此世周全嗎？

國家圖書館出版品預行編目資料

夫人萬富莫敵 / 顧匆匆著. --
初版. -- 臺北市 : 狗屋出版社有限公司, 2021.01
冊 ; 公分. --（文創風）
ISBN 978-986-509-179-8（下冊：平裝）. --

857.7　　　109020187

著作者	顧匆匆
編輯	王冠之
校對	沈毓萍
發行所	狗屋出版社有限公司
地址	台北市104中山區龍江路71巷15號1樓
電話	02-2776-5889～0
發行字號	局版台業字845號
法律顧問	蕭雄淋律師
總經銷	知遠文化事業有限公司
電話	02-2664-8800
初版	2021年1月
國際書碼	ISBN-13　978-986-509-179-8

本著作物由北京晉江原創網絡科技有限公司授權出版

定價260元

狗屋劃撥帳號：19001626

網址：love.doghouse.com.tw　E-mail：love@doghouse.com.tw